# 粵語速成

## 高級教材

總主編 吳偉平　　編審 陳智樑

商務印書館

## 粵語速成（高級教材）

總 主 編：吳偉平

編　　審：陳智樑

審　　訂：香港中文大學雅禮中國語文研習所

責任編輯：趙　梅

封面設計：張　毅

出　　版：商務印書館（香港）有限公司
香港筲箕灣耀興道 3 號東滙廣場 8 樓
http://www.commercialpress.com.hk

發　　行：香港聯合書刊物流有限公司
香港新界荃灣德士古道 220–248 號荃灣工業中心 16 樓

印　　刷：美雅印刷製本有限公司
九龍觀塘榮業街 6 號海濱工業大廈 4 樓 A 室

版　　次：2023 年 3 月第 1 版第 7 次印刷
© 2013 商務印書館（香港）有限公司
ISBN 978 962 07 1983 7
Printed in Hong Kong

# 目　錄

**9**

## 招聘理想人才

**10**

## 探討道德價值

## 詞語索引

## 附加詞彙索引

## 情景説話練習索引

# PREFACE 總序

The Yale-China Chinese Language Center (CLC) of The Chinese University of Hong Kong, founded in 1963, offers a variety of language training programs for students throughout the world who come to Hong Kong to learn Chinese. As a teaching unit of the University, CLC is responsible for teaching local students from Hong Kong who are learning Putonghua (Mandarin Chinese), and international students who are learning both Putonghua and Cantonese. Over the years, CLC has been playing a key role in three major areas in teaching Chinese as a Second Language (CSL): (1) Publication of teaching materials, (2) Teaching related research, and (3) Assessment tools that serve both the academic and the general public.

The Teaching Materials Project (TMP) aims to create and publish a series of teaching materials under the Pragmatic Framework, which reflects findings in sociolinguistic research and their applications in teaching CSL. Since most the learners are now motivated by the desire to use the language they learn in real life communication, a pragmatic approach in teaching and materials preparation is seen as a welcoming and much needed addition to the repertoire of CSL textbooks. The TMP covers the following categories of teaching materials in the CSL field:

Category I. Fast Course: Textbooks designed to meet the needs of many Putonghua or Cantonese learners of various language and culture backgrounds who prefer to take short courses due to various reasons.

Category II. Sector-specific Language Training Modules (SLTM): a modularized textbook geared towards the needs of learners in the same business (e.g.tourism) or professional (e.g.legal) sector.

Category III. Language in Communication: a set of multi-volume textbooks for Putonghua and Cantonese respectively, designed for the core program which serves the needs of full-time international students who are enrolled in our high-diploma Program in either Putonghua or Cantonese for a systematic approach to learning the language.

Characteristics of the textbook under each category above are explained, and special thanks expressed, under "Introduction and Acknowledgement" by the Editor(s) of each volume. As the TMP Leader and Series Editor of all volumes under the "CSL Teaching Materials Series", it's my privilege to launch and lead this project with the support of CLC teachers and staff. It also gives me great pleasure to work together with all editors and key members of the TMP team, as well as professionals from the Publishers, who are our great partners in the publication of the CSL Series.

**Weiping M. Wu, Ph.D.**
**TMP Leader and Editor for the CSL Series**
**The Chinese University of Hong Kong**
**Shatin, Hong Kong SAR**

# INTRODUCTION 前言

　　《粵語速成》是針對以普通話為母語的人士的特點和需要編寫的系列粵語口語教材，分為初、中、高級。主要供大學在校學生和社會上業餘進修人士使用。

## 教材編寫理念

　　**語用為綱**：儘管在語言教學界目前已逐漸形成了一個共識：強調語言學習的最終目標不是得到語言知識，不只是單純掌握標準的語音、規範的詞彙和語法形式，而是能夠運用這種語言交流信息、表達思想，完成社會生活中的各種交際任務。但是如何達到這一目標卻大有探索的空間，語言本體類為綱的教材和教法在此總是顯得力有不逮。我們努力嘗試以語用為綱，培養學習者根據語境得體使用語言的能力，並希望在教學大綱、教材製作、課堂活動以及語言測試中體現這一理念。具體到教材層面，我們通過設置"語境＋功能"的語用範例呈現語言材料，讓學生進行學習和操練，通過設計"語境＋功能"的練習使學生運用所學內容並產出言語，完成仿真的交際任務。教材依然提供相關的語言知識，學生通過學習羅馬拼音，觀察對比粵普語言要素，歸納語言規律，加強難點訓練，以期收到舉一反三、事半功倍之效。只要我們始終不忘記最終的教學目標是培養語言運用的能力，語言知識就能更好地為目的服務。

　　**口語為本**：學習者的學習目的應該是製作教材的依據。學習粵語人士的目的因人而異：有人為獲取資訊、方便工作、旅遊；有人為考試、拿學分、掙文憑；為興趣的也不乏其人。但多數人還是希望能通過學習具備粵語口語表達能力，所以教材中的課文都採用口語語體，而說話練習也集中在強化語音訓練和在一定的語境裏說話。作為高端的語文教材，本書提供正式場合和非正式場合的口語輸入。這一點是有別於粵普對比的工具書：工具書主要是為了方便讀者查找，而本教材強調在具體的語境中體現粵語的運用，尤其是一些非常本地化的常用語。

## 教材內容

本系列教材內容涉及社會生活和公開場合演講及說話技巧，話題由淺入深，包含了多種語言功能，如介紹、分析、討論、闡釋、批評、投訴、比較、建議、發表見解、公開致謝等等。

## 教材特點

**強調語境和語言功能**：教材各課圍繞話題、聯繫語境。每課各項環節努力將強化語音和培養說話能力這兩種訓練結合在一起。各種語言功能按照難易程度分插在初、中、高三冊。

**針對學習粵語人士的學習難點**：在教材的編寫過程中，編者有意識地針對語音、詞語運用和表達方式的差異進行對比、強化。

**編寫配置形式多樣的練習**：從某種意義上說，練習的部分絕不是教材裏可有可無的部分，而是達至教學目標的重要階梯。練甚麼、怎麼練也是決定學習效果的關鍵。本教材重視練習的編寫，通過難點複習，鞏固學習效果。

**側重實用、強化口語訓練**：課文和說話練習儘量選取貼近現實生活的語境。詞彙和表達方式的選取以實用為準則。說話訓練從第一課就開始，並貫穿全書。

**明確階段目標、循序漸進提高說話能力**：全書三冊階段性目標明確，從短語、句子訓練，到句型、語段訓練，再到篇章結構訓練，在提高學習者的語音準確度的同時，逐步加強成句、成段、成章的能力，增進說話的持續能力和提高流利度。

## 《粵語速成》（高級教材）的結構

1. 課文：以話題為中心，由一到兩段獨白及一段對話組成。每課課文的文字都配有羅馬拼音，文字與拼音分開兩邊排列，方便對照，也可以減少二者之間的干擾，或是過於依賴的情況。

2. 註釋：由於《粵語速成》的初級教材已經基本上覆蓋了粵普語法方面的差異，高級教材不再單獨設語法一節，課文中出現的需要詳細解釋的語法以註釋形式附於課文之後，對課文中出現的文化現象也在註釋中作進一步說明。

3. 詞語表：列出課文中出現的難點詞語，主要針對粵普詞彙差異。

4. 語音練習：針對粵普之間有明顯差異，以及普通話人士普遍存在的發音問題而編寫的專項訓練。

5. 附加詞彙：提供配合當課主題的實用詞語，以擴大學生的詞彙量，同時練習語音。學生在進行説話練習時也可以在這一部分選擇需要的詞語。

6. 情景説話練習：模擬真實生活環境，需要學生通過分組活動、發表見解、角色扮演、討論等形式創造性地運用語言，如第九課有這樣的情景説話練習：

> "喺一個關於面試技巧嘅工作坊上面，主持人講到一啲見工時嘅重點。參加嘅同學亦都分享一啲佢哋見工嘅經驗。"

附錄中按功能劃分列出了初、中、高三冊的情景説話練習的索引，方便讀者有針對性地練習某些功能。

本教材是香港中文大學雅禮中國語文研習所"教材開發項目"的成果之一（見總序）。僅在此感謝項目負責人吳偉平博士在教材體系和編寫理念方面的宏觀指導以及在全書目錄、語言功能和相關語境方面所提出的具體意見。感謝教材開發項目成員李兆麟博士、朱小密老師、謝春玲博士、陳凡老師、沈敏瑜老師提供的寶貴意見。感謝陳健榮老師、陳泳因老師、沈敏瑜老師及沈嘉儀老師為校對做了大量工作。其他老師——張冠雄、尹嘉敏、胡佰德、陳英敏、鄧麗絲老師均為編者提供有益的反饋意見和建議；而普通話翻譯及釋義方面陳凡老師、沈敏瑜老師、謝春玲博士、寇志暉博士、李春普老師、劉震霞老師、張欣老師、劉鍵老師給編者提供很大的幫助。本書錄音由陳智樑老師、陳健榮老師、陳泳因老師以及沈敏瑜老師擔任。麥雪芝女士主管的辦公室提供可靠的後勤支援，譚建先生提供電腦排版的技術支援，在此一併表示衷心感謝。此外，感謝中文大學聯合書院多次通過學生校園培訓及服務獎勵計劃撥款，提供了多位可靠的學生助手協助處理本書文書方面及資料搜集的工作。由於編者水平有限，教材仍有不足和遺憾。如對本教材有任何建議請電郵至：本研習所學術活動組組長 clc@cuhk.edu.hk。

編者謹誌

2012 年 10 月

# 第 1 課　關注年青一代

## 1　課文

課文一

| 羅馬拼音 | 廣東話 |
|---|---|
| Hái yātgo giujouh "Ngóhmùhn jéh yātdoih" ge dihntòih jitmuhk léuihbihn, jyúchìh yàhn hōichí góng: Yáttàihhéi nī yātdoih Hēunggóng ge hauhsāangjái, néih wúih námhéi mātyéh nē? Yáuhyàhn wah Hēunggóng haih yātgo fānmíuh bītjāng ge deihfōng, yìhché sahpfān jī gónggau gīngjai haauhyīk. Yìh nī yātyeuhng yéh yihkdōu fáanyíng hái hóudō nìhnchīngyàhn ge sānseuhng. Wányéh jouh jauh yiu wán 'séun gūng', wán deihfōng jyuh jauh yiu wán 'séun pún'. Néih wah Hēunggóng ge nìhnchīng yātdoih haih m̀haih gámyéung nē? Hái néih ge ngáahnjūng Hēunggóng nìhnchīngyàhn haih dím ge nē? | 喺一個叫做"我們這一代"嘅電台節目裏便，主持人開始講：一提起呢一代香港嘅後生仔，你會諗起乜嘢呢？有人話香港係一個分秒必爭嘅地方，而且十分之講究經濟效益，而呢一樣野亦都反映喺好多年青人嘅身上。揾野做就要揾"筍工"，揾地方住就要揾"筍盤"。你話香港嘅年青一代係唔係噉樣呢？喺你嘅眼中香港年青人係點嘅呢？ |
| Jitmuhk léuihbihn yáuh m̀síu yàhn dá dihnwá làih góngháh kéuihdeih deui nīyātdoih Hēunggóng nìhnchīngyàhn ge táifaat, yáuh jaan yáuh tàahn. Yáuhdī tingjung wah kéuihdeih gámyìhn gámjok, m̀hēuingaih, m̀yímsīk; yáuhdī jauh wah kèihsaht kéuihdeih jíhaih jih'ngóh, yahmsing, pīngīk. Chèuihjó gám jī'ngoih, juhng góngdou yātdī séhwúi seuhng sèuhnggin ge chīngsiunìhn mahntàih: Móhngyáhn, gēiyáhn, sātyihp, sāthohk dángdáng, nīgo sìhhauh, yáuh yātwái nìhnjéung ge síhmàhn dá dihnwá séuhngheui nīgo jitmuhk faatbíu yigin: | 節目裏便有唔少人打電話嚟講吓佢哋對呢一代香港年青人嘅睇法，有讚有彈。有啲聽眾話佢哋敢言敢作、唔虛偽、唔掩飾；有啲就話其實佢哋只係自我、任性、偏激。除咗噉之外，仲講到一啲社會上常見嘅青少年問題：網癮、機癮、失業、失學等等，呢個時候，有一位年長嘅市民打電話上去呢個節目發表意見： |

| 羅馬拼音 | 廣東話 |
|---|---|
| "Ngóh sìhsìhdōu tēngdóu mē séhwúi gokgaai kwàhnchaak kwàhnlihk, deuikong chīngsiunìhn laahmyeuhk mahntàih, daahnhaih ngóh tái m̀dóu yáuh mātyéh hóujyún ge jīkjeuhng! Yíhchìhn dī hauhsāangjái gānbún m̀wúih gámyéung, yìhgā jihkchìhng daaihdáamdou hái hohkhaauh ba deihpùhn, jihgéi jouhmàaih chaakgā, hái gūngyún sok-kēi, jānhaih táidou yàhn ngáahn dōu dahtm̀àaih. Chìhngéi yaht boují sīnji góng jī ma, dīyàhn hái gūngyún sihkdou mihnchēng háusèuhn baahk, yáuhdī yàhn làih séung giuséng kéuihdeih, dímjī giugihk dōu m̀séng. Gindóu gám ge chìhngfong, ngóhdeih m̀hóyíh jihnghaih sīk wah bāan hauhsāangjái m̀sāangsing, yìh haih námháh dímyéung bōng kéuihdeih. | "我時時都聽倒咩社會各界群策群力，對抗青少年濫藥問題，但係我睇唔倒有乜野好轉嘅跡象！以前啲後生仔根本唔會噉樣，而家直情大膽到喺學校霸地盤、自己做埋拆家、喺公園索 K、真係睇到人眼都突埋。前幾日報紙先至講之嘛，啲人喺公園食到面青口唇白，有啲人嚟想叫醒佢哋，點知叫極都唔醒。見到噉嘅情況，我哋唔可以淨係識話班後生唔生性，而係諗吓點樣幫佢哋。 |
| Ngóh jihgéi gokdāk hóyíh hái géi fōngmihn jeuhksáu. Sáusīn jauhhaih ūkkéi, fuhmóuh yātdihng yiu yíhsān jokjāk. Yáuhdī yàhn góng m̀gau géigeui jauh baauchōu, m̀dō m̀síu dōuhaih sauh fuhmóuh ge yínghéung. Léuhngdoih ge kāutūng yihkdōu haih sahpfān juhngyiu, lóuhyātbui jauh sìhsìh yahtngòh yehngòh, hauhsāang góbui jauh hóuchíh johnglúng gám, sìhsìh dong A-bàh A-mā cheunggō, jóyíh yahp yauhyíh chēut, juhng m̀haih gāi tùhng aap góng? Yáuhsìh dī fuhmóuh gokdāk sáujūk mòuhchou, yānwaih tùhng jáinéui ge gwāanhaih m̀hóu, séung gún kéuihdeih dōu gúnm̀dóu. Kèihsaht yùhgwó ūkkéi ge gwāanhaih hóu, dī sailouh jauh m̀wúih gam yùhngyih sauh pàhngbui yínghéung, jouhchēut yātdī sēunghoih jihgéi, sēunghoih ūkkéi yàhn ge sòhsih. | 我自己覺得可以喺幾方面着手。首先就係屋企，父母一定要以身作則。有啲人講唔夠幾句就爆粗，唔多唔少都係受父母嘅影響。兩代嘅溝通亦都係十分重要，老一輩就時時日哦夜哦，後生嗰輩就好似撞聾噉，時時當阿爸阿媽唱歌，左耳入右耳出，仲唔係雞同鴨講？有時啲父母覺得手足無措，因為同仔女嘅關係唔好，想管佢哋都管唔倒。其實如果屋企嘅關係好，啲細路就唔會咁容易受朋輩影響，做出一啲傷害自己，傷害屋企人嘅傻事。 |

| 羅馬拼音 | 廣東話 |
|---|---|

Gānjyuh jauhhaih hohkhaauh. Yáuhdī jūngsíuhohk lóuhsī jānhaih móuhdāktàahn, gaausyū góibóu gáau wuhtduhng bātdahkjí, jīdou hohksāang ūkkéi yáuh mahntàih, juhng jouhmàaih wòhsihlóu, ngóh gaaklèih ūk go sailouh, jānhaih baakyihm dou wàhn, jāubātsìh tēngdóu kéuih lóuhdauh hóu ok gám hot kéuih, gáaudou sìhsìh gāchòuh ūkbai, hóuchói kéuih go lóuhsī sìhsìh làih taam kéuih, gwāansāmháh kéuihdeih ja. Néih gú jūngsíuhohk lóuhsī jānhaih dākhàahn móuhyéh jouh ge séun gūng mè? Móuh oisām jouh m̀jouhdóu? Jūngsíuhohk gaausī léihyīng haih hauhsāangjáinéui ge lèuhngsī yīkyáuh, yìh m̀haih gaausyū gēihei.

跟住就係學校。有啲中小學老師真係有得彈，教書改簿搞活動不特止，知道學生屋企有問題，仲做埋和事老。我隔籬屋個細路，真係百厭到暈，周不時聽倒佢老豆好惡噉喝佢，搞到時時家嘈屋閉，好彩佢個老師時時嚟探佢，關心吓佢哋咋。你估中小學老師真係得閒冇嘢做嘅筍工咩？冇愛心做唔做倒？中小學教師理應係後生仔女嘅良師益友，而唔係教書機器。

Ngóh séung góng ge jauhhaih, nībāan hauhsāangjái hóu sēuiyiu ūkkéi tùhng hohkhaauh ge gwāansām, m̀haih háhháh jauhsaai kéuihdeih jauhhaih oi waahkjé gwāansām, hohksāang tùhng jáinéui faahnsih gēuiyín tùhng kéuihdeih díngbāau? Yiu ginlahp jingkok ge gajihkgūn, jānhaih yiu daaihgā guhngtùhng nóuhlihk, jouhhóu jihgéi gófahn. Chīnkèih m̀hóu yáuh go chogok, yíhwàih jēung dī jáinéui gāaujó béi yàhn jihgéi jauh hóyíh yātlòuh wíhngyaht. Yùhgwó fuhmóuh sìhsìh dóuchín, jáinéui yùhngyih wúih yáuh yātjúng bātlòuh yìh wohk ge sāmtaai. Sēungfáan, hauhsāangjái gindóu kàhnlihk ge bóngyeuhng, tīnjī m̀hóu ge dōu wúih yuhnyi jēungkàhn bóujyuht…"

我想講嘅就係，呢班後生仔好需要屋企同學校嘅關心。唔係吓吓就晒佢哋就係愛或者關心，學生同仔女犯事居然同佢哋頂包？要建立正確嘅價值觀，真係要大家共同努力，做好自己嗰份。千祈唔好有個錯覺，以為將啲仔女交咗俾人自己就可以一勞永逸。如果父母時時賭錢，仔女容易會有一種不勞而獲嘅心態。相反，後生仔見到勤力嘅榜樣，天資唔好嘅都會願意將勤補拙……"

Jyúchìhyàhn hóu yihngtùhng nīwái tingjung, kéuih gokdāk hauhsāangjái jānhaih sēuiyiu gwāansām. Kéuih juhng wah Hēunggwóng nī yātdoih ge hauhsāangjái gogo jihsai yáuh syū duhk, m̀sái dím ngàaihkùhng ngàaihngoh, sóyíh séhwúi deui nìhnchīng yàhn ge kèihmohng hóu gōu, lihng kéuihdeih sìhngsauh ge aatlihk dōu m̀síu.

主持人好認同呢位聽眾，佢覺得後生仔真係需要關心。佢仲話香港呢一代嘅後生仔個個自細有書讀，唔使點捱窮捱餓，所以社會對年青人嘅期望好高，令佢哋承受嘅壓力都唔少。

## 課文二

| 羅馬拼音 | 廣東話 |
| --- | --- |
| A-Mēi ge bíudái āamāam daaihhohk bātyihp chēutlàih jouhyéh, kéuihdeih yìhgā kīnghéi gwāanyū bíudái nīfahn gūng ge yéh. | 阿美嘅表弟啱啱大學畢業出嚟做嘢，佢哋而家傾起關於表弟呢份工嘅嘢。 |
| **A-Mēi:**<br>Néih yahpjó gāan daaih gūngsī, táilàih hóu yáuh chìhntòuh bo! Bíudái, pìhngsìh ngóh deui néih dōu syunhaih gám lā, gam āam ngóh jauh hóu noih móuh sihk pouhfēi la, m̀jī… | **阿美：**<br>你入咗間大公司，睇嚟好有前途嘑！表弟，平時我對你都算係噉啦，咁啱我就好耐冇食普飛嘑，唔知…… |
| **Bíudái:**<br>Hāha, jī la, ngóh dōu syun géi hóuchói, gāmpōu chéng daaihgā sihkfaahn jáu m̀lāt ge la, kèihsaht jihgéi mē gīngyihm dōu móuh gā ma, gēuiyìhn dōu chéngjó ngóh, yáuhdī chēutkèih. | **表弟：**<br>哈哈，知嘑，我都算幾好彩，今鋪請大家食飯走唔甩嘅嘑。其實自己咩經驗都冇㗎嘛，居然都請咗我，有啲出奇。 |
| **A-Mēi:**<br>Wahjī néih yáuh móuh gīngyihm ā, jeui gányiu āamsái. | **阿美：**<br>話之你有冇經驗吖，最緊要啱使。 |
| **Bíudái:**<br>Āamsái? | **表弟：**<br>啱使？ |
| **A-Mēi:**<br>Nàh, gūngsī yáuh lóuh yáuh nyuhn dōu yáuh hóuchyu ge, néihdeih hauhsāang ge yáuh jīuhei, yáuh wuhtlihk, yáuh léihséung, maih béi dōdī gēiwuih néihdeih faatfāi lō, ngóhdeih daaih néih yātbui yáuh gīngyihm ge nē, jyúyiu jauh lihngdou gāan gūngsī wándihngdī, daahnhaih jauh móuh néihdeih gam yáuh yihtchìhng, gūngsī yáuhdī mē sān sèuhngsi waahkjé góigaak jauh meihbīt yuhn yūk ge la. | **阿美：**<br>嗱，公司有老有嫩都有好處嘅，你哋後生嘅有朝氣、有活力、有理想，咪俾多啲機會你哋發揮囉，我哋大你一輩有經驗嘅呢，主要就令到間公司穩定啲，但係就冇你哋咁有熱情，公司有啲咩新嘗試或者改革就未必願郁嘅嘑。 |

| 羅馬拼音 | 廣東話 |
|---|---|

**Bíudái:**

Óh, gámgáai, m̀gwaaidāk ngóh go pàhngyáuh gám góng lā. Kéuih āam āam dōngchāai, yāt hōichí hàahngbīt jauh tùhng go lóuh chāaigwāt yātchàih hàahng mābīt. Kéuih wah kéuih nīgo sānjaat sīhīng sèhngyaht béiyàhn dím wóh, go paakdong jauh sèhngyaht kíuhmàaih deui sáu, jānhaih hóuchíh néih gám góng, m̀yuhn yūk lō.

表弟：

哦，嗽解，唔怪得我個朋友嗽講啦。佢啱啱當差，一開始行咇就同個老差骨一齊行孖咇。佢話佢呢個新紮師兄成日俾人點嗰，個拍擋就成日繑埋對手，真係好似你嗽講，唔願郁囉。

**A-Mēi:**

Hāha, m̀haih mē a, gánghaih wán néih dī hauhsāang tùhng dī cháak màaihsān yuhkbok lā, yātbá nìhngéi juhng yiu yàhndeih chēutheui tùhng yàhn séigwo mè! Bātgwo nē, yauh m̀sái námmàaih yātbihn ge, m̀hóu wah yàhn dím néih gam nàahntēng, béi dōdī yéh néih jouh dáng néih hohkháh yéh jī ma!

阿美：

哈哈，唔係咩呀，梗係揾你啲後生同啲賊埋身肉搏啦，一把年紀仲要人哋出去同人死過咩！不過呢，又唔使諗埋一便嘅，唔好話人點你咁難聽，俾多啲嘢你做等你學吓嘢之嘛！

**Bíudái:**

Néih yauh āam bo, sēuiyìhn ngóh dōu géi dō yéh jouh, bātgwo jauh gokdāk hóu yáuh sānsīn'gám tùhng tīujinsing, jouhdāk géi hōisām ga. Sēuijoih yàhngūng ānjódī lō! Duhk gamdō syū yàhn'gūng dōu m̀kahp ngóh a-mā.

表弟：

你又啱嘴，雖然我都幾多嘢做，不過就覺得好有新鮮感同挑戰性，做得幾開心喫。衰在人工乑咗啲囉！讀咁多書人工都唔及我阿媽。

**A-Mēi:**

Chē! Bīngo wah néih tēng hohklihk tùhng yàhngūng yātdihng sìhng jingbéi ga? Néih māmìh jouhjó géiyah'nìhn, yàhn'gūng gánghaih gōugwo néih lā, juhng yáuh a, néih a-mā gódī sānfú chín làih ga, gōudī maih ngāam lō! Néih a, fāangūng síngsíng dihngdihng a, góngyéh yáuhdī fānchyun, táiyàhn mèihtàuh ngáahnngaahk…

阿美：

嗶！邊個話你聽學歷同人工一定成正比喫？你媽咪做咗幾廿年，人工梗係高過你啦，仲有呀，你阿媽嗰啲辛苦錢嚟喫，高啲咪啱囉！你呀，返工醒醒定定呀，講嘢有啲分寸，睇人眉頭眼額…

**Bíudái:**

Hāha, dāk la dāk la, jauhlàih fàahngwo ngóh a-mā a, móuh néih gam hóuhei.

表弟：

哈哈，得嘑得嘑，真係煩過我阿媽呀，冇你咁好氣。

## 語義文化註釋

☞　筍　有人認為"筍"字的用法與其珍貴價值有關。筍本來是竹的幼苗，必須在其生長成竹以前吃，但由於從地裏生長出來及至成竹的時間十分短，不容易發覺，所以非常珍貴。香港人用"筍"來表示"難得，超值，性價比很高"等等的意思，例如："筍工"指"不辛苦但收入很好的工作"；"筍貨"指"超值的貨品"；"筍盤"指"條件很好但價格不高的房子"。除此以外還可以作形容詞用："呢份兼職就嗽坐喺度就有幾百蚊袋落袋，有冇咁筍呀？"意思是"這份兼職光坐着就可以賺幾百塊錢，哪有這麼便宜的事？"

☞　拆家　"拆家"指"把貨品分拆出售的人"，此詞多形容作毒品分銷的人，例如"人仔細細做拆家"（年紀小小就分銷毒品）等。

☞　孖　表示"雙"，例如：孖生（雙生）、孖仔（雙生兒）、孖公仔（形影不離的好朋友）、孖辮（雙馬尾）、優惠打孖嚟（雙重優惠）、買咩都打孖上（買甚麼都雙份）、孖煙囪（平腳內褲）。"孖吡"指兩個警察一起巡邏。

☞　索　"索"一字有"吸收、吸入"的意思，"索 K"意思是"用鼻子吸入氯胺酮"。其他用法有：

(1)　放啲粉絲喺底咪可以索晒啲蒜蓉味囉。（放些粉絲在下面就可以把蒜蓉味全吸收了。）

(2)　跑到我索晒氣。（跑得我氣喘吁吁。）

(3)　攞塊布嚟索乾枱面啲水啦。（拿一塊布過來把桌面的水吸乾吧。）

# 2　詞語

## 2.1　生詞

| | 廣東話 | | 普通話 / 釋義 |
|---|---|---|---|
| 1 | sok kēi | 索 K | 吸食氯胺酮 |
| 2 | táidou ngáahn dōu dahtmàaih | 睇到眼都突埋 | 叫人咋舌 |
| 3 | giugihk dōu m̀séng | 叫極都唔醒 | 怎麼叫都起不來 |
| 4 | mihn chēng háusèuhn baahk | 面青口唇白 | 臉發青，嘴發紫 |
| 5 | baauchōu | 爆粗 | 説髒話 |
| 6 | m̀dō m̀síu | 唔多唔少 | 或多或少 |
| 7 | yahtngòh yehngòh | 日哦夜哦 | 整天嘮嘮叨叨 |
| 8 | johnglúng | 撞聾 | 耳背 |
| 9 | gāi tùhng aap góng/gāi tùhng ngaap góng | 雞同鴨講 | 不能溝通 |
| 10 | …bātdahkjí | ……不特止 | ……還不止 |
| 11 | gāchòuh ūkbai | 家嘈屋閉 | 家裏吵吵鬧鬧的 |
| 12 | díngbāau | 頂包 | 頂替罪行 |
| 13 | syunhaih gám lā | 算係噉啦 | 算不錯了 |
| 14 | gāmpōu | 今鋪 | 這回 |
| 15 | wahjī kéuih ā | 話之佢吖 | 管他呢 |

| | 廣東話 | | 普通話 / 釋義 |
|---|---|---|---|
| 16 | wahjī... | 話之…… | 管他…… |
| 17 | dōngchāai | 當差 | 當警察 |
| 18 | hàahngbīt | 行咇 | 警察巡邏 |
| 19 | lóuh chāaigwāt | 老差骨 | 經驗豐富的老警察 |
| 20 | sānjaat sīhīng | 新紮師兄 | 剛上崗的新警察 |
| 21 | m̀haih mē a | 唔係咩呀 | 當然這樣了，不然怎麼樣 |
| 22 | màaihsān yuhkbok | 埋身肉搏 | 貼身搏鬥 |
| 23 | tùhng kéuih séigwo | 同佢死過 | 跟他拚命 |
| 24 | námmàaih yātbihn | 諗埋一便 | 想不開 |
| 25 | sēuijoih | 衰在 | 弊處是；失敗在 |
| 26 | yàhngūng ān | 人工夭 | 工資低 |
| 27 | chē/ché | 嗻 | 嘁 |
| 28 | jouhjó géiyah nìhn | 做咗幾廿年 | 當了這麼多年 |
| 29 | táiyàhn mèihtàuh ngáahnngaahk | 睇人眉頭眼額 | 看人家臉色 |
| 30 | móuh néih gam hóuhei | 冇你咁好氣 | 沒工夫跟你說 |

## 2.2 難讀字詞

| 1 | yātlòuh wíhngyaht | 一勞永逸 |
|---|---|---|
| 2 | jēungkàhn bóujyut/jēungkàhn bóujyuht | 將勤補拙 |

| 3 | bātlòuh yìh wohk | 不勞而獲 |
|---|---|---|
| 4 | kwàhn chaak kwàhn lihk | 群策群力 |
| 5 | sáujūk mòuhchou | 手足無措 |

# 3 附加詞彙

## 3.1 常用動詞

| 詞義 / 作用 | 廣東話 | | 普通話 / 釋義 |
|---|---|---|---|
| 頭 | tàuhdāpdāp | 頭耷耷 | 耷拉着頭 |
| | ngohkgōutàuh | 愕高頭 | 仰起頭來 |
| | nihngjyuntàuh | 擰轉頭 | 回頭一看 |
| | ngahptáu | 岋頭 | 點頭 |
| | jākhéi go tàuh | 側起個頭 | 歪着頭 |
| 手 | kíuhmàaih deui sáu | 繑埋對手 | 揣着手 |
| | līu yíhjái | 撩耳仔 | 挖耳朵 |
| | līu beihgō | 撩鼻哥 | 摳鼻子 |
| | kámjó yātbā | 冚咗一巴 | 打了一巴掌 |
| | mīt kéuih faaimihn | 搣佢塊面 | 掐他的臉 |
| | dahpgwāt | 揼骨 | 按摩 |

| 詞義 / 作用 | 廣東話 | | 普通話 / 釋義 |
|---|---|---|---|
| 腳 | kíuhmàaih deui geuk | 繑埋對腳 | 翹着二郎腿 |
| | seiwàih tàhng | 四圍騰 | 到處跑 |
| | an an geuk | □□腳 | 抖腳 |
| | gahtháh gahtháh | 跂吓跂吓 | 一拐一拐 |
| | gahtgōu geuk | 跂高腳 | 踮着腳 |
| | yaang làuhtāi | □樓梯 | 爬樓梯 |
| 身 | sūkmàaih yātbihn | 縮埋一便 | 躲在一旁 |
| | lūk lohkheui | 轆落去 | 滾下去 |
| | daahnhéi | 彈起 | 跳起來 |
| | bīkmàaih heui | 逼埋去 | 擠過去 |
| | gyūn gwoheui | 捐過去 | 鑽過去 |

## 3.2 常用量詞

| | 廣東話 | | 普通話 / 釋義 |
|---|---|---|---|
| 1 | yātdāan sānmán | 一單新聞 | 一條新聞 |
| 2 | yātjek bīu | 一隻錶 | 一塊手錶 |
| 3 | yātdaahm chàh | 一啖茶 | 一口茶 |
| 4 | yātbouh dihnnóuh | 一部電腦 | 一台電腦 |
| 5 | yāttìuh tàuhfaat | 一條頭髮 | 一根頭髮 |
| 6 | yāttìuh tàihmuhk | 一條題目 | 一道題 |

| | | 廣東話 | 普通話 / 釋義 |
|---|---|---|---|
| 7 | yātjah yàhn | 一揸人 | 一堆 / 群人 |
| 8 | yātnāp sīngsīng | 一粒星星 | 一顆星星 |
| 9 | yātfaai kàuhpáak | 一塊球拍 | 一個球拍 |
| 10 | yātga chē | 一架車 | 一輛車 |
| 11 | yātfaai geng | 一塊鏡 | 一面鏡子 |
| 12 | yātfaai mihn | 一塊面 | 一張臉 |
| 13 | yātjaat fā | 一紮花 | 一束花 |
| 14 | yātsō hēungjīu | 一梳香蕉 | 一把香蕉 |
| 15 | yātchāu sósìh | 一抽鎖匙 | 一串鑰匙 |
| 16 | yātdeui ngáahn | 一對眼 | 一雙眼睛 |

## 3.3　粵普各一字

| 溶化 | |
|---|---|
| | 杯雪糕溶㗎，快啲食啦！（這冰淇淋都快要化了，快吃吧！） |
| | Būi syutgōu yùhng la, faaidī sihk lā! |
| | 嚿冰好快就溶咗㗎。（這塊冰很快就化了。） |
| | Gauh bīng hóufaai jauh yùhngjó la. |
| 霸佔 | |
| | 啲學生最鍾意用個袋嚟霸位。（學生們最喜歡用包來佔位子。） |
| | Dī hohksāang jeui jūngyi yuhng go dói làih bawái. |
| | 你噉樣霸住晒啲地方唔得嘅㗎。（你這樣把地方全都佔着不行呀。） |
| | Néih gámyéung bajyuhsaai dī deihfōng m̀dāk ge bo. |

| 兇惡 | |
|------|---|
| | 你自己唔啱仲咁惡？（你自己不對還那麼兇？） |
| | Néih jihgéi m̀āam juhng gam ok? |
| | 佢好似好惡嗽，其實冇嘢嘅。（他好像很兇，其實沒甚麼的。） |
| | Kéuih hóuchíh hóu ok gám, kèihsaht móuh yéh ge. |

# 4 語音練習

## 4.1 合口韻對應：**an-aam/aan**

普通話讀 an 的韻母不少對應成廣東話的 aam/aan，例如普通話的 tán 可以是"tàahn 彈"或者是"tàahm 潭"，要注意是 ~n 收尾還是 ~m 收尾。（普通話以 b, p, m, w 為聲母的 an 韻母字大多只以 ~n 收尾）

| can - aam | 慚 | chàahm | 慚愧 | chàahmkwáih |
|-----------|----|--------|------|-------------|
| | 蠶 | chàahm | 蠶豆 | chàahmdáu |
| | 慘 | cháam | 慘劇 | cháamkehk |
| **can- aan** | 餐 | chāan | 餐飲 | chāanyám |
| | 殘 | chàahn | 殘缺不全 | chàahnkyut bātchyùhn |
| | 燦 | chaan | 燦爛 | chaanlaahn |
| **chan - aam** | 摻 | chāam | 摻雜 | chāamjaahp |
| | 讒 | chàahm | 讒言 | chàahmyìhn |
| **chan - aan** | 潺 | sàahn | 潺潺 | sàahnsàahn |
| | 產 | cháan | 產房 | cháanfòhng |
| **dan - aam** | 擔 | dāam | 擔任 | dāamyahm |
| | 耽 | dāam | 耽誤 | dāamngh |
| | 膽 | dáam | 膽識 | dáamsīk |
| | 淡 | daahm | 淡季 | daahmgwai |

| dan -aan | 丹 | dāan | 丹麥 | dāanmahk |
|---|---|---|---|---|
| | 但 | daahn | 但願 | daahnyuhn |
| | 旦 | daan | 元旦 | Yùhndaan |
| | 蛋 | dáan | 蛋白質 | dáanbaahkjāt |
| | 誕 | daan | 誕生 | daansāng |
| tan - aam | 貪 | tāam | 貪心 | tāamsām |
| | 潭 | tàahm | 日月潭 | Yahtyuhttàahm |
| | 痰 | tàahm | 吐痰 | toutàahm |
| | 探 | taam | 探究 | taamgau |
| tan -aan | 灘 | tāan | 海灘 | hóitāan |
| | 壇 | tàahn | 論壇 | leuhntàahn |
| | 坦 | táan | 坦克車 | táanhākchē |
| | 忐 | táan | 忐忑不安 | táantīk bāt'ōn |
| | 袒 | táan | 袒護 | táanwuh |
| | 曇 | tàahn | 曇花一現 | tàahnfā yātyihn |
| lan - aam | 婪 | làahm | 貪婪 | tāamlàahm |
| | 覽 | láahm | 博覽會 | bokláahmwúi |
| lan - aan | 攔 | làahn | 攔截 | làahnjiht |
| | 懶 | láahn | 懶惰 | láahndoh |
| yan - aam | 岩 | ngàahm | 岩石 | ngàahmsehk |
| | 岩 | ngàahm | 岩洞 | ngàahmduhng |
| yan - aan | 研 | yìhn | 研究生 | yìhngau sāng |
| | 顏 | ngàahn | 顏面何存 | ngàahnmihn hòhchyùhn |
| | 眼 | ngáahn | 眼角膜 | ngáahngok mók |
| | 雁 | ngaahn | 沉魚落雁 | chàhmyùh lohkngaahn |
| zhan - aam | 嶄 | jaam | 嶄新 | jaamsān |
| | 湛 | jaam | 精湛 | jīngjaam |
| | 站 | jaahm | 站長 | jaahmjéung |
| zhan - aan | 盞 | jáan | 一盞燈 | yātjáan dāng |
| | 棧 | jáan | 棧道 | jáandouh |
| | 綻 | jaahn | 綻放 | jaahnfong |

## 4.2 多音字：重、當

"重"字常用讀音有：

|  | 讀音 | 詞義 / 用法 | 例 |
|---|---|---|---|
| 1 | chúhng | 重量大，跟輕相對 | 如釋重負、重咗十磅 |
| 2 | juhng | 主要的，要緊的 | 重要、重視、重點 |
| 3 | chùhng | 再 | 重複、舊地重遊 |

"當"字常用讀音有：

|  | 讀音 | 詞義 / 用法 | 例 |
|---|---|---|---|
| 1 | dōng | 1. 承擔<br>2. 應該<br>3. 那時 | 當家作主、一夫當關<br>理當如此、應當<br>當時、當面、當場 |
| 2 | dong | 1. 合適<br>2. 作為<br>3. 圈套 | 適當、用語不當<br>當耳邊風、當係朋友<br>上當 |

## 練習

試讀出以下句子：

1. 張先生享受佢嘅工作，唔覺得係一個重擔。

2. 今次質素唔錯，唔使重做。

3. 你個人嘅重心唔啱，所以揮拍唔夠力。

4. 我哋會制止嗰啲唔**適當**嘅行為。

5. 隨便坐啦，**當**自己屋企得嘅嘑。

6. **當**我知道要**重讀**呢一科嘅時候，真係覺得大受打擊。

# 5　情景説話練習

**1.** Néih haih yātgāan gūngsī ge yàhnsihbouh gīngléih, hōiwúi gójahnsìh, yáuhdī tùhngsih jātyìh dímgáai gūngsī yiu chéng gamdō móuh gīngyihm ge hauhsāang jáinéui fāanlàih, gáaudou gūngsī jeuigahn sāangyi chāgwo yíhchìhn hóudō. Yìhgā néih sèuhngsi wuhnwòh heifān, yātbouhbouh gáaisīk chéng nīpāi yàhn deui gūngsī yáuh mē hóuchyu.　你係一間公司嘅人事部經理，開會嗰陣時，有啲同事質疑點解公司要請咁多冇經驗嘅後生仔女返嚟，搞到公司最近生意差過以前好多。而家你嘗試緩和氣氛，一步步解釋請呢批人對公司有咩好處。

**2.** Néih haih yātgo séhgūng, gāmyaht waih gājéung géuibaahnjó yātgo mìhng wàih 'Gwāan'oi hah yātdoih' ge góngjoh, hái góngjoh léuihbihn, yáuhdī gājéung yātgónghéi tùhng jáinéui ge chūngdaht jauh hóu sēungsām, yìhgā néih béi dī yigin kéuihdeih.　你係一個社工，今日為家長舉辦咗一個名為"關愛下一代"嘅講座。喺講座裏便，有啲家長一講起同仔女嘅衝突就好傷心，而家你俾啲意見佢哋。

**3.** Néih haih yātgo hohksāang jóujīk ge doihbíu, jeuigahn nīgo jóujīk faatbíujó yātdī yìhnleuhn jīhauh jōusauh gokfōng pāipìhng, sóyíh gāmyaht dahkdāng jiuhhōi geijé wúi gáaisīk. Yìhgā geijé hōichí tàihmahn, yáuhdī deihfōng, néihdeih syúnjaahk gīnchìh, yáuhdī deihfōng néihdeih syúnjaahk táansìhng douhhip.　你係一個學生組織嘅代表，最近呢個組織發表咗一啲言論之後遭受各方批評，所以今日特登召開記者會解釋。而家記者開始提問，有啲地方你哋選擇堅持；有啲地方你哋選擇坦誠道歉。

**4.** Géigo nìhnchīngyàhn daaihhohk bātyihp jīhauh, yātchàih hōijín kéuihdeih ge móhngseuhng sāangyi, yìhché gáaudāk hóu sìhnggūng, yìhgā yātgo geijé fóngmahngán kéuihdeih dímgáai dōngchō wúih yáuh gám ge kyutdihng, dōngjūng yuhdóu ge kwannàahn tùhngmàaih kéuihdeih dímyéung mihndeui dángdáng. 幾個年青人大學畢業之後，一齊開展佢哋嘅網上生意，而且搞得好成功，而家一個記者訪問緊佢哋點解當初會有噉嘅決定、當中遇倒嘅困難同埋佢哋點樣面對等等。

**5.** Néih duhkyùhn yīfō bātyihp, kyutdihng fonghei gōusān háuhjīk, heuidī lohkhauh ge deihfōng jouh yīsāng. Dōngchō m̀síu yàhn fáandeui, pàhngyáuh, lóuhsī, sahmji lìhn néuih pàhngyáuh dōu hóu m̀séung néih lèihhōi, daahnhaih néih gokdāk m̀chan hauhsāang heui, chìhdī jauh ganggā heui m̀dóu. Gwojó sahpnìhn, néih hái yīhohkgaai ge sìhngjauh dākdóu gwóngdaaih yìhngtùhng, yìhché juhng léuih wohk syùhwìhng, gāmyaht néih ge móuhhaauh yiu bāanjéung béi néih, daaihhohk fōngmihn jiyùhn jūkhohchìh jīhauh, lèuhndou néih faatyìhn. 你讀完醫科畢業，決定放棄高薪厚職，去啲落後嘅地方做醫生。當初唔少人反對，朋友、老師、甚至連女朋友都好唔想你離開，但係你覺得唔趁後生去，遲啲就更加去唔倒。過咗十年，你喺醫學界嘅成就得倒廣大認同，而且仲屢獲殊榮。今日你嘅母校要頒獎俾你，大學方面致完祝賀辭之後，輪到你發言。

# 第 2 課　計劃多彩假期

## 1　課文

### 課文一

| 羅馬拼音 | 廣東話 |
|---|---|
| Híuyàuh yáuh yātgo gáuseui tùhng yātgo luhkseui ge jái, jeuigahn juhng yáuhjó daihsāamtōi tīm, kéuih lóuhgūng gin kéuih fahn gūng yauh mòhng yauh sānfú, jauh giu kéuih soksing chìhjó fahn gūng, héungsauhháh yàuhchèuhng gakèih, dáng bìhbī daaihdou gam seuhnghá joisyun. Híuyàuh ge pàhngyáuh hóuchíh hóu sihnmouh gám wah, "Gám néih yìhgā maih hóu taan lō! Yáuh mē gaiwaahk sīn?" Híuyàuh siusiuháu gám góng, "Jānhaih géi hōisām gé, ngóh yìhgā duhkfāan syū la! Chìhdī yáuh gēiwuih nē, jauh námjyuh yātgādaaihsai heuiháh léuihhàhng lō, dākhàahn jauh táidihng dī léuihyàuh jaahpji, lódihng dōdī líu, faisih jihgéi heui gójahnsìh béiyàhn maaih jyūjái ā ma! Bātgwo kèihsaht fong nīgo ga, ngóh jeui héungsauh jauhhaih hóyíh tái dōdī syū, jeuigahn táijó bún syū giujouh "Māmìh beikāp" a. Kéuih gaau néih dím bōu gēungchou sīn hóusihk, yauh wúih góngháh yùhgwó go jái náugái dímsyun hóu, dáng kéuihdeih m̀sái sìhsìh gáugáaujan. Búnsyū juhng gaau néih heui bīndouh máaih hóiméi sīnji m̀wúih béiyàhn āakching tīm!" Híuyàuh jānhaih hahnjó nīgo gakèih hóunoih. Yānwaih yíhchìhn chaujái ge yéh dōu kaausaai lóuhyèh nàaihnáai, yìhgā ūkkéi ge sāuyahp wándihngdī, jūngyū hóyíh chan nīgo gakèih yātbihn jeunsāu, yātbihn jéunbeih jouh yātgo chyùhnjīk | 曉柔有一個九歲同一個六歲嘅仔，最近仲有咗第三胎添，佢老公見佢份工又忙又辛苦，就叫佢索性辭咗份工，享受吓悠長假期，等BB大到咁上下再算。曉柔嘅朋友好似好羨慕噉話"哎你而家咪好歎囉！有咩計劃先？"曉柔笑笑口噉講"真係幾開心嘅，我而家讀返書嘞！遲啲有機會呢，就諗住一家大細去吓旅行囉，得閒就睇定啲旅遊雜誌，攞定多啲料，費事自己去嗰陣時俾人賣豬仔吖嘛！不過其實放呢個假，我最享受就係可以睇多啲書，最近睇咗本書叫做《媽咪秘笈》呀。佢教你點煲薑醋先好食，又會講吓如果個仔扭計點算好，等佢哋唔使時時搞搞震。本書仲教你去邊度買海味先至唔會俾人呃秤添！"曉柔真係恨咗呢個假期好耐。因為以前湊仔嘅嘢都靠晒老爺奶奶，而家屋企嘅收入穩定啲，終於可以趁呢個假期一便進修，一便準備做一個全職媽咪。今年暑假，曉柔諗緊好唔好俾個大仔去參加啲遊學團，一嚟等佢學好啲英文，二嚟學吓獨立，所以今日專登去聽吓一個關於暑期遊學嘅講座。喺講座上面，有一 |

| 羅馬拼音 | 廣東話 |
| --- | --- |

mámìh. Gāmnìhn syúga, Híuyàuh námgán hóu m̀hóu béi go daaihjái heui chāamgā dī yàuhhohktyùhn, yātlàih dáng kéuih hohkhóudī Yīngmán, yihlàih hohkháh duhklahp, sóyíh gāmyaht jyūndāng heui tēngháh yātgo gwāanyū syúkèih yàuhhohk ge góngjoh. Hái góngjoh seuhngmihn, yáuh yātgo gaauyuhk fōngmihn ge jyūngā gaaulouh:

個教育方面嘅專家教路：

"Yāt dou syúga, m̀síu gājéung bōng jáinéui bouméng duhk nīyeuhng duhk góyeuhng ge sìhhauh, jouhjó séuiyú dōu m̀jī, yàuhkèihhaih yātdī heui ngoihgwok ge yàuhhohktyùhn, yáuhdī gājéung béiyàhn maaihyùhn jyūjái sīnji dádihnwá làih wánngóh kàuhgau, Máh boksih! Máh boksih! Gógo gám ge yàuhhohk fochìhng, dōu āakching gé, béi sèhng yihsāammaahn mān wah fanlihn háuchòih, hohkyùhn fāanlàih gojái dōu juhnghaih háujahtjaht. Ngóh mahn kéuih go fochìhng séuhng géinoih a? Yùhnlòih dāk gó yātgo láihbaai dōdī… dōngyìhn múihgo gājéung dōu mohngjí sìhnglùhng, daahnhaih yáuhsìh yauh taaigwo géiyàhn yāutīn la, fàahnsih dōu yiu chèuhnjeuih jihmjeun ge. Yìhché, bātleuhn boudī mātyéh, gājéung haih m̀hóyíh bātchit sahtjai ge, yùhgwó m̀haih jauh saht johngbáan, aai wùihséui dōu móuh yàhn léih ga la.

"一到暑假，唔少家長幫仔女報名讀呢樣讀嗰樣嘅時候，做咗水魚都唔知，尤其係一啲去外國嘅遊學團，有啲家長俾人賣完豬仔先至打電話嚟搵我求救，馬博士！馬博士！嗰個噉嘅遊學課程，都呃秤嘅，俾成二三萬蚊話訓練口才，學完返嚟個仔都仲係口窒窒。我問佢個課程上幾耐呀？原來得嗰一個禮拜多啲⋯⋯當然每個家長都望子成龍，但係有時又太過杞人憂天嘞，凡事都要循序漸進嘅。而且，不論報啲乜嘢，家長係唔可以不切實際嘅，如果唔係就實撞板，嗌回水都冇人理㗎嘞。

Bōng dī jáinéui bou yàuhhohktyùhn jīchìhn, ngóh hēimohng daaihgā yiu líuhgáai jihgéi ge jáinéui sīn. Sēuiyìhn dōsou sailouh dōu haih lātsíng máhlāu, jaatjaattiu, séuhngtòhng gójahnsìh dōu jūngyi gáaugáaujan, gáaudou sīnsāang gaau kéuihdeih gaaudou sēng dōu sāmàaih, sihkfaahn gójahnsìh néih séung kéuih chóhdihngdihng mē? Kéuih jauh pīn yiu seiwàih tàhng, daahnhaih kèihsaht yihk yáuhdī síu pàhngyáuh hóu pacháu, tùhng kéuih kīnggáai, jūngyi wáan māt a? Jūngyi sihk māt a? Sahpmahn gáu m̀ying! Heui gāaigāai hóu m̀hóu a? Sèuh waahttāi hóu m̀hóu a? Sásáu nihngtáu! Sóyíh ngóh sáusīn fuhnghyun daaihgā yātgeui, m̀hóu yàhn bou néih yauh bou.

幫啲仔女報遊學團之前，我希望大家要了解自己嘅仔女先。雖然多數細路都係甩繩馬騮，紮紮跳，上堂嗰陣時都鍾意搞搞震，搞到先生教佢哋教到聲都沙埋，食飯嗰陣時你想佢坐定定咩？佢就偏要四圍騰；但係其實亦有啲小朋友好怕醜，同佢傾偈，鍾意玩乜呀？鍾意食乜呀？十問九唔應！去街街好唔好呀？'蛇'滑梯好唔好呀？耍手擰頭！所以我首先奉勸大家一句，唔好人報你又報。

| 羅馬拼音 | 廣東話 |
|---|---|
| Wahmìhng chēutheui yàuhhohk, chèuihjó hohk yúhyìhn, kèihsaht juhng yiu béi kéuihdeih hohk jouhyàhn. Hái chēutbihn tùhng yàhn sēungchyúh taai sāchàhn séigáng; sìhsìh tàuhdāpdāp, móuhlèih jihseun, yauh m̀dāk bo. Yùhgwó chēutdouheui, háng jihgéi jipháh péih, wáan gójahnsìh yauh m̀wáan'gwolùhng, jéunsìh sāudong, sihkfaahn yauh sīkdāk bōngyàhn jāmháh séui, nīdī láihmaauh seuhng, sāngwuht síujit seuhng ge jeunbouh, haih m̀haih ganggā bóugwai nē?" | 話明出去遊學，除咗學語言，其實仲要俾佢哋學做人。喺出便同人相處太沙塵死梗；時時頭耷耷，冇鬙自信又唔得㗎。如果出到去，肯自己摺吓被、玩嗰陣時又唔玩過龍，準時收檔，食飯又識得幫人斟吓水，呢啲禮貌上、生活小節上嘅進步，係唔係更加寶貴呢？" |
| Híuyàuh hóu dō pàhngyáuh dōu hóu sihnmouh kéuih, hóyíh chìhjó fahngūng làih héungsauh chèuhngga, bātgwo bīndouh gam yùhngyih jauh hóyíh báaidāi fahn gūng ā? Hái Hēunggóng, dī yàhn díngdō laaimàaih dī gūngjung gakèih, chéng géiyaht daaihga làih fong go chèuhngga heuiháh léuihhàhng gám ge jē, yihché yātfahn gūng múihnìhn béidóu sahpgéiyaht daaihga néih dōu syun haih gám la. | 曉柔好多朋友都好羨慕佢，可以辭咗份工嚟享受長假，不過邊度咁容易就可以擺低份工吖？喺香港，啲人頂多賴埋啲公眾假期，請幾日大假嚟放個長假去吓旅行嘅嘅啫，而且一份工每年俾倒十幾日大假你都算係嘅嘑。 |

# 課文二

| 羅馬拼音 | 廣東話 |
|---|---|
| A-Mēi jeui jūngyi heui léuihhàhng. Mòuhleuhn haih heui dī kùhnghēung pīkyeuhng táiyihmháh, dihnghaih hái fàahnwàh daaihdōusíh yùhlohk kaumaht kéuih dōu hóu jūngyi. Gāmyaht, A-Mēi hái gūngsī lójóga jīhauh, jauh máaihjó bún léuihyàuh jaahpji, táidou ngáahndihngdihng. Yìhgā A-Mēi jauh tùhng kéuih ge bíudái hingji buhtbuht gám kīnghéi kéuih ge léuihyàuh daaihgai. | 阿美最鍾意去旅行。無論係去啲窮鄉僻壤體驗吓，定係喺繁華大都市娛樂購物佢都好鍾意。今日，阿美喺公司攞咗假之後，就買咗本旅遊雜誌，睇到眼定定。而家阿美就同佢嘅表弟興致勃勃噉傾起佢嘅旅遊大計。 |
| ***A-Mēi:*** | 阿美： |
| Gam daaih go yàhn dōu meihheuigwo Chèuhngsìhng, móuh léihyàuh m̀chan nīgo gakèih heui ge, daahnhaih Seuhnghói ge gíngdím yauh gam kāpyáhn, yàuhkèih haih Ngoihtāan a, m̀jī dímgáan hóu tīm… | 咁大個人都未去過長城，有理由唔趁呢個假期去嘅；但係上海嘅景點又咁吸引，尤其係外灘呀，唔知點揀好添…… |

| 羅馬拼音 | 廣東話 |
|---|---|
| **Bíudái:**<br><br>Óh, gótou oichìhng kehk háidouh chéuigwo gíng gā ma, juhng hóu góng, gótou gám ge yéh, táidou ngóh dásaai haamlouh, hāpsaai ngáahnfan…jihnghaih geidāk go néuihjyúgok jíngjó dihp hùhngsīu sījítàuh tam kéuih nàahmpàhngyáuh ja! | 表弟：<br><br>哦，嗰套愛情劇喺度取過景㗎嘛，仲好講，嗰套嗰啲嘢，睇到我打晒喊露，瞌晒眼瞓……淨係記得個女主角整咗碟紅燒獅子頭氹佢男朋友咋！ |
| **A-Mēi:**<br><br>Hahnséi yàhn la, yuht tái yuht séung heui … Yùhgwó tùhng néih jeui oi ge yàhn háidouh tō sáujái, mohngjyuh lengjyuht ge fūnggíng, gāséuhng yìhngmihn yìhlàih ge mèihfūng… | 阿美：<br><br>恨死人嘞，越睇越想去……如果同你最愛嘅人喺度拖手仔，望住靚絕嘅風景，加上迎面而嚟嘅微風…… |
| **Bíudái:**<br><br>(Saisaisēng wah bíujé) Sihk sāibākfūng jauh yáuhfán… | 表弟：<br><br>（細細聲話表姐）食西北風就有份…… |
| **A-Mēi:**<br><br>Ngoihtāan haih jauh haih leng, daahnhaih dōu m̀jī géisìh sīn yáuh syutlohk. Chíjūng dōuhaih lohksyut sīn gau lohngmaahn. Dōng ngóh hái syutdeih seuhngmihn chai syutyàhn, fātyìhn jīgāan, kéuih jauh ló jaatfā chēutlàih sungbéi ngóh… | 阿美：<br><br>外灘係就係靚，但係都唔知幾時先有雪落。始終都係落雪先夠浪漫。當我喺雪地上面砌雪人，忽然之間，佢就攞紮花出嚟送俾我…… |
| **Bíudái:**<br><br>(Saisaisēng) Miuhséung tīnhōi (jyúnyìh sihsin) A, táilàih…A-bíujé ge oichìhngsí yātdihng… | 表弟：<br><br>（細細聲）妙想天開……（轉移視線）呀，睇嚟……阿裏姐嘅愛情史一定…… |
| **A-Mēi:**<br><br>Hāng, hóuwah la, dōngnìhn gó yātjah jēuikàuhjé jānhaih jāangbāngtàuh… | 阿美：<br><br>哼，好話嘞，當年嗰一揸追求者真係爭崩頭…… |
| **Bíudái:**<br><br>Maakdaaihngáahn góngdaaihwah… | 表弟：<br><br>擘大眼講大話…… |

# 語義文化註釋

☞　薑醋　在廣東地區，不少家庭都有一個習慣，就是孕婦生產前一段時間家人就開始熬製薑醋，熬製時間由幾星期到好幾個月的都有，一般人相信產婦吃薑醋有助復原。材料包括薑、甜醋、黑醋、豬蹄子等等。

☞　口窒窒　（1）"口窒窒"表示"說話結結巴巴"，例如"佢一企出嚟講嘢就口窒窒"意思是"他一站出來說話就結結巴巴的"。單用"窒"一字也可表示"不流暢、斷斷續續"，例如"講到窒吓窒吓嘅，聽死人嘑"意思是"講得斷斷續續的，聽得難受死了"。打電話信號不好的時候，也用"窒"來表示，例如："喂？咩話？收得唔清楚呀！好窒呀！講咩呀！"（喂？甚麼？信號不好呀，一會兒有一會兒沒的，說啥呀！）

（2）單用"窒"一字表示"用言語頂撞、諷刺、譏笑人"等意思。

細佬：嘩！哥哥！咁簡單嘅嘢你都唔識，使唔使讀返小學呀？（嘿！哥哥！這麼簡單的事情你也不會，要不要再上小學呀？）

媽咪：你硬係鍾意窒你哥哥嘅啫！收聲！（你怎麼老愛拿你哥來開玩笑，閉嘴！）

☞　賣豬仔　原指以前華工被誘騙到海外做苦工的情況。華工於外地生活條件很差，加上被騙人數不少，就像"豬仔"一群一群地賣到海外去。現在，此詞常用於被騙或上當等情況，例如："我哋報團嗰陣都冇講過要收呢啲費用嘅，今鋪真係俾人賣豬仔。"（我們報團時沒說過要收這些費用的，這回我們可真是被騙了。）"呢個候選人臨選舉先至出嚟做啲嘢嘅咋，大家唔好俾人賣豬仔投錯票呀。"（這個候選人臨選舉才出來做點事，大家別上當投錯票呀。）

☞　假期　香港法定的公眾假期包括清明節、勞動節、端午節、香港特別行政區成立紀念日、中秋節翌日、重陽節、國慶日、冬至或聖誕節（由僱主選擇）。在工作的場合，香港某些詞語的用法跟普通話不同，要多加注意。例如"大假"指帶薪假或者年假；"攞假"指拿假或者請假；"假紙"指假條；"銀行假"指月曆上紅色的假期。

# 2　詞語

## 2.1　生詞

| | 廣東話 | | 普通話 / 釋義 |
|---|---|---|---|
| 1 | siusiuháu | 笑笑口 | 掛着笑臉 |
| 2 | náugái | 扭計 | 撒嬌、撒野、耍賴 |
| 3 | hóiméi | 海味 | 乾貨（海鮮） |
| 4 | āakching/ngāakching | 呃秤 | 訛秤 |
| 5 | gaaulouh | 教路 | 指點 |
| 6 | jouhjó séuiyú | 做咗水魚 | 成了被騙的人 |
| 7 | háujahtjaht | 口窒窒 | 説話結結巴巴 |
| 8 | johngbáan | 撞板 | 碰釘子，闖禍 |
| 9 | wùihséui | 回水 | 退錢 |
| 10 | lātsíng máhlāu | 甩繩馬騮 | 頑皮的孩子 |
| 11 | jaatjaattiu | 紮紮跳 | 活蹦亂跳 |
| 12 | chóh dihngdihng | 坐定定 | 坐好 |
| 13 | sahp mahn gáu m̀ying | 十問九唔應 | 愛搭不理 |
| 14 | sèuh waahttāi | "蛇" 滑梯 | 玩滑梯 |
| 15 | sásáu nihngtáu | 耍手擰頭 | 又搖手又搖頭 |
| 16 | sāchàhn | 沙塵 | 驕傲、囂張、自滿 |

| | 廣東話 | | 普通話 / 釋義 |
|---|---|---|---|
| 17 | móuhlèih jihseun | 冇釐自信 | 一點自信都沒有 |
| 18 | gai ngóh wah | 計我話 | 按我的意見 |
| 19 | jippéih | 摺被 | 疊被子 |
| 20 | sāudong | 收檔 | 收攤兒 |
| 21 | jāmséui | 斟水 | 倒水 |
| 22 | laaimàaih | 賴埋 | 連着 |
| 23 | ngáahndihngdihng | 眼定定 | 一眨不眨 |
| 24 | hahnséi yàhn la | 恨死人嘑 | 真叫人眼饞 |
| 25 | juhng hóu góng | 仲好講 | 還說 |
| 26 | dá haamlouh | 打喊露 | 打呵欠 |
| 27 | tō sáujái | 拖手仔 | 手拉手 |
| 28 | sihk sāibākfūng | 食西北風 | 喝西北風 |
| 29 | …jauh yáuhfán | ……就有份 | ……倒差不多 |
| 30 | chai syutyàhn | 砌雪人 | 堆雪人 |
| 31 | miuhséung tīnhōi | 妙想天開 | 異想天開 |
| 32 | hóuwah la | 好話嘑 | 那還用說 |
| 33 | maakdaaih ngáahn, góng daaihwah | 擘大眼，講大話 | 睜眼說瞎話 |

## 2.2  難讀字詞

| | | |
|---|---|---|
| 1 | géiyàhn yāutīn | 杞人憂天 |
| 2 | chèuhnjeuih jihmjeun | 循序漸進 |
| 3 | chìhmyìh mahkfa | 潛移默化 |
| 4 | kùhnghēung pīkyeuhng | 窮鄉僻壤 |
| 5 | hingji buhtbuht | 興致勃勃 |

# 3  附加詞彙

## 3.1  菜式名稱

| | | | |
|---|---|---|---|
| hùhngsīu sījítàuh | 紅燒獅子頭 | chìhtòhng lìhnfā | 池塘蓮花 |
| hòuhwòhng fuhngjáau | 蠔皇鳳爪 | fahtsáu pàaihgwāt | 佛手排骨 |
| dūnggōng yìhmguhkgāi | 東江鹽焗雞 | baahkwàhn jyūsáu | 白雲豬手 |
| tòhngchou yú | 糖醋魚 | chìuhjāu dungyuhk | 潮州凍肉 |
| baahkchit gwaifēigāi | 白切貴妃雞 | yùhhēung kéjí | 魚香茄子 |
| baakfā yùhtóuh | 百花魚肚 | dūngbō yuhk | 東坡肉 |
| hóitòhng dūnggū | 海棠冬菇 | gūngbóu gāidīng | 宮保雞丁 |

## 3.2　坐飛機常用語

| | | | |
|---|---|---|---|
| boutyùhn | 報團 | sáutàih hàhngléih | 手提行李 |
| fēigēichāan | 飛機餐 | dānggēi jing | 登機證 |
| gēipiu | 機票 | Jūngléuih séh | 中旅社 |
| léuihhàhng séh | 旅行社 | léuihyàuh bóuhím | 旅遊保險 |
| léuihyàuh jínàahm | 旅遊指南 | jáulóngwái | 走廊位 |
| jyungēi | 轉機 | gamkēui | 禁區 |
| chēungháu wái | 窗口位 | hàhngléih gá | 行李架 |
| gēiwái | 機位 | hàhngchìhng | 行程 |
| bohng hàhngléih | 磅行李 | gēiméih | 機尾 |
| gēiyihk | 機翼 | chēutjaahp | 出閘 |
| yahpjaahp | 入閘 | hauhgēisāt | 候機室 |
| héifēi | 起飛 | míhnseuidim | 免稅店 |
| gēijéung | 機長 | hóigwāan jīkyùhn | 海關職員 |
| hūngjé | 空姐 | hūngsiu | 空少 |

## 3.3　京滬景點

| 上海 | Ngoihtāan | 外灘 | Yuhyùhn | 豫園 |
|---|---|---|---|---|
| | Seuhnghói daaihkehkyún | 上海大劇院 | Wòhngbou gōng | 黃浦江 |
| | Yàhnmàhn gūngyún | 人民公園 | Saigéi gūngyún | 世紀公園 |
| | Hóiyèuhng séuijuhkgún | 海洋水族館 | Lóuhsìhngwòhngmíu | 老城隍廟 |
| | Sān tīndeih | 新天地 | Dūngfōng mìhngjyū | 東方明珠 |

| 北京 | Yìhwòh yún/Yìhwòh yùhn | 頤和園 | Gugūng | 故宮 |
|---|---|---|---|---|
| | Níuhchàauh | 鳥巢 | Maahnléih chèuhngsìhng | 萬里長城 |
| | Tīn'ōnmùhn | 天安門 | Gíngsāan gūngyún | 景山公園 |
| | Mìhng sahpsāam lìhng | 明十三陵 | Tīntàahn | 天壇 |
| | Yàhnmàhn daaihwuihtòhng | 人民大會堂 | Wòhngfújéng | 王府井 |

## 3.4　育兒常用語

| 廣東話 | | 普通話 / 釋義 |
|---|---|---|
| hohkhàahng chē | 學行車 | 學步車 |
| chóhyút | 坐月 | 坐月子 |
| chéng pùihyút | 請陪月 | 請月嫂 |
| mēdáai | 孭帶 | 背帶 |
| soufūng | 掃風 | 餵完奶後拍打嬰兒背部 |
| háuséuigīn | 口水肩 | 圍嘴 |
| aúnáaih | 嘔奶 | 吐奶 |
| náaihjēun | 奶樽 | 奶瓶 |
| gàauhgāaujyū | 覺覺豬 | 睡覺 |
| chōusān daaihsai | 粗身大勢 | 形容女人懷孕時的體態 |
| wuhnpín | 換片 | 換尿片 |
| laaihsí laaihniuh | 賴屎賴尿 | 大小便失禁 |

## 3.5 粵普各一字

| 沙啞 | |
|---|---|
| | 唱咗成日歌聲都沙晒。（唱歌唱了一整天嗓子都啞了。）<br><br>Cheungjó sèhngyaht gō sēng dōu sāsaai.<br><br>班學生叫極都唔聽，嗌到我聲都沙晒。（這些學生怎麼說都不聽，喊得我嗓子都啞了。）<br><br>Bāan hohksāang giugihk dōu m̀tēng, aai dou ngóh sēng dōu sāsaai. |
| 碰撞 | |
| | 佢行返屋企嗰陣時撞親。（他走回家的時候碰了一下。）<br><br>Kéuih hàahngfāan ūkkéi gójahnsìh johngchān.<br><br>揀一間好嘅餐廳唔使靠撞啩。（要選一個好的餐廳不用碰運氣吧。）<br><br>Gáan yātgāan hóu ge chāantēng m̀sái kaaujohng gwa. |
| 摺疊 | |
| | 個女都幾乖，時時幫屋企人摺衫。（女兒挺乖的，經常幫家人疊衣服。）<br><br>Gonéui dōu géigwāai, sìhsìh bōng ūkkéi yàhn jipsāam.<br><br>你識唔識摺紙鶴或者紙飛機呀？（你會不會疊紙鶴或者紙飛機呢？）<br><br>Néih sīk m̀sīk jip jíhók waahkjé jí fēigēi a? |

# 4 語音練習

## 4.1 合口韻對應 in-am/an

普通話的韻母；n 對應廣東話的韻母有兩點要注意。第一，普通話讀 in 的韻母不少對應成廣東話的 am/an，例如普通話的 qín 可以是 "kàhn 勤" 或者是 "kàhm 琴"，要注意

是 -n 收尾還是 -m 收尾。

| jin - am | 今 | gām | 今昔 | gāmsīk |
|---|---|---|---|---|
| | 襟 | kām | 衣襟 | yīkām |
| | 錦 | gám | 錦繡 | gámsau |
| | 浸 | jam | 浸濕 | jamsāp |
| jin - an | 巾 | gān | 巾幗 | gāngwok |
| | 斤 | gān | 斤兩 | gānléung |
| | 筋 | gān | 筋疲力盡 | gānpèih lihkjeuhn |
| | 僅 | gán | 僅次 | gánchi |
| | 緊 | gán | 緊縮 | gánsūk |
| | 近 | káhn / | 近距離 | káhn kéuihlèih |
| | | gahn | 近在咫尺 | gahnjoih jíchek |
| qin - am | 侵 | chām | 侵入 | chāmyahp |
| | 欽 | yām | 欽佩 | yāmpui |
| | 禽 | kàhm | 禽獸 | kàhmsau |
| | 琴 | kàhm | 琴瑟 | kàhmsāt |
| | 寢 | chám | 寢食 | chámsihk |
| qin - an | 勤 | kàhn | 勤奮 | kàhnfáhn |
| | 芹 | kàhn | 芹菜 | kàhnchoi |
| yin - am | 陰 | yām | 陰謀 | yāmmàuh |
| | 音 | yām | 音頻 | yāmpàhn |
| | 吟 | yàhm | 呻吟 | sānyàhm |
| | 淫 | yàhm | 浸淫 | jamyàhm |
| yin - an | 銀 | ngàhn | 銀幕 | ngàhnmohk |
| | 引 | yáhn | 引經據典 | yáhngīng geuidín |
| | 癮 | yáhn | 癮君子 | yáhn gwānjí |
| | 印 | yan | 烙印 | lohkyan |
| | 姻 | yān | 姻緣 | yānyùhn |
| | 因 | yān | 因時制宜 | yānsìh jaiyìh |

## in-ing/eun

第二，普通話的 in 除了對應廣東話的 am/an 以外，也有一部分是對應廣東話的 ing 或
eun。

| in - ing | 拎 | līng | 拎住 | līngjyuh |
|----------|----|------|------|----------|
| | 皿 | míhng | 器皿 | heimíhng |
| | 拼 | ping /pīng | 拼音 | pingyām/pīngyām |
| | 馨 | hīng | 溫馨 | wānhīng |
| in - eun | 津 | jēun | 津津樂道 | jēunjēun lohkdouh |
| | 盡 | jeuhn | 盡善盡美 | jeuhnsihn jeuhnméih |
| | 進 | jeun | 進退兩難 | jeunteui léuhngnàahn |
| | 鄰 | lèuhn | 鄰居 | lèuhngēui |
| | 鱗 | lèuhn | 魚鱗 | yùhlèuhn |
| | 麟 | lèuhn | 鳳毛麟角 | fuhngmòuh lèuhngok |
| | 吝 | leuhn | 吝嗇 | leuhnsīk |
| | 秦 | chèuhn | 秦檜 | Chèuhnkúi |
| | 信 | seun | 信口雌黃 | seunháu chīwòhng |

## 4.2　多音字：切、被

"切" 字常用讀音有：

| | 讀音 | 詞義 / 用法 | 例 |
|---|------|-----------|-----|
| 1 | chit | 割斷；貼近；務必 | 切除；親切；切忌 |
| 2 | chai | 所有 | 一切 |

"被" 字常用讀音有：

|   | 讀音 | 詞義／用法 | 例 |
|---|---|---|---|
| 1 | beih | 表示被動關係 | 被害、被迫 |
| 2 | péih | 被子 | 棉被 |

## 練習

試讀出以下句子：

1. 一切都準備好之後我哋就開始切蛋糕。

2. 靠你一個人嘅力邊度攞得起咁重嘅嘢呀？

3. 阿明仲細個，唔會咁易明白同家人朋友分別嘅切膚之痛。

4. 呢個被告話，一人做事一人當，唔會拖埋其他人落水。

5. 因住凍親呀，冚多張被啦。

6. 佢煮嘢唔小心切親自己啫，唔算傷得好嚴重。

# 5　情景説話練習

1. Jāu sīnsāang hái yātgāan yúhyìhn jūngsām bouduhkjó yātgo yúhyìhn fochìhng, hōichí séuhngtòhng jīhauh faatyihn fobātdeuibáan, yáuh hóudō mahntàih, séung teuifāan chín yauh m̀sauhléih, sóyíh jauh dádihnwá heui yātgāan bougún tàuhsou. 周先生喺一間語言中心報讀咗一個語言課程，開始上堂之後發現貨不對辦，有好多問題，想退返錢又唔受理，所以就打電話去一間報館投訴。

**2.** Néih tùhng ūkkéi yàhn jéunbeih chēutfaat heui léuihhàhng, yānwaih júngjúng yùhnyān, gāmyaht ge hòhngbāan yātjoi yìhnngh. Yahpjó jaahp hái hauhgēisāt dángyùhn yātlèuhn jīhauh jēutjī séuhngdóugēi, daahnhaih séuhngjógēi jīhauh dángjó hóu noih yauh héiṁdóu fēi, jeuihauh juhng yiu lohkfāangēi tīm. Sèhng go gwochìhng hóudō sìhnghaak tàuhsou, hòhnghūng gūngsī bātdyuhn gám ōnpàaih yātdī ōnfú sìhnghaak ge chousī. 　你同屋企人準備出發去旅行，因為種種原因，今日嘅航班一再延誤。入咗閘喺候機室等完一輪之後卒之上倒機，但係上咗機之後等咗好耐又起唔倒飛，最後仲要落返機添。成個過程好多乘客投訴，航空公司不斷噉安排一啲安撫乘客嘅措施。

**3.** Chéng néihdeih fānjóu mòuhyìh yātdyuhn yàuhhohktyùhn ge gwónggou syūnchyùhnpín. 　請你哋分組模擬一段遊學團嘅廣告宣傳片。

**4.** Néih haih yātgo chānjí jitmuhk ge jyúchìh yàhn, gaauyàhn dímyéung chaujái. Yìhgā wúih hōichí jiptēng ṁtùhng fuhmóuh ge dihnwá, bōng kéuihdeih yātchàih námháh dímyéung gáaikyut gódī mahntàih. 　你係一個親子節目嘅主持人，教人點樣湊仔。而家會開始接聽唔同父母嘅電話，幫佢哋一齊諗吓點樣解決嗰啲問題。

**5.** Hóudō Hēunggóng yàhn dōu jūngyi heui noihdeih léuihyàuh. Yáuh yātgāan séhkēui jūngsām géuibaahnjó yātgo gwāanyū noihdeih léuihyàuh ge góngjoh, néih haih nīgo góngjoh ge jyúchìhyàhn, yìhgā chéng néih béi yātdī deuiyū noihdeih léuihyàuh ge yigin. 　好多香港人都鍾意去內地旅遊。有一間社區中心舉辦咗一個關於內地旅遊嘅講座，你係呢個講座嘅主持人，而家請你俾一啲對於內地旅遊嘅意見。

漫 談 本 地 娛 圈

# 1 課文

## 課文一

| 羅馬拼音 | 廣東話 |
| --- | --- |

Yìhgā hái dihnsih bogán yātgo giu "Leuhnjeuhn Hēunggóng yùhlohkhyūn" ge jitmuhk, yíhhah haih jyúchìhyàhn ge hōichèuhngbaahk. "Yáuhdī mātyéh haih lihng yàhn yauh oi yauh hahn ge nē? Yāt, Hēunggóng ge kehkjaahp. Ngóhdeih hóudō yàhn dōu wah, yáuhmóuh gáaucho a? Yauh chāaukíu? Nītou gīngdín dihnsihkehk, paakyùhn yauh joi fāanpaak, boyùhn yauh joi chùhngbo, muhn m̀muhndī a? Daahnhaih nīdī kehkjaahp jeui sāileih ge deihfōng haih, ngóhdeih jūngyi yātbihn naauh, yātbihn tái. Yih, baatgwa sānmán. Ngóhdeih hóudō yàhn dōu wah, yáuhmóuh gáaucho a? Jān dihng gá a? Gám dōu dāk? Móuh léihyàuh ge...Dím hóyíh gám sé kéuih ge nē? Hóu! Dáng ngóh máaih fahn táiháh sīn! M̀góng gamdō la, gāmjaahp ngóhdeih chénglàih léuhngwái chúhngleuhngkāp gābān—gōwòhng Jēung-pìhng, Cheung-pín gāamjai Fùhng-giht!

Gāmjaahp ge jitmuhk, jyúchìhyàhn séung tùhng léuhng'wái gābān kīngháh Hēunggóng ngohktàahn yātlouh yíhlàih ge faatjín. Kéuihdeih dōu gokdāk yíhchìhn ge gōsáu, cheungpín waahkjé yíncheungwúi m̀sái gamdō bāaujōng, jíyiu go gōsáu haih cheungdāk ge, kèihtā ge yéh dōu haih kèihchi. Gōwòhng Jēung-pìhng pāipìhng yìhgā ge gōsáu, kéuih wah:

而家喺電視播緊一個叫《論盡香港娛樂圈》嘅節目，以下係主持人嘅開場白："有啲乜野係令人又愛又恨嘅呢？一，香港嘅劇集。我哋好多人都話，'有冇搞錯呀！又抄橋？呢套經典電視劇，拍完又再返拍，播完又再重播，悶唔悶啲呀？'但係呢啲劇集最犀利嘅地方係，我哋鍾意一便鬧，一便睇。二，八卦新聞。我哋好多人都話'有冇搞錯呀！真定假呀？噉都得？冇理由嘅……點可以噉寫佢嘅呢……？好！等我買份睇吓先！'唔講咁多嘞，今集我哋請嚟兩位重量級嘉賓——歌王張平、唱片監製馮傑！

今集嘅節目，主持人想同兩位嘉賓傾吓香港樂壇一路以嚟嘅發展。佢哋都覺得以前嘅歌手、唱片或者演唱會唔使咁多包裝，只要個歌手係唱得嘅，其他嘅野都係其次。歌王張平批評而家嘅歌手，佢話：

| 羅馬拼音 | 廣東話 |

"Ngóh gokdāk yìhgā ge gōsáu lihnfāanhóu dīgō sīn. Yāt tēngdóu kéuihdeih cheunggō, gēifùh yiu jīkhāak gaau saisēngdī bouh dihnsih. Haih a, kéuihdeih dīdíp dōu géi maaihdāk ge bo, gám yìhgā jíyiu néih sīkjouh, hāujéun sìhgēi bokséuhngwái, dākhàahn yauh heung dī geijé pàhngyáuh jihbaauháh dī máahnglíu, yiu chēuigūkháh dī sāndíp jihkchìhng móuh nàahndouh lā! Yìhgā gamdō sówaih gōsáu, yáuh bīngo cheung yihnchèuhng ge sìhhauh m̀haih māijéui ge nē? Jānhaih táidou gīkséi yàhn la."

"我覺得而家嘅歌手練返好啲歌先，一聽到佢哋唱歌，幾乎要即刻校細聲啲部電視。係呀，佢哋啲碟都幾賣得嘅嘛，嗷而家只要你識做，吼準時機搏上位，得閒又向啲記者朋友自爆吓啲猛料，要催谷吓啲新碟直情無難度啦！而家咁多所謂歌手，有邊個唱現場嘅時候唔係咪嘴嘅呢？真係睇到激死人嘑。"

Cheungpín gāamjai Fùhng-giht gānjyuh jauh wah: "Gám ngóh yauh yiu góngfāan geui gūngdouh syutwah gé, síhchèuhng sēuiyiu yihkdōu yínghéunggán kéuihdeih. Peiyùh hóudō yàhn dōu jūngyi gúháh dímgáai yáuhdī sānyàhn mouhhéidāk gamfaai, haih m̀haih kéuih jūngyi chīsaht dī gōuchàhng a? Dímgáai kéuih yauh yáuhfán jouh nītou hei gé? Yātdihng haih kéuih ge gīngléih yàhn lohkjūk jéuitàuh, kéuih sīnji yáuhfán jouh ge…Dī gōsáu dím jouh, tìuh louh dím hàahng, chíhfùh haih daaihsai sóchēui, yàhnyàhn dōu gwāansām néih ge sānmán dōgwo néih cheunggō cheungsèhng dím ge sìhhauh, sahtlihk hóuchíh bindāk chiyiu. M̀tūng jānhaih móuhdāk māang? M̀haih, kèihsaht néihdeih béisāmgēi cheung, jauh jihyìhn wúih kāpyáhnfāan ngohkmàih làuhyi dī hóu yāmngohk ge…"

唱片監製馮傑跟住就話：
"嗷我又要講返句公道説話嘅，市場需要亦都影響緊佢哋。譬如好多人都鍾意估吓點解有啲新人冒起得咁快，係唔係佢鍾意疼實啲高層呀？點解佢又有份做呢套戲嘅？一定係佢嘅經理人落足嘴頭，佢先至有份做嘅……啲歌手點做，條路點行，似乎係大勢所趨，人人都關心你嘅新聞多過你唱歌唱成點嘅時候，實力好似變得次要。唔通真係冇得捱？唔係。其實你哋俾心機唱，就自然會吸引返樂迷留意啲好音樂嘅……"

| 羅馬拼音 | 廣東話 |
| --- | --- |

Jitmuhk léuihbihn yihk yáuh gūnjung dá dihnwá làih faatbíu yigin. Yáuh yātwái gūnjung hóu gámtaan gám wah, m̀jí ngohktàahn jyujuhng bāaujōng, kèihsaht hái Hēunggóng nīgo sēungyihp séhwúi yeuhngyeuhng yéh dōu haih yuht làih yuht jyujuhng bāaujōng ge. Bātgwo kéuih dōu sēungseun Hēunggóng yìhngyìhn yáuh hēimohng, yānwaih kéuih gindóu m̀síu yāmngohkyàhn haih yáuhsām yáuhlihk gám jīchìh búndeih ngohktàahn faatjín, yàuhkèih haih chongjok fōngmihn. Boyùhn "Leuhnjeuhn Hēunggóng yùhlohkhyūn" jīhauh, jauhhaih bāan jéung dínláih, nī yātleuih ge jitmuhk, hóyíh wah lihkgáu bātsēui. Yìhgā yātgo yínyùhn gónggán kéuih ge dākjéung gámsauh:

節目裏便亦有觀眾打電話嚟發表意見。有一位觀眾好感歎噉話，唔止樂壇注重包裝，其實喺香港呢個商業社會樣樣野都係越嚟越注重包裝嘅。不過佢都相信香港仍然有希望，因為佢見倒唔少音樂人係有心有力噉支持本地樂壇發展，尤其係創作方面。播完《論盡香港娛樂圈》之後，就係頒獎典禮。呢一類嘅節目，可以話歷久不衰。而家一個演員講緊佢嘅得獎感受：

"Ngóh jihsai jauh hóu jūngyi dihnyíng, oichìhng pín, fōwaahn pín, sahmji yuhtyúh chàahnpín ngóh dōu tái. Táijyuh dī lóuhchìhnbui, ngóh jauh hóuséung jouh yínyùhn, sāmnám jouh làhmgei dōu móuh sówaih, yiu ge haih héibouh, jí yiu béi ngóh bun jek geuk cháaijó yahp nīhòhng, ngóh yātdihng wúih béi sāmgēi jouh lohkheui. Jūngyū gēiwuih làihdou la. Ngóh geidāk ngóh paak ge daihyāt bouh duhngjok pín, daihyāt chi diuséuhngheui wāiyá gójahnsìh haih géigam hīngfáhn, dōng ngóh yíhwàih jihchí jauh hóyíh pìhngbouh chīngwàhn ge sìhhauh, gitgwó haih, piufòhng yùhnchyùhn m̀dāk, juhng yiu béiyàhn siu ngóh piufòhng duhkyeuhk. Daahnhaih ngóh móuh màaihyun'gwo nīdī pāipìhng ngóh, naauh ngóh, siu ngóh ge yàhn, móuh gīnglihkgwo nīdī ngáahnleuih, ngóh m̀hóyíh sìhngjéung. Ngóh yiu dōjeh néihdeih deui ngóh ge bīnchaak. Yātgihn jokbán sauh yàhn jaanséung, dākdou wìhngyiuh ge yīnggōi haih nīgihn jokbán ge jyúyàhn. Gāmyaht, ngóh séung hái nīdouh dōjeh bāauyùhng ngóh ge fuhmóuh, chùhnglòih

"我自細就好鍾意電影，愛情片、科幻片、甚至粵語殘片我都睇。睇住啲老前輩，我就好想做演員，心諗做臨記都冇所謂，要嘅係起步，只要俾我半隻腳踩咗入呢行，我一定會俾心機做落去。終於機會嚟到嘑。我記得我拍嘅第一部動作片，第一次吊上去威吔嗰陣時係幾咁興奮，當我以為自此就可以平步青雲嘅時候，結果係，票房完全唔得，仲要俾人笑我票房毒藥。但係我冇埋怨過呢啲批評我、鬧我、笑我嘅人，冇經歷過呢啲眼淚，我唔可以成長，我要多謝你哋對我嘅鞭策。一件作品受人讚賞，得到榮耀嘅應該係呢件作品嘅主人。今日，我想喺呢度多謝包容我嘅父母、從來冇嫌棄我、曾經同我一齊捱嘅太太、同埋一路俾機會我嘅公司，呢一個獎係屬於你哋嘅，多謝大家！"

| 羅馬拼音 | 廣東話 |
| --- | --- |
| móuh yìhmhei ngóh, chàhnggīng tùhng ngóh yātchàih ngàaih ge taaitáai, tùhngmàaih yātlouh béi gēiwuih ngóh ge gūngsī, nī yātgo jéung haih suhkyū néihdeih ge, dōjeh daaihgā!" | |

## 課文二

| 羅馬拼音 | 廣東話 |
| --- | --- |
| Suhksīk búndeih yùhlohk hyūn duhngtaai ge A-Mēi, yìhgā tùhng kéuih ge bíudái kīnghéi gāmnìhn ngohktàahn ge bāanjéung dínláih. | 熟悉本地娛樂圈動態嘅阿美，而家同佢嘅表弟傾起今年樂壇嘅頒獎典禮。 |
| ***A-Mēi:***<br>Baauláahng a! Kéuih ló ngóh jeui héioi sānyàhn jéung!? Jouhmáh! (Paak tòih paak dang) Gám ngóh pekpaau m̀jouh yìhgā fahn gūng syun la, kéuih dōu lójéung, ngóh dōu hóyíh jouh tīnhauh lā! Mìhngmìhng yīnggōi haih A-Wīng ló gámáh… | **阿美：**<br>爆冷呀！佢攞"我最喜愛新人獎"？做馬！（拍枱拍櫈）噉我劈炮唔做而家份工算嘑，佢都攞獎，我都可以做天后啦！明明應該係阿穎攞㗎嘛…… |
| ***Bíudái:***<br>Jingsówaih choiyūng sātmáh, yīnjī fēifūk, m̀haih yàhnyàhn dōu hóyíh yātfàahn fūngseuhn gám faatjín ge…fongché haih yàhn dōu jī nīdī jéung haih fān jyūyuhk ga lā, gam gīkhei jouh māt nē…. | **表弟：**<br>正所謂塞翁失馬，焉知非福，唔係人人都可以一帆風順嘅發展嘅……況且係人都知呢啲獎係分豬肉㗎啦，咁激氣做乜呢…… |
| ***A-Mēi:***<br>Néih jī m̀jī kéuih yíhchìhn haih dī yihdálúk làih ga ja, sìhngyaht háidouh jouh sānmán bok chēutwái jī ma, bīukèih laahpyih, kéuih dī daaihwah chìhjóu wúih chyūnbōu ge! | **阿美：**<br>你知唔知佢以前係啲二打六嚟㗎咋，成日喺度做新聞搏出位之嘛，標奇立異，佢啲大話遲早會穿煲嘅！ |

| 羅馬拼音 | 廣東話 |
|---|---|
| **Bíudái:** | 表弟： |
| Ngóh jauh m̀gám wah kéuih haih sahtji mìhngwāi, daahnhaih yàhndeih cheunggō dōu syun yáuhfāan gamseuhngháá ā, hóusíu jáuyām ge bo… | 我就唔敢話佢係實至名歸，但係人哋唱歌都算有返咁上下吓，好少走音嘅嘑…… |
| **A-Mēi:** | 阿美： |
| Wahjī kéuih ā! Jihnghaih sīkdāk màaihdēui, chīmàaih dī gōuchàhng douh, yáuhdī mē sih dōu yáuh yàhn hōfāan lā! | 話之佢吖！淨係識得埋堆，黐埋啲高層度，有啲咩事都有人阿返啦！ |
| **Bíudái:** | 表弟： |
| Gámwah yàhn ga, néih yauh jī? M̀hóu yíh síuyàhn jīsām dohk gwānjí jīfūk bo. (dahtyìhn námhéi) A! Haih bo…nīdī yùhlohk sānmán néih yahtbōu yehbōu, yātdihng jī m̀síu. | 噉話人㗎，你又知？唔好以小人之心度君子之腹嘑。（突然諗起）呀！係嘑……呢啲娛樂新聞你日煲夜煲，一定知唔少。 |
| **A-Mēi:** | 阿美： |
| Hāng…hóuwah la…gāmnìhn jeui sauh fūnyìhng nàahmgōsáu haih bīngo, néih jī m̀jī a? | 哼……好話嘑……今年最受歡迎男歌手係邊個，你知唔知呀？ |
| **Bíudái:** | 表弟： |
| Wa…jānhaih béi néih háauhéi wo…chéng jígaau… | 嘩……真係俾你考起喎……請指教…… |
| **A-Mēi:** | 阿美： |
| Nàh! Dihnsihtòih tùhng boují dōu meih yáuh a, 'MéihMéih yùhlohk sānmán' chéungjaahp waih néih boudouh (bīlībālā yātléunjéui)… | 嗱！電視台同報紙都未有呀，"美美娛樂新聞"搶閘為你報導（哎喱吧啦一輪嘴）…… |

## 語義文化註釋

☞　抄橋　"一條橋"指"一個主意","想一個辦法"可用"度橋"。

（1）A：呢套劇條橋咪又係抄嗰套日劇之嘛！（這部電視劇可不就是抄襲那部日劇嗎！）

　　　　B：哼！話之你吖，橋唔怕舊，最緊要受。（嘻！管他呢，招不怕老，管用就好！）

（2）喂，個廣告下個月要出街嘑，我仲係一啲頭緒都冇呀，快啲幫我度橋啦！（誒，這廣告下個月要用了，我還是一點兒頭緒都沒，快幫我想辦法吧！）

☞　（催）谷　在一段時間內集中宣傳、學習、鍛鍊等等。

（1）呢套新片咁賣得，都係因為啲演員前排搏命催谷咋。（這部電影這麼賣座，就是因為演員們拚命宣傳。）

（2）為咗拍呢套武打片，唔止要減肥，仲要谷六嚿腹肌添。（為了拍這部武打片，不單要減肥，還要鍛練腹肌呢。）

（3）趁暑假谷吓啲英文至得。（趁暑假努力練習英語才行。）

☞　煲　用很長時間看書、看電視劇、打電話等等

（1）呢套長命劇集有成 100 集，一個禮拜終於煲完！（這部長篇劇有 100 集那麼多，一個禮拜終於把它看完！）

（2）佢要同女朋友煲完電話粥至肯瞓。（他要跟女朋友打電話説很久才願意睡覺。）

☞　粵語殘片　指粵語的黑白片，原來的詞語是"粵語長片"，因為"長"跟"殘"發音相近，而且黑白片也十分古老，故戲稱"粵語殘片"。

# 2　詞語

## 2.1　生詞

| 廣東話 | | 普通話 / 釋義 |
|---|---|---|
| 1 | sīkjouh　識做 | 懂人情世故 |
| 2 | bok séuhngwái　搏上位 | 爭取升職或取得重要的地位 |
| 3 | jihbaau　自爆 | 自己說出秘密 |
| 4 | māijéui　咪嘴 | 對口型 |
| 5 | chīsaht　黐實 | 黏住 |
| 6 | lohkjūk jéuitàuh　落足嘴頭 | 不停勸誘、稱讚 |
| 7 | māang　掹 | 挽救 |
| 8 | làhmgei　臨記 | 臨時演員 |
| 9 | kēlēfē　茄喱啡 | 跑龍套的，龍套 |
| 10 | diu wāiyá　吊威也 | 吊鋼絲，wire 的音譯 |
| 11 | piufòhng duhkyeuhk　票房毒藥 | 指連累票房收入的演員 |
| 12 | baauláahng　爆冷 | 出冷門 |
| 13 | jouhmáh　做馬 | 作假，內定 |
| 14 | pekpaau　劈炮 | 撂挑子、辭職不幹 |
| 15 | gīkhei　激氣 | 生氣，氣人 |
| 16 | fān jyūyuhk　分豬肉 | 人人有份 |

| | 廣東話 | | 普通話 / 釋義 |
|---|---|---|---|
| 17 | yihdálúk/ yihdáluhk | 二打六 | 不夠格的 |
| 18 | bok chēutwái | 搏出位 | 做與眾不同的事引人注意 |
| 19 | bīukèih laahpyih/ bīukèih lahpyih | 標奇立異 | 標新立異 |
| 20 | chyūnbōu | 穿煲 | 露餡兒 |
| 21 | yáuhfāan gamseuhnghá | 有返咁上下 | 有一定實力 |
| 22 | jáuyām | 走音 | 跑調 |
| 23 | màaihdēui | 埋堆 | 接近一群人，為了…… |
| 24 | chīmàaih | 黐埋 | 接近 |
| 25 | hōfāan | 呵返 | 哄；逗（使重新開心起來） |
| 26 | béi néih háauhéi | 俾你考起 | 被你問住了 |
| 27 | chéungjaahp | 搶閘 | 率先，搶先 |
| 28 | bīlībālā | 呲喱吧啦 | 嘰哩呱啦 |
| 29 | yātléun jéui | 一輪嘴 | 不停地說了一通 |

## 2.2　難讀字詞

| 1 | daaihsai sóchēui | 大勢所趨 |
|---|---|---|
| 2 | lihkgáu bātsēui | 歷久不衰 |
| 3 | choiyūng sātmáh, yīnjī fēi fūk | 塞翁失馬，焉知非福 |
| 4 | yātfàahn fūngseuhn | 一帆風順 |
| 5 | sahtji mìhnggwāi | 實至名歸 |

# 3　附加詞彙

## 3.1　電影常用語

| | | | | |
|---|---|---|---|---|
| 影片<br>種類 | fōwaahn pín | 科幻片 | yùhnyìh pín | 懸疑片 |
| | húngbou pín | 恐怖片 | gwái pín | 鬼片 |
| | sìhjōng pín | 時裝片 | gújōng pín | 古裝片 |
| | màhnngaih pín | 文藝片 | géiluhk pín | 紀錄片 |
| | oichìhng pín | 愛情片 | duhngjok pín | 動作片 |
| | jinjāng pín | 戰爭片 | kātūng pín | 卡通片 |
| | gíngféi pín | 警匪片 | | |
| 電影<br>角色 | nàahm jyúgok | 男主角 | néuih jyúgok | 女主角 |
| | nàahm puigok | 男配角 | néuih puigok | 女配角 |
| | taisān | 替身 | | |
| 電影<br>行業<br>工作<br>人員 | douhyín | 導演 | johdouh | 助導 |
| | lùhngfú móuhsī | 龍虎武師 | móuhseuht jídouh | 武術指導 |
| | gāamjai | 監製 | pīnkehk | 編劇 |
| | chèuhngmouh | 場務 | fajōngsī | 化妝師 |
| | méihseuht jídouh | 美術指導 | sipyíngsī | 攝影師 |
| 其他<br>相關<br>用語 | yāmngohk júnggāam | 音樂總監 | saanchèuhng | 散場 |
| | hōichèuhng | 開場 | pokfēi | 撲飛 |
| | yahpchèuhng | 入場 | fēimàhn/féimàhn | 緋聞 |
| | baaupàahng | 爆棚 | hōiwá | 開畫 |
| | waahkwái | 劃位 | ngàhnmohk chìhngléuih | 銀幕情侶 |

| | | | |
|---|---|---|---|
| dahkgeih haauhgwó | 特技效果 | bāan jéung gābān/pāan jéung gābān | 頒獎嘉賓 |
| jāpdouh | 執導 | sāusih | 收視 |
| jihkbo jitmuhk | 直播節目 | sīkyín | 飾演 |
| chèuhnwùih yíncheung | 巡迴演唱 | juhkjaahp | 續集 |
| daaih ngàhnmohk | 大銀幕 | paakhei | 拍戲 |
| sīnggwōng yāpyāp | 星光熠熠 | mohkchìhn mohkhauh | 幕前幕後 |
| haakchyun | 客串 | píntàuh | 片頭 |
| sáuyíng | 首映 | pínméih | 片尾 |
| paakkehk | 拍劇 | puingohk | 配樂 |
| jyūnchāp | 專輯 | gengtàuh | 鏡頭 |
| yahphòhng | 入行 | | |

## 3.2　金像獎提名港產片

| | | | |
|---|---|---|---|
| Siulàhm jūkkàuh | 少林足球 | Gūngfū | 功夫 |
| Tàuhmìhng johng | 投名狀 | A-fēi jingjyún | 阿飛正傳 |
| Chekbīk | 赤壁 | Mòuhgaandouh | 無間道 |
| Dihphyut sēunghùhng | 喋血雙雄 | Yīnghùhng búnsīk | 英雄本色 |
| Dūngchèh sāiduhk | 東邪西毒 | Yuhtmúhn hīnnèihsī | 月滿軒尼詩 |

## 3.3　跟動物有關的俗語

| | 廣東話 | | 普通話 / 釋義 |
|---|---|---|---|
| 1 | máhjái | 馬仔 | 跟班 |
| 2 | laahn fanjyū | 爛瞓豬 | 貪睡的人 |
| 3 | sèhwòhng | 蛇王 | 偷懶的人；躲懶 |
| 4 | sèh | 蛇 | 偷懶 |
| 5 | léuhngtàuh sèh | 兩頭蛇 | 牆頭草 |
| 6 | lòhng | 狼 | 兇狠 |
| 7 | gāigámgeuk | 雞噉腳 | 急着要走 |
| 8 | gāimòuh aaphyut/ gāimòuh ngaaphyut | 雞毛鴨血 | 被害得很慘 |
| 9 | ngàuhjīng | 牛精 | 固執 |
| 10 | chēut māau | 出貓 | 作弊 |

## 3.4　粵普各一字

| 挖掘 | |
|---|---|
| | 掘掘吓居然俾啲人掘倒嚿金出嚟！（挖着挖着居然被人挖到金子呢！） |
| | Gwahtgwahtháh gēuiyìhn béiyàhn gwahtdóu gauh gām chēutlàih! |
| | 隻松鼠掘咗個窿。（那隻松鼠挖了一個洞。） |
| | Jek chùhngsyú gwahtjó go lūng. |

| 量度 | |
|---|---|
| | 喂你快啲度吓，睇吓有冇高到？（誒你快量一下，看看有沒有長高了？） |
| | Wai néih faaidī dohkháh táiháh yáuhmóuh gōudou? |
| | 你幫佢度吓個膊頭有幾闊。（你幫他量一下他的肩有多寬。） |
| | Néih bōng kéuih dohkháh go boktàuh yáuh géifut. |
| 調校 | |
| | 個冷氣咁凍，不如校細啲囉！（空調這麼冷，不如把溫度調高一點吧！） |
| | Go láahnghei gamdung, bātyùh gaausaidī lo! |
| | 啲細路瞓晒嘑，校細聲啲部電視啦！（孩子們都睡了，把電視機的聲音調低一點吧！） |
| | Dī sailouh fansaai la, gaau saisēngdī bouh dihnsih lā! |

# 4 語音練習

## 4.1 合口韻對應：ian-aam/aan, ian-im/in

普通話讀 ian 的韻母不少對應成廣東話的 aam/aan、im/in，例如普通話的 jiān 可以是 "gāan 奸" 或者是 "gāam 監"，要注意是 ~n 收尾還是 ~m 收尾。（普通話以 b, p, m, 為聲母的 ian 韻母字大多只以 ~n 收尾）

| ian - aam | | | | |
|---|---|---|---|---|
| | 艦 | laahm | 軍艦 | gwānlaahm |
| | 鑒 | gaam | 鑒賞 | gaamséung |
| | 減 | gáam | 減壓 | gáam'aat |
| | 咸 | hàahm | 老少咸宜 | lóuhsiuhàahmyìh |
| | 銜 | hàahm | 銜接 | hàahmjip |
| | 餡 | ham | 餡料 | háamlíu |

| ian - aan | | | | |
|---|---|---|---|---|
| | 奸 | gāan | 奸商 | gāansēung |
| | 柬 | gáan | 請柬 | chénggáan |
| | 鹼 | gáan | 鹼性 | gáansing |
| | 限 | haahn | 無限 | mòuhhaahn |
| | 繭 | gáan | 蠶繭 | chàahmgáan |
| | 艱 | gāan | 艱辛 | gāansān |
| **ian - im** | 兼 | hīm | 兼職 | gīmjīk |
| | 殲 | chīm | 殲滅 | chīmmiht |
| | 劍 | gim | 唇槍舌劍 | sèuhnchēung sihtgim |
| | 甸 | dīn | 柯士甸道 | Ōsihdīndouh |
| | 廉 | lìhm | 廉潔 | lìhmgit |
| | 粘 | nīm | 粘貼 | nīmtip |
| | 念 | nihm | 思念 | sīnihm |
| | 籤 | chīm | 抽籤 | chāuchīm |
| | 欠 | him | 欠佳 | himgāai |
| | 纖 | chīm | 纖維 | chīmwàih |
| | 恬 | tíhm | 恬靜 | tíhmjihng |
| | 嫌 | yìhm | 嫌疑犯 | yìhmyìhfáan |
| | 簽 | chīm | 簽署 | chīmchyúh |
| | 險 | hím | 險峻 | hímjeun |
| **ian - in** | 顛 | dīn | 顛沛流離 | dīnpui làuhlèih |
| | 典 | dín | 經典 | gīngdín |
| | 澱 | dihn | 沉澱 | chàhmdihn |
| | 堅 | gīn | 堅定不移 | gīndihng bātyìh |
| | 煎 | Jīn | 煎熬 | jīngòuh |
| | 肩 | gīn | 肩負重任 | gīnfuh juhngyahm |
| | 建 | gin | 建築物 | ginjūkmaht |
| | 濺 | chín | 水花四濺 | séuifā seichín |
| | 薦 | jin | 推薦 | tēuijin |
| | 牽 | hīn | 牽牛花 | hīnngàuhfā |
| | 掀 | gīn | 掀起 | hīnhéi |

| | 賢 | yìhn | 賢淑 | yìhnsuhk |
| 憲 | hin | 憲法 | hinfaat |
| 獻 | hin | 大獻殷勤 | daaihhin yānkàhn |

## 4.2　多音字：校、説

"校" 字常用讀音有：

| | 讀音 | 詞義 / 用法 | 例 |
|---|---|---|---|
| 1 | haauh | 學校 | 校友 |
| 2 | gaau | 調節，訂正；軍階 | 校對；上校 |

"説" 字常用讀音有：

| | 讀音 | 詞義 / 用法 | 例 |
|---|---|---|---|
| 1 | syut | 講、解釋、主張 | 説三道四、説明、學説 |
| 2 | seui | 勸 | 説服、遊説 |

## 練習

試讀出以下句子：

1. 學校就嚟有本新書要出版，你幫手校對吓吖。

2. 後生仔好多都有自己一套，唔係咁受得啲大人說教。

3. 睇嚟好難先可以説服佢。

4. 咁重要嘅事，點解唔同校長講聲呀？

5. 張經理今次去傾呢單生意，可以話係任重道遠。我知道佢係我哋公司出晒名嘅説客，一定唔會失手。

6. 阿欣啱啱寫完一本小説，而家諗住遊説出版商幫佢出版。

# 5　情景説話練習

**1.** Néih deui síu pàhngyáuh jouh mìhngsīng yáuh mātyéh táifaat nē?　你對小朋友做明星有乜野睇法呢？

**2.** Néih deui Hēunggóng, Noihdeih, Tòihwāan, Yahtbún, Hòhngwok nīgéi go A'jāu deihkēui ge dihnyíng, dihnsihkehk dángdáng yáuh mātyéh yanjeuhng a?　你對香港、內地、台灣、日本、韓國呢幾個亞洲地區嘅電影、電視劇等等有乜野印象呀？

**3.** Chéng néih heung daaihgā gaaisiuh yātgo néih jūngyi ge gōsáu waahkjé yínyùhn, góngháh kéuih yáuhdī mātyéh deihfōng jihkdāk néih yānséung.　請你向大家介紹一個你鍾意嘅歌手或者演員，講吓佢有啲乜野地方值得你欣賞。

**4.** Yáuhdī boují tùhng jaahpji jūngyi boudouh ngaihyàhn ge sīsāngwuht, néih deui nījúng yihnjeuhng yáuh mātyéh táifaat nē?　有啲報紙同雜誌鍾意報導藝人嘅私生活，你對呢種現象有乜野睇法呢？

**5.** Néih haih yātgo ngaihyàhn, gāmyaht dākdóu yātgo hóu juhngyiu ge jéunghohng, yìhgā chéng néih góngháh dākjéung gámsauh.　你係一個藝人，今日得倒一個好重要嘅獎項，而家請你講吓得獎感受。

# 第4課 參與體育活動

## 1 課文

### 課文一

| 羅馬拼音 | 廣東話 |
|---|---|
| Léih-jigīn, jokwàih yātgo búndeih ge jīkyihp wahnduhngyùhn, kéuih hóu geidāk Hēunggóng táiyuhksí seuhng yáuh léuhng go juhngyiu ge nìhnfahn. yātgáunghyih nìhn tùhngmàaih yātgáugáuluhk nìhn. Nghyih nìhn, Hēunggóng daihyātchi paaichēut seimìhng syúnsáu chāamgā Ouwahn, gáuluhk nìhn, Hēunggóng daihyātchi hái fūngfàahn béichoi lódóu síseuhng daihyātmihn Ouwahn gāmpàaih. Kéuih hóu hēimohng Hēunggóng wahnduhngyùhn hóyíh gaijuhk hái gwokjai móuhtòih seuhng lódóu gang hóu ge sìhngjīk. | 李志堅，作為一個本地嘅職業運動員，佢好記得香港體育史上有兩個重要嘅年份：1952年同埋1996年。52年，香港第一次派出四名選手參加奧運，96年，香港第一次喺風帆比賽攞倒史上第一面奧運金牌。佢好希望香港運動員可以繼續喺國際舞台上攞倒更好嘅成績。 |
| Góngdou kéuih múihyaht ge sāngwuht, jihgéi yahtyaht jouh wahnduhng chōu *fit* jihgéi bātdahkjí, juhng sìhsìh hyun yàhn jouh dōdī wahnduhng tīm. Sēuiyìhn kéuih sānbīn hóudō pàhngyáuh dōu wah séung gihnhōngdī, daahnhaih áanghaih hóu nàahn chāu sìhgaan yūkduhnghàh, yuhdóu dī gám ge chìhngfong, kéuih dōsou wúih wah, "Séung yáuh gihnhōng ge sāntái, jeui gáandāan jihkjip ge fōngfaat gánghaih jouhwahnduhng lā. Bātgwo jingsówaih "yuhkchūk jāk bātdaaht", yātdihng yiu yáuhdī noihsing, m̀haih yātchi léuhngchi, yìhhaih maahnmáan jēung wahnduhng binsìhng sāngwuht jaahpgwaan, hóuchíh hàahngdōdī làuhtāi, jóuyātgo jaahm lohkchē, gámyéung maih wúih gihnhōngdī lō! | 講到佢每日嘅生活，自己日日做運動操 *fit* 自己不特止，仲時時勸人做多啲運動添。雖然佢身邊好多朋友都話想健康啲，但係硬係好難抽時間郁動吓，遇倒啲嘅情況，佢多數會話："想有健康嘅身體，最簡單直接嘅方法梗係做運動啦。不過正所謂'欲速則不達'，一定要有啲耐性，唔係一次兩次，而係慢慢將運動變成生活習慣，好似行多啲樓梯，早一個站落車，嗽樣咪會健康啲囉！" |

| 羅馬拼音 | 廣東話 |
|---|---|

Jigīn pìhngsìh chèuihjó yiu chāamgā hóudō béichoi jīngoih, juhng wúih gīmjīk jyúchìh yātdī dihntòih jitmuhk. Yìhgā kéuih hái yātgo giu 'Wahnduhng nàhng yī baakbehng' ge jitmuhk léuihbihn wah:

"Daaihgā m̀hóu yíhwàih yātdihng yiu heui jouh *gym* sīnji *keep* dóu *fit* bo, kèihsaht hīnghīng sūngsūng hái ūkkéi dōu jouhdóu ga. Peiyùhwah álìhng nē, jauh m̀haih nàahmjái sīnji géuidāk ge, jí yiu wán go āam bohngsou ge, jauhsyun haih néuihjái waahkjé nìhngéi sáauwàih daaihyātdī ge dōu hóyíh géui. Gogo muhkbīu dōu m̀tùhng, yáuhdī yàhn yiu sáugwā héijín, yáuhdī yàhn séung go boktàuh wàahngdī, yáuhdī yàhn sèuhnséuih séung yūkduhnghah, álìhng kèihsaht dōu haih yātgo m̀cho ge syúnjaahk. Joi gáandāan dī ge fōngfaat jauhhaih jēung gāan ūk daaihjāp yātchi, néih m̀hóu táisíu dī gāmouh bo, daihgōu jeksáu seiwàih maat, yauh kàhmgōu kàhmdāi, yáuhsìh yauh yiu deuifuhháh dī lūnglūng lala, gámyéung gyūnlàih gyūnheui, dōu hóyíh sīuhou m̀síu kālouhléih ga, sóyíh, yiu yihngyihngjānjān sahthàahng néih ge wahnduhng daaihgai, hóyíh hái ūkkéi jouhhéi ge. Yùhgwó séung tùhngpèih titgwāt, m̀haih yātjīu yātjihk ge sih làih ga, yáuhji jé sihgíngsìhng, béidī sāmgēi lā!"

Jigīn hóu tàuhyahp kéuih jihgéi ge gūngjok, kéuih sìhsìh dōu hóu hinghahng jouhdóu jihgéi yáuh hingcheui ge yéh. Jihsai jauh mē bō dōu dá, Jūnghohk gójahn tìhn'ging gāmpàaih mòuhsou, daaihhohk juhng yiu hái Jūngdaaih duhk táiyuhk haih tīm. Pìhngsìh dihnsih ge táiyuhk sānmàhn, kéuih yātdihng m̀wúih chogwo. Yìhgā kéuih tēnggán yātdī táiyuhk sīusīk:

志堅平時除咗要參加好多比賽之外，仲會兼職主持一啲電台節目。而家佢喺一個叫"運動能醫百病"嘅節目裏便話：

"大家唔好以為一定要去做 *gym* 先至 *keep* 倒 *fit* 嘛，其實輕輕鬆鬆喺屋企都做倒㗎。譬如話啞呤呢，就唔係男仔先至舉得嘅，只要搵個啱磅數嘅，就算係女仔或者年紀稍為大一啲嘅都可以舉。個個目標都唔同，有啲人要手瓜起䐶，有啲人想個膊頭橫啲，有啲人純粹想郁動吓，啞呤其實都係一個唔錯嘅選擇。再簡單啲嘅方法就係將間屋大執一次，你唔好睇少啲家務嘛，遞高隻手四圍抹，又擒高擒低，有時又要對付吓啲窿窿罅罅，嗽樣捐嚟捐去，都可以消耗唔少卡路里㗎，所以，要認認真真實行你嘅運動大計，可以喺屋企做起嘅。如果想銅皮鐵骨，唔係一朝一夕嘅事嚟㗎，有志者事竟成，俾啲心機啦！"

志堅好投入佢自己嘅工作，佢時時都好慶幸做倒自己有興趣嘅嘢。自細就咩波都打，中學嗰陣田徑金牌無數，大學仲要喺中大讀體育系添。平時電視嘅體育新聞，佢一定唔會錯過。而家佢聽緊一啲體育消息：

| 羅馬拼音 | 廣東話 |
| --- | --- |
| "Gāmgwai Yīngchīu Baahkmáh juhngmeih hōijāai, dímgáai? Jihchùhng déuijūng géiwái máahngjeung béiyàhn giuhjó gwodong jīhauh, yātjihk dōu móuh māt héisīk. Hóuchói m̀haih lāaidaaihdéui yātchàih jáu, kéuihdeih léuihbihn yáuhdī yàhn a, jauhsyun ngoihmihn chēut gōuga lihkyīu, dōu juhnghaih kéihngaahng. Gaugíng haih chēutsáu taaidāi dihnghaih nìhngséi haauhjūng nē? Gám jauh jānhaih bātdāk yìhjī la. | "今季英超白馬仲未開齋，點解？自從隊中幾位猛將俾人撬咗過檔之後，一直都冇乜起色。好彩唔係拉大隊一齊走，佢哋裏便有啲人呀，就算外面出高價力邀，都仲係企硬。究竟係出手太低定係寧死效忠呢？噉就真係不得而知嘞。 |
| Baahkmáh dou yìhgā dōu juhngmeih hōijāai, yíngjān ngàihngàihfùh! Seuhngchi deuijyuh deuih kēlēfē, gogo dōu siu go deuisáu yíhléun gīksehk, jingdōng daaihgā námjyuh m̀sái tái sīk dihnsih sīkdāng fāanfóng fan ge sìhhauh, dímjī làhm yùhnchèuhng ji syūjó lìhng béi yih. Gám ge chìhngfong juhng m̀béi yàhn wah dágábō mè! Gai ngóh wah yīnggōi m̀wúih dahkdāng syūbō gwa, ngóh hóu sāmseun baahkmáh haih hóu jyūnyihp, hóu yáuh táiyuhk jīngsàhn ge! Juhngyáuh a, yùhgwó syūbéi deuih gám ge yeuhkdéui, néih wah géi yú a! Táilàih kéuihdeih gāmchi dōuhaih yáuhdī hīngdihk ga la, hēimohng hahchi m̀hóu joi chùhngdouh fūkchit lā! | 白馬到而家都仲未開齋，認真危危乎！上次對住隊茄喱啡，個個都笑個對手以卵擊石，正當大家諗住唔使睇熄電視熄燈返房瞓嘅時候，點知臨完場至輸咗零比二。噉嘅情況仲唔俾人話打假波咩！計我話應該唔會特登輸波啩，我好深信白馬係好專業，好有體育精神嘅！仲有呀，如果輸俾隊噉嘅弱隊，你話幾瘀呀！睇嚟佢哋今次都係有啲輕敵㗎嘞，希望下次唔好重蹈覆轍啦！ |

| 羅馬拼音 | 廣東話 |
|---|---|
| Góngyùhn jūkkàuh jīhauh, làahmkàuh nībihn yauh dím sīn? Sāingohn ge daaihgō hòhyàhn lìhn syū géichèuhng, juhng yáuh móuh dāk māang nē? Yùhwó yáuh làuhyi seuhngchi góchèuhng béichoi, dōu wúih làuhyidóu kéuihdeih taai bok la, pàhnpàhn jáuheui seh sāamfān, hīnghīng sūngsūng yahpháh jēun maih syun lō! Táilàih gāmchi Dihk-kā dōu syunhaih sātwāi la, jóu géinìhn dōu juhng hóyíh wah haih fūngtàuhdán, sechān sāamfān dōu yahpgamjaih, yātchèuhng bō bāaubaahn nghsahpgéifān, hósīk, gāmsìh mtùhng wóhngyaht, sehsāt bō dōdou béiyàhn hēudou wàhn a! Dímgáau a? Táipa kéuih wáandō móuh géinoih jauh yiu jāp bāaufuhk fāan ūkkéi táutáu, yéuhngjīng chūkyeuih joi làihgwo lo! Yìhgā gam mchíhyéung, hēimohng kéuih làihgán Ouwahn joi chēutchèuhng gójahn hóyíh wāifāan chi lā!" | 講完足球之後，籃球呢便又點先？西岸嘅大哥河人連輸幾場，仲有冇得掟呢？如果有留意上次嗰場比賽，都會留意倒佢哋太搏嘑，頻頻走去射三分，輕輕鬆鬆入吓樽咪算囉！睇嚟今次迪卡都算係失威嘑，早幾年都仲可以話係風頭躉，射親三分都入咁滯，一場波包辦 50 幾分，可惜，今時唔同往日，射失波多到俾人噓到暈呀！點搞呀？睇怕佢玩多冇幾耐就要執包袱返屋企唞唞，養精蓄銳再嚟過囉！而家咁唔似樣，希望佢嚟緊奧運再出場嗰陣可以威返次啦！" |

## 課文二

| 羅馬拼音 | 廣東話 |
|---|---|
| Yìhgā A-Mēi tùhng bíudái yātchàih táigánbō. A-Mēi jeui jūngyi ge búndeih kàuhdéui jauhhaih Nàahmwá, bíudái jauh jeui jūngyi Yùhyún. | 而家阿美同表弟一齊睇緊波。阿美最鍾意嘅本地球隊就係南華，表弟就最鍾意愉園。 |
| **A-Mēi:** Gāaubō lā, máih gam duhksihk......waiwai!Gamyúhn ge fahtkàuh dōu sehdākyahp gé?! Fuhlūk!! | 阿美：<br>交波啦，咪咁獨食……喂喂！咁遠嘅罰球都射得入嘅？！符碌！！ |
| **Bíudái:** Gámwah yàhn ga...béiháh mín lā...wahsaai dōuhaih kàuhtàahn yātgō... | 表弟：<br>噉話人㗎……俾吓面啦……話晒都係球壇一哥…… |

| 羅馬拼音 | 廣東話 |
|---|---|
| **A-Mēi:**<br><br>Wahjī kéuih ā, m̀haih kaau sahtlihk jauh yiu tàahn ga lā! Jeui jāng dīyàhn kaauwahn! | 阿美：<br><br>話之佢吖，唔係靠實力就要彈㗎啦！最憎啲人靠運！ |
| **Bíudái:**<br><br>Óh…yùhnlòih néih dōu sīk táibō ge, sātgok saai! | 表弟：<br><br>哦……原來你都識睇波嘅，失覺晒！ |
| **A-Mēi:**<br><br>Hāng…hóuwah la…dōngnìhn jūnghohk néuihjí jūkkàuhdéui dāk gó géidīng yàhn, go gaaulìhn wah ngóh yáuhdī líu dou wóh, jauh lau ngóh yahpdéui, wah ngóh geukfaat yáuhdī chíh Máhlahk dōngnàh wóh! | 阿美：<br><br>哼……好話嘑……當年中學女子足球隊得嗰幾丁人，個教練話我有啲料到嗰，就摟我入隊，話我腳法有啲似馬勒當拿嗰！ |
| **Bíudái:**<br><br>Wúih m̀wúih chēuidāk daaihjódī nē… | 表弟：<br><br>會唔會吹得大咗啲呢…… |
| **A-Mēi:**<br><br>(Móuh léihdou bíudái gaijuhk góng)…Yáuh chi a, go gaaulìhn giu ngóhdeih lìhnjuhk jouh nǵhsahpháh jéungseuhng'aat, ngóh dōu mihn bātgóiyùhng! | 阿美：<br><br>（冇理到表弟繼續講）……有次呀，個教練叫我哋連續做五十吓掌上壓，我都面不改容！ |
| **Bíudái:**<br><br>(Saisai sēng) Góng daaihwah dōu mihn bātgóiyùhng lā… | 表弟：<br><br>（細細聲）講大話都面不改容啦…… |

## 語義文化註釋

☞　開齋　本來指齋戒的時間結束，可以吃肉了。在粵語中，此詞常用來表示"初次進賬"，特別在體育賽事中十分常用。例如："嘩，隊波搞咗咁耐都仲未開齋，死硬！"（這支球隊這麼久一球都沒進，輸定了！）"今次奧運佢哋終於開齋嘑，攞咗個銀牌。"（這次奧運他們終於有獎牌進賬了，得了個銀牌。）"個個都釣到魚嘞，得我仲未開齋。"（個個都釣到魚了，只有我一條都還沒釣到。）"等咗成日都冇客，臨收工至開齋。"（等半天都沒客人，快下班才開張。）

☞　蠆　（1）"風頭蠆"指"受歡迎受注目的人物"，例如："佢嗰次嚟咗吓倒掛金鈎之後，成為學校嘅風頭蠆。"（他上次來了一個倒掛金鐘以後，成了學校的風雲人物。）

（2）"擁蠆"指支持者，例如："我係呢隊波嘅擁蠆。"（我是這支球隊的支持者。）

☞　摟　嘗試引起對方對於某些事情的興趣，常用於邀請別人參加活動，或者吸引顧客光顧的場合，例如：

（1）A: 星期六有場打波喎，叫埋阿強啦！（星期六有場地可以打球呢，叫上阿強吧！）

B: 佢好似冇乜興趣喎。（他好像不怎麼感興趣呢。）

A: 你話打完波之後請佢飲嘢嚟摟吓佢囉。（你說打完球請他喝點東西來吸引他來唄。）

（2）個 sales 摟我裝有線電視，佢話可以睇倒體育台喎！（那個推銷員勸我安裝有線電視，他說可以看體育台呢！）

☞　運動員譯名　兩岸三地的國外運動員譯名各有不同，以幾個足球員為例，內地一般譯成馬拉多納、貝利、貝克漢姆，而香港就譯成馬勒當拿 Máhlahk dōngnàh、比利 Béileih 和碧咸 Bīkhàahm。

☞　香港足球隊　五六十年代本地足球賽事十分興旺，球隊如南華 Nàahmwá 和愉園 Yùhyún 等廣為香港人所認識。

# 2　詞語

## 2.1　生詞

| | 廣東話 | | 普通話 / 釋義 |
|---|---|---|---|
| 1 | chōu *fit* | 操 *fit* | 鍛鍊 |
| 2 | sáugwā héijín | 手瓜起䐽 | 胳膊有肌肉 |
| 3 | boktàuh wàahngdī | 膊頭橫啲 | 肩寬一點 |
| 4 | yūkduhngháh | 郁動吓 | 活動一下 |
| 5 | daihgōu jek sáu | 遞高隻手 | 舉起手 |
| 6 | kàhmgōu kàhmdāi | 擒高擒低 | 爬上爬下 |
| 7 | gyūnlàih gyūnheui | 捐嚟捐去 | 鑽來鑽去 |
| 8 | tùhngpèih titgwāt | 銅皮鐵骨 | 銅筋鐵骨 |
| 9 | gwodong | 過檔 | 到別的單位 |
| 10 | kéihngaahng | 企硬 | 不讓步 |
| 11 | ngàihngàihfùh | 危危乎 | 很危險 |
| 12 | yú | 瘀 | 尷尬，丟臉 |
| 13 | taai bok la | 太搏嘑 | 太冒險了；太拼命 |
| 14 | sātwāi | 失威 | 丟臉 |
| 15 | fūngtàuhdán | 風頭躉 | 受注目的人 |
| 16 | ~gamjaih | ~ 咁滯 | 差不多 |

| | 廣東話 | | 普通話 / 釋義 |
|---|---|---|---|
| 17 | hēu | 嘘 | 喝倒彩 |
| 18 | jāp bāaufuhk | 執包袱 | 捲鋪蓋兒 |
| 19 | m̀chíhyéung | 唔似樣 | 樣子長得不像；不像話，不像樣 |
| 20 | fuhlūk | 符錄 | 走運 |
| 21 | béiháh mín | 俾吓面 | 給點面子 |
| 22 | wahsaai | 話晒 | 怎麼説都是 |
| 23 | yātgō | 一哥 | 老大 |
| 24 | sātgok saai | 失覺晒 | 失敬失敬 |
| 25 | géi dīng yàhn | 幾丁人 | 就那麼幾個人 |
| 26 | yáuhdī líu dou | 有啲料到 | 有點兒本事 |
| 27 | jéungseuhng'aat/ jeungseuhugngaat | 掌上壓 | 俯臥撑 |
| 28 | mihn bāt gói yùhng | 面不改容 | 面不改色 |

## 2.2　難讀字詞

| 1 | yuhkchūk jāk bātdaaht | 欲速則不達 |
|---|---|---|
| 2 | yātjīu yātjihk | 一朝一夕 |
| 3 | yíhléun gīk sehk | 以卵擊石 |
| 4 | chùhngdouh fūkchit | 重蹈覆轍 |
| 5 | yéuhngjīng chūkyeuih | 養精蓄鋭 |

# 3　附加詞彙

## 3.1　奧運項目

| | | | | |
|---|---|---|---|---|
| 陸上項目 | tìhnging | 田徑 | tityàhn sāamhohng | 鐵人三項 |
| | kyùhngīk | 拳擊 | gimgīk | 劍擊 |
| | táichōu | 體操 | géuichúhng | 舉重 |
| | yàuhdouh | 柔道 | tòihkyùhndouh | 跆拳道 |
| | máhseuht | 馬術 | sēutgāau | 摔跤 |
| | sehgīk | 射擊 | sehjin | 射箭 |
| | dāanchē | 單車 | | |
| 水上項目 | choitéhng | 賽艇 | pèihwātéhng | 皮划艇 |
| | yàuhwihng | 游泳 | waahtlohng fūngfàahn | 滑浪風帆 |
| | séuikàuh | 水球 | tiuséui | 跳水 |
| | wáhnleuht wihng | 韻律泳 | | |
| 球類項目 | yúhmòuhkàuh | 羽毛球 | lèuihkàuh | 壘球 |
| | làahmkàuh | 籃球 | jūkkàuh | 足球 |
| | sáukàuh | 手球 | kūkgwankàuh | 曲棍球 |
| | páahngkàuh | 棒球 | móhngkàuh | 網球 |
| | bīngbām kàuh | 乒乓球 | pàaihkàuh | 排球 |

## 3.2　體育活動常用語

| | 廣東話 | | 普通話 / 釋義 |
|---|---|---|---|
| 足球 | gāaubō | 交波 | 傳球 |
| | sahpyihmáh | 十二碼 | 點球 |
| | tàuhchèuih | 頭槌 | 頭球 |
| | cháai bōchē | 踩波車 | 踏在球上而踤倒（絆蒜） |
| | kàuhjing | 球證 | 裁判 |
| | tūng hāangkèuih | 通坑渠 | 穿襠 |
| | chaapséui | 插水 | 假摔 |
| | taatkīu | 撻 Q | 踢歪了 |
| | láubō | 扭波 | 盤球 |
| 籃球 | chāaibō | 搓波 | 正式算分前打幾球 |
| | chyūnjām | 穿針 | 空心球 |
| | daaihjām | 大針 | 三不沾 |
| | yahpjēun | 入樽 | 扣籃 |
| | dūk yùhdáan | 篤魚蛋 | 球的衝力太大，接球接不好手指受傷 |
| | duhksihk | 獨食 | 單帶狂 |

## 3.3　粵普各一字

| 憎恨 | |
|---|---|
| | 嗰個人唔負責任，啲人好憎佢。（那個人不負責任，大家都恨他。） |
| | Gógo yàhn m̀fuhjaakyahm, dīyàhn hóu jāng kéuih. |
| | 我最憎人隨地吐痰。（我最恨別人隨地吐痰。） |
| | Ngóh jeui jāng yàhn chèuihdeih toutàahm. |
| 醫治 | |
| | 希望今次可以醫好。（希望這次可以治好。） |
| | Hēimohng gāmchi hóyíh yīhóu. |
| | 醫返都晒藥費。（治好了藥費也是白花。） |
| | Yīfāan dōu sāai yeuhkfai. |
| 熄滅 | |
| | 啲消防員救火救咗咁耐，啲火仲未熄。（消防員救火都很長時間了火還不滅。） |
| | Dī sīufòhngyùhn gaufó gaujó gamnoih, dīfó juhng meihsīk. |
| | 唔熄燈瞓唔瞓倒呀？（燈不滅睡得着嗎？） |
| | M̀sīk dāng fan m̀fandóu a? |

# 4　語音練習

## 4.1　合口韻對應 en-am/an

普通話讀 en 的韻母不少對應成廣東話的 am/an，例如普通話的 chén 可以是"chàhn 陳"或者是"chàhm 沉"，要注意是 ~n 收尾還是 ~m 收尾。（普通話以 b,p,m,w,f,h 為聲母的

en 韻母字大多只以 ~n 收尾）

| | | | | |
|---|---|---|---|---|
| **chen – am** | 沉 | chàhm | 沉沒 | chàhmmuht |
| **chen - an** | 塵 | chàhn | 塵埃落定 | chàhn'ōi lohkdihng |
| | 陳 | chàhn | 陳列 | chàhnliht |
| | 襯 | chan | 襯托 | chantok |
| | 趁 | chan | 趁火打劫 | chanfó dágip |
| **shen - am** | 深 | sām | 深不可測 | sāmbāt hóchāak |
| | 嬸 | sám | 大嬸 | daaihsám |
| | 審 | sám | 審訊 | sámseun |
| | 滲 | sam | 滲透 | samtau |
| **shen - an** | 伸 | sān | 伸縮自如 | sānsūk jihyùh |
| | 娠 | sān/jan | 妊娠 | yahmsān/yahmjan |
| | 身 | sān | 身不由己 | sānbāt yàuhgéi |
| | 腎 | sahn | 腎臟 | sahnjohng |
| **ren - am** | 飪 | yahm | 烹飪 | pāangyahm |
| | 任 | yahm | 任勞任怨 | yahmlòuh yahmyun |
| **ren - an** | 仁 | yàhn | 仁至義盡 | yàhnji yihjeuhn |
| | 忍 | yán | 忍辱 | yányuhk |
| | 韌 | yahn | 韌帶 | yahndáai |
| **zhen - am** | 砧 | jām | 砧板 | jāmbáan |
| | 針 | jām | 針織 | jāmjīk |
| | 枕 | jám | 孤枕難眠 | gūjám nàahnmìhn |
| **zhen – an** | 甄 | yān | 甄選 | yānsyún |
| | 疹 | chán | 痲疹 | màhchán |
| | 圳 | jan | 深圳 | Sāmjan |
| | 鎮 | jan | 坐鎮 | johjan |
| | 陣 | jahn | 陣腳大亂 | jahngeuk daaihlyuhn |
| | 震 | jan | 震撼 | janhahm |

有一些普通話讀 en 的字，對應粵語的時候比較容易讀錯的：

| cen – aam | 參 | chāam | 參差 | chāamchī |
|---|---|---|---|---|
| ben – an | 笨 | bahn | 笨手笨腳 | bahnsáu bahn geuk |
| en – ing | 認 | yihng | 認識 | yihngsīk |
| | 貞 | jīng | 貞潔 | jīnggit |
| | 偵 | jīng | 偵緝 | jīngchāp |
| en - eun | 臻 | jēun | 漸臻完美 | jihmjēun yùhnméih |
| nen – yun | 嫩 | nyuhn | 嫩葉 | nyuhnyihp |

## 4.2　多音字：車、彈

"車" 字常用讀音有：

| | 讀音 | 詞義 / 用法 | 例 |
|---|---|---|---|
| 1 | chē | 口語較多 | 馬車、風車、列車 |
| 2 | gēui | 1 象棋棋子的一種<br>2 書面語較多 | 閉門造車、前車可鑒、車馬炮 |

"彈" 字常用讀音有：

| | 讀音 | 詞義 / 用法 | 例 |
|---|---|---|---|
| 1 | tàahn | 1 用手指撥弄<br>2 批評 | 彈琴<br>彈劾，冇得彈 |
| 2 | daahn | 彈性 | 反彈、彈簧、彈力、彈丸 |
| 3 | dáan | 炮彈 | 手榴彈、子彈、導彈 |

## 練習

試讀出以下句子：

1. 呢個音樂家話，彈琴係佢嘅一切。

2. 有啲人批評車船津貼好難申請，唔夠彈性。

3. 見倒佢切親自己隻手，嚇到我成個彈起！

4. 佢今次嘅演說真係好出色，個個都有讚冇彈。

5. 呢個地方一到星期日就車水馬龍。

6. 你真係當人哋傻嘅，開呢個價錢，食咗人隻車咩！

# 5　情景説話練習

**1.** Yáuhyàhn wah yìhgā hóudō táiyuhk sānmàhn yuhtlàihyuht dō hīnsipdou sēungyihp tùhng yùhlohk, peiyùh haih gwāanyū wahnduhngyùhn paaktō gitfān sāangjái, tīnmàhn soujih jyúnwúifai, dá gábō, dóubō dángdáng ge sīusīk, deuiyū gám ge yihnjeuhng néih yáuh mātyéh táifaat nē? 有人話而家好多體育新聞越嚟越多牽涉到商業同娛樂，譬如係關於運動員拍拖結婚生仔、天文數字轉會費、打假波、賭波等等嘅消息，對於啲嘅現象你有乜野睇法呢？

**2.** Néih sihn m̀sihnmouh jouh yātgo jīkyihp wahnduhngyùhn nē? 你羨唔羨慕做一個職業運動員呢？

**3.** Néih haih yātgo gaauyuhk gēikau ge fuhjaakyàhn, heung yātbāan gājéung gaaisiuhgán yātgo syúkèih jūkkàuh fanlihnbāan. 你係一個教育機構嘅負責人，向一班家長介紹緊一個暑期足球訓練班。

**4.** Néih haih yātgo wahnduhngyùhn, gīnggwo dōnìhn hākfú ge fanlihn, jēutjī dākdóu Ouwahn ge yahpchèuhnghyun. Néih ge gaaulihn, gāyàhn, tùhngmàaih hóudō jīchìhjé námjyuh néih gāmchi yātdihng wúih hái néih jeui nàhsáu ge hohngmuhk ló gāmpàaih, dímjī yātsìh sātsáu, néih jíhaih lódóu tùhngpàaih, yìhgā néih jipsauhgán mùihtái ge chóifóng…　你係一個運動員，經過多年刻苦嘅訓練，卒之得倒奧運嘅入場券。你嘅教練、家人、同埋好多支持者諗住你今次一定會喺你最拿手嘅項目攞金牌，點知一時失手，你只係攞倒銅牌，而家你接受緊媒體嘅採訪⋯⋯

**5.** Néih āam āam daaiyùhn yātbāan tùhnghohk hái Hēunggóng bāttùhng ge deihfōng chāamgūn, jokwàih gāmchi wuhtduhng ge líhngdéui, chéng néih júnggit gāmchi tùhnghohk ge sāuwohk, tùhngmàaih heung jipdoih néihdeih ge gēikau bíusih gámjeh.　你啱啱帶完一班同學喺香港不同嘅地方參觀，作為今次活動嘅領隊，請你總結今次同學嘅收穫，同埋向接待你哋嘅機構表示感謝。

# 第 5 課　討論香港政策

## 1　課文

### 課文一

| 羅馬拼音 | 廣東話 |
|---|---|
| Jingfú sìhbātsìh dōu yiu tēuichēut yātdī sān ge jingchaak làih chyúhléih m̀tùhng ge mahntàih. Peiyùh jingfú waihjó jīchìh wàahnbóu, hái gokdaaih chīukāp síhchèuhng ló gāaudói ge sìhhauh wúih sāu gāaudói seui; jingfú yihkdōu jídihngjó yātdī gāaungoih ge deihfōng wàih bóuwuh kēui làih bóuwuh tīnyìhn jīyùhn tùhng duhngjihkmaht dángdáng. Hái gāautūng fōngmihn, waihjó góisihn dīksíyihp ge chìhngfong, sahtsījó chèuhnggáam dyúngā ge jingchaak, daap hùhngdīk ge sìhhauh yùhgwó chèuhngtòuhdī wúih pèhnggwo yíhchìhn, yíhhauh fēidīk heui yúhndī ge deihfōng jauh wúih pèhngdī la, bātgwo, luhkdīk jauh móuh gám ge yāuwaih. Lihngngoih, waihjó dágīk jáuhauh gasái, jingfú tàihgōujó fahtjāk, yìhgā jeuiga chēséiyàhn fānfānjūng chóh hóudō nìhn gāam. | 政府時不時都要推出一啲新嘅政策嚟處理唔同嘅問題。譬如政府為咗支持環保，喺各大超級市場攞膠袋嘅時候會收膠袋稅；政府亦都指定咗一啲郊外嘅地方為保護區嚟保護天然資源同動植物等等。喺交通方面，為咗改善的士業嘅情況，實施咗長減短加嘅政策，搭紅的嘅時候如果長途啲會平過以前，以後飛的去遠啲嘅地方就會平啲嘑，不過，綠的就冇噉嘅優惠。另外，為咗打擊酒後駕駛，政府提高咗罰則，而家醉駕車死人分分鐘坐好多年監。 |
| Jeuigahn, jingfú sahtsījó sātnoih gamyīn jingchaak, hēimohng bōngjoh síhmàhn gaaiyīn. Deuiyū nīgo jingchaak, gokgaai dōu yáuh m̀tùhng ge fáanying. Yáuhdī yàhn wah, "Jíyiu néih háng dīkhéi sāmgōn gaaiyīn, yáuhmóuh nīdī jingchaak dōu haih yātyeuhng ge jē". Yauh yáuhdī yàhn wah, "Jingfú gámgáau jānhaih séidāk yàhn dō lo." Yáuh yātgāan dihnsihtòih fóngmahnjó m̀tùhng ge yàhn, yātgo jūnghohksāang wah: | 最近，政府實施咗室內禁煙政策，希望幫助市民戒煙。對於呢個政策，各界都有唔同嘅反應。有啲人話："只要你肯啲起心肝戒煙，有冇呢啲政策都係一樣嘅啫。"又有啲人話："政府噉搞真係死得人多囉。"有一間電視台訪問咗唔同嘅人，一個中學生話： |

| 羅馬拼音 | 廣東話 |
|---|---|

"Kèihsaht ngóh lóuhdauh bātlāu sihkyīn dōu sihkdāk hóugwái gihng ga, néih jī lā, yìhgā chēutheui sihkchānfaahn, douhdouh dōu m̀béi sihkyīn gā ma, yáuhdī yàhn símsímsūksūk gám jáuyahp chisó sihk, chōtàuh ngóh lóuhdauh dōu hóu m̀gwaan ga, sihksihkhá faahn dōu yiu chēutheui wán deihfōng dínghá dī yīnyáhn, sóyíh sātnoih gamyīn nīgo jingchaak yāt chēutlòuh jīhauh, ngóh tùhng lóuhdauh dōu gokdāk hóu màhfàahn. Daahnhaih jíngjínghá, lóuhdauh yuhtsihkyuht síu, ngóh tùhng A-mā dōu gokdāk hóu chēutkèih, yíhchìhn lóuhdauh mòuhyīn bātfūn gā ma, yìhgā gīnggwo boují dong sàauh dōu m̀sàauhhá dīyīn, yìhché chēutgāai sihkfaahn juhng dahkdāng beihhōi dī yihsáuyīn, kéuih wah gámyéung dī hūnghei chīngsān dī wóh. Jīhauh ngóh jauh nám la, wa, m̀tūng yáuhdī yéh jānhaih yiu bīk sīn bīkdóu chēutlàih gé? Góngjān, jihchí jīhauh ngóh deui jingfú ge jingchaak hōichí yáuhdī góigūn, gám jām móuh léuhngtàuh leih gā ma, m̀tūng háhháh dōu yiu fáandeui, yūkháh jauh wah yiu kongyíh mè? Táidóu lóuhdauh sihksíujó yīn, ngóh gokdāk jauhsyun chìhdī wah gā yīnchóu seui, ngóh dōu chaang ga! Sīkmuhk yíhdoih tīm a!"

Yātgo chāantēng lóuhbáan wah:

"其實我老豆不嬲食煙都食得好鬼勁㗎，你知啦，而家出去食親飯，度度都唔俾食煙㗎嘛，有啲人閃閃縮縮噉走入廁所食，初頭我老豆都好唔慣㗎，食食吓飯都要出去搵地方頂吓啲煙癮，所以室內禁煙呢個政策一出爐之後，我同老豆都覺得好麻煩。但係整整吓，老豆越食越少，我同阿媽都覺得好出奇，以前老豆無煙不歡㗎嘛，而家經過報紙檔睇都唔睇吓啲煙，而且出街食飯仲特登避開啲二手煙，佢話咁樣啲空氣清新啲喎。之後我就諗嘢，嘩，唔通有啲嘢真係要逼先逼倒出嚟嘅？講真，自此之後我對政府嘅政策開始有啲改觀，啲針有兩頭利㗎嘛，唔通吓吓都要反對，郁吓就話要抗議咩？睇到老豆食少咗煙，我覺得就算遲啲話加煙草稅，我都撐㗎！拭目以待添呀！"

一個餐廳老闆話：

| 羅馬拼音 | 廣東話 |
|---|---|
| "Gāmchi jingfú jānhaih dīnjó, béi kéuih sin yātpōu! Góng mē chyùhnmàhn gamyīn, gáanjihk fōngmauh jyuhtlèuhn! Néih wah m̀béiyàhn sihk jauh m̀béiyàhn sihk ga la mē! Yiu sihk jauh dím dōu yáuh baahnfaat sihk ga lā! Ngóh jānhaih béi jingfú gáaudou gāimòuh aap'hyut a! Gám néih cheungkēi waahkjé heui yámjáu dōu m̀béiyàhn sihkyīn, dīyàhn maih soksing m̀làih lō! Néih tēui nīgo jingchaak ge sìhhauh, dōu yiu guháh ngóhdeih dī síu sēungwuh sīnji dāk gā ma. Yìhgā dī sāangyi dōu móuh māt héisīkga la, chìhdī maih sēuidou tipdéi! Joi gā yīnchóu seui? Maih jáan giu dīyàhn máaih dōdī sīyīn lō! Ngóh yuhtlàihyuht wàaihyìh, jingfú yātdihng haih nám m̀dóu dī hóu jingchaak, jauh kàuhkèih wán dīyéh gáau, jíngsīk jíngséui, kèihsaht jauh háidouh chēut gúwaahk, māt dōu móuh jouhgwo, jingfú jouhmāt dōu hóu, ngóhdeih dōuhaih ngaahngsihk ga lā! Júngjī jauh gīkséi yàhn lā!" | "今次政府真係癲咗，俾佢跣一鋪！講咩全民禁煙，簡直荒謬絕倫！你話唔俾人食就唔俾人食㗎嘑咩！要食就點都有辦法食㗎啦！我真係俾政府搞到雞毛鴨血呀！嗽你唱K或者去飲酒都唔俾人食煙，啲人咪索性唔嚟囉！你推呢個政策嘅時候，都要顧吓我哋啲小商户先至得㗎嘛。而家啲生意都有乜起色㗎嘑，遲啲咪衰到貼地！再加煙草稅？咪盞叫啲人買多啲私煙囉！我越嚟越懷疑，政府一定係諗唔到啲好政策，就求其搲啲嘢搞，整色整水，其實就喺度出盡惑，乜都冇做過，政府做乜都好，我哋都係硬食㗎啦！總之就激死人啦！" |
| Nīdī jingchaak kèihsaht jānhaih tùhng síhmàhn ge sāngwuht sīksīk sēunggwāan. Hēunggóng yáuh yìhnleuhn jihyàuh, yáuhdī yàhn jāubātsìh dōu tàahn jingfú dī jingchaak chēutdāk m̀hóu, yūkháh jauh wah yiu paaugwāng; yihk yáuhdī yàhn waahkjé tyùhntái haih béigaau jīchìh jingfú ge. Yātgo jingchaak hóu m̀hóu jānhaih ginyàhn ginji la. | 呢啲政策其實真係同市民嘅生活息息相關。香港有言論自由，有啲人周不時都彈政府啲政策出得唔好，郁吓就話要炮轟；亦有啲人或者團體係比較支持政府嘅。一個政策好唔好真係見仁見智嘑。 |

# 課文二

| 羅馬拼音 | 廣東話 |
|---|---|
| A-Mēi āamāam heuiyùhn chīusíh máaihyéh, hàahnggán fāan ūkkéi gójahn johngdóu bíudái. | 阿美啱啱去完超市買嘢，行緊返屋企嗰陣撞到表弟。 |
| **Bíudái:** | **表弟：** |
| Wai, néih máaih síusíu yéh m̀sái ló gamdō gāaudói gwa… | 喂，你買少少嘢唔使攞咁多膠袋啩…… |
| **A-Mēi:** | **阿美：** |
| Chē! Nīgāan poutáu ló gāaudói yauh m̀sái béichín, néih bíujé ngóh wahtàuh síngméih gā ma, yáuhmóuh tēng wàahngíngguhk guhkjéung góng a? Yìhgā yiu sāu gāaudói seui bo! Bātgwo nīgāan jauh kutmíhn ge, m̀ ló maih jāpsyū lō! Juhng gamdō háuséui? Táigin ngóh sānséui sānhohn juhng m̀gwolàih bōng ngóh lódī? | 唓！呢間鋪頭攞膠袋又唔使俾錢，你表姐我話頭醒尾㗎嘛，有冇聽環境局局長講呀？而家要收膠袋稅嘞！不過呢間就豁免嘅，唔攞咪執輸囉！仲咁多口水？睇見我身水身汗仲唔過嚟幫我攞啲？ |
| **Bíudái:** | **表弟：** |
| Sāudóu sāudóu…Hāangā wòhng gwóyìhn mìhngbāt hēuichyùhn, (saisaisēng) kèihsaht jauhhaih taaidō yàhn haih yauh ló m̀haih yauh ló, maih gáaudou yiu sāu gāaudói seui lō. | 收倒收倒……慳家王果然名不虛傳，（細細聲）其實就係太多人係又攞唔係又攞，咪搞到要收膠袋稅囉。 |
| **A-Mēi:** | **阿美：** |
| (Béi bíujé tēngdóu) Gám yuhng wàahnbóu dói, sāngcháan dōdī wàahnbóu dói, dōuhaih binsìhng laahpsaap jē! Seuhngchi ngóh jauhhaih gindóu go sīlāai wah yiu wàahnbóu wóh, dói dōu m̀ló go, gáaudou yātpūk yātlūk, dóusé lòh háaih gám, jek geuk juhng áauchàaih tīm a, néih wah yú m̀yú sīn? | （俾表姐聽到）噉用環保袋，生產多啲環保袋，都係變成垃圾啫！上次我就係見到個師奶話要環保喎，袋都唔攞個，搞到一仆一轆，倒瀉籮蟹噉，隻腳仲拗柴添呀，你話瘀唔瘀先？ |
| **Bíudái:** | **表弟：** |
| Gám síhmàhn ge wàahnbóu yisīk tàihgōu, nīdī séhwúi ge mòuhyìhng jīcháan sīnji gányiu ge. Jingfú tēuigwóng hāandihndáam, néih yáuhmóuh yuhng a? | 噉市民嘅環保意識提高，呢啲社會嘅無形資產先至緊要嘅。政府推廣慳電膽，你有冇用呀？ |

| 羅馬拼音 | 廣東話 |
|---|---|
| **A-Mēi:**<br><br>Móuh bo, tēnggóng hóudō hāan dihndáam dī fósou dōu m̀deuibáan gé, néih jī hóudō sāangyiyàhn leihyuhk fānsām, chan yìhgā chēutdī m̀haih hóudāk ge hāandihndáam làih āakyàhn gā ma… | 阿美：<br><br>冇嘥，聽講好多慳電膽啲火數都唔對辦嘅，你知好多生意人利慾薰心，趁而家出啲唔係好得嘅慳電膽嚟呃人㗎嘛…… |
| **Bíudái:**<br><br>Néih hóyíh séuhngmóhng chaauháh dī sīuwáiwúi ge chāaksi gitgwó sīnji gáan dōu meihchìh ā, néih dōu sīkgóng lā, yùhgwó máaihjó dī jáyéh jauh ngàhyīn ga la! Hohk Oubāmáh wahjāai, yiu binháh sīnji dāk! | 表弟：<br><br>你可以上網□吓啲消委會嘅測試結果先至揀都未遲吖，你都識講啦，如果買咗啲渣嘢就牙煙㗎嘑！學奧巴馬話齋，要變吓先至得！ |
| **A-Mēi:**<br><br>(baahnsaai daahmdihng)…Hā, wahjī kéuih ā…bīn yáuh gam kíu a? Gam yih fójūk mè!? hōhō… | 阿美：<br><br>（扮晒淡定）……哈，話之佢吖……邊有咁橋呀？咁易火燭咩！？呵呵…… |

## 語義文化註釋

☞ 頂　表示 "忍耐、撐"：

(1) 做錯咪認囉，無謂死頂。（做錯就認嘛，不必死撐。）

(2) 明明生意咁差都要頂硬上，執咗佢好過啦。（明明生意那麼差還死撐，把它關了更好吧。）

(3) 唔俾食雪糕，唯有食低脂乳酪頂吓癮先啦。（冰淇淋不讓吃，只好吃低脂酸奶過一過癮吧。）

☞ 係又〈動詞〉唔係又〈動詞〉　常用於責怪別人是非不分或者魯莽的行為。除了責怪以外，也可以用來表示無奈的心情。

(1) 老闆係又鬧唔係又鬧，真係慘。（老闆總是愛罵就罵，真慘！）

(2) 你係又講唔係又講，停吓得唔得呀？（你甚麼都説一大通，停一停好不好？）

(3) 佢女朋友係又買唔係又買,多多錢都唔夠使啦。(他女朋友該買的買,不該買的也買,錢再多也不夠花。)

☞ 國際政治人物譯名: 與運動員譯名同樣,兩岸三地國際政治人物某些譯名也有差異。例如在內地一般的翻譯是布什,香港是布殊 bousyùh,説的時候要多加留意。

# 2 詞語

## 2.1 生詞

| | 廣東話 | | 普通話 / 釋義 |
|---|---|---|---|
| 1 | fēidīk | 飛的 | 坐的士趕去某個地方 |
| 2 | chēséi yàhn | 車死人 | 軋死人 |
| 3 | dīkhéi sāmgōn | 的起心肝 | 下定決心 |
| 4 | séidāk yàhn dō | 死得人多 | 問題很嚴重,連累很多人 |
| 5 | símsūk | 閃縮 | 鬼祟 |
| 6 | chōtàuh | 初頭 | 一開始 |
| 7 | díngháh dī yīnyáhn | 頂吓啲煙癮 | 止煙癮 |
| 8 | sàauh | 睄 | 瞄、瞟 |
| 9 | yūkháh | 郁吓 | 動不動 |
| 10 | chaang | 撐 | 支持 |

| | 廣東話 | | 普通話 / 釋義 |
|---|---|---|---|
| 11 | sin yātpōu | 跣一鋪 | 坑一回 |
| 12 | sēuidou tipdéi | 衰到貼地 | 差得要命 |
| 13 | jíngsīk jíngséui | 整色整水 | 掩飾；裝模作樣 |
| 14 | chēut gúwaahk | 出盡惑 | 耍滑頭；巧妙地瞞騙 |
| 15 | ngaahngsihk | 硬食 | 勉強接受 |
| 16 | wahtàuh síngméih | 話頭醒尾 | 聰明、機靈 |
| 17 | gamdō háuséui | 咁多口水 | 話這麼多 |
| 18 | sānséui sānhon | 身水身汗 | 滿身大汗 |
| 19 | sāudóu | 收倒 | 明白 |
| 20 | hāangā | 慳家 | 節儉 |
| 21 | yātpūk yātlūk | 一仆一轆 | 連滾帶爬 |
| 22 | dóusé lòh háaih | 倒瀉籮蟹 | 狼狽不堪 |
| 23 | áau chàaih | 拗柴 | 扭傷 |
| 24 | hāan dihndáam | 慳電膽 | 節能燈泡 |
| 25 | fósou | 火數 | 瓦數 |
| 26 | hohk néih wahjāai | 學你話齋 | 就像你説的 |
| 27 | baahn(saai) | 扮（晒） | 假裝 |
| 28 | gam kíu | 咁橋 | 這麼巧 |
| 29 | fójūk | 火燭 | 火災；着火 |
| 30 | jām móuh léuhngtàuh leih | 針冇兩頭利 | 不能兩全其美 |

## 2.2　難讀字詞

| | | |
|---|---|---|
| 1 | sīkmuhk yíhdoih | 拭目以待 |
| 2 | fōngmauh jyuhtlèuhn | 荒謬絕倫 |
| 3 | sīksīk sēunggwāan | 息息相關 |
| 4 | mìhng bāthēuichyùhn | 名不虛傳 |
| 5 | leihyuhk fānsām | 利慾薰心 |

# 3　附加詞彙

## 3.1　香港政府部門

| 決策局 | Wàahngíng guhk | 環境局 |
|---|---|---|
| | Jingjai kahp noihdeih sihmouh guhk | 政制及內地事務局 |
| | Bóuōn guhk | 保安局 |
| | Sihkmaht kahp waihsāng guhk | 食物及衛生局 |
| | Gūngmouhyùhn sihmouh guhk | 公務員事務局 |
| | Màhnjing sihmouh guhk | 民政事務局 |
| | Lòuhgūng kahp fūkleih guhk | 勞工及福利局 |
| | Chòihgīng sihmouh kahp fumouh guhk | 財經事務及庫務局 |
| | Faatjín guhk | 發展局 |

| | Gaauyuhk guhk | 教育局 |
|---|---|---|
| | Wahnsyū kahp fòhng'ūk guhk | 運輸及房屋局 |
| | Sēungmouh kahp gīngjai faatjín guhk | 商務及經濟發展局 |
| | Màhnfa guhk | 文化局 |
| | Jīseun fōgeih guhk | 資訊科技局 |
| 其他部門 | Sānsou jyūnyùhn gūngchyúh | 申訴專員公署 |
| | Lìhmjing gūngchyúh | 廉政公署 |
| | Sámgai chyúh | 審計署 |
| | Hàhngjing chyúh | 行政署 |
| | Haauhléut chūkjeun guhk | 效率促進局 |
| | Hēunggóng gāmyùhng gúnléih guhk | 香港金融管理局 |
| | Gīngjai fānsīk kahp fōngbihn yìhngsēung chyúh | 經濟分析及方便營商處 |
| | Jūngyēung jingchaak jóu | 中央政策組 |

## 3.2　法律場合常用語

| | |
|---|---|
| Néih sógóng ge yātchai dōu wúih sìhngwàih chìhngtòhng jinggūng. | 你所講嘅一切都會成為呈堂證供。 |
| Yáuh mē séuhngdou *court* tùhng go gūn góng lā! | 有咩上到 *court* 同個官啦！ |
| Néih yáuh mē jinggeui sīn? | 你有咩證據先？ |
| Ngóh dím dōu yiu gou kéuih! | 我點都要告佢！ |
| Bātyùh tìhngngoih wòhgáai syun bálā. | 不如庭外和解算罷啦。 |
| Go gūn punjó kéuih sahpnìhn gāam. | 個官判咗佢十年監。 |

| Go gūn punjó kéuih wuhnyìhng sāamnìhn, juhngyáuh séhwúi fuhkmouh lihng. | 個官判咗佢緩刑三年，仲有社會服務令。 |
| --- | --- |

## 3.3　跟政策有關的常用語

| | 廣東話 | | 普通話 / 釋義 |
| --- | --- | --- | --- |
| 1 | paaugwāng | 炮轟 | 猛烈批評 |
| 2 | bóuwohk | 補鑊 | 補救 |
| 3 | paaitóng | 派糖 | 給甜頭 |
| 4 | màhnmohng chaapséui | 民望插水 | 民望大大下跌 |
| 5 | salām | 耍冧 | 道歉 |
| 6 | san | 呻 | 抱怨；訴苦 |
| 7 | hōi séuihàuh | 開水喉 | 斥資 |
| 8 | chēutlòuh | 出爐 | 出台 |
| 9 | chòihyèh | 財爺 | 財政司長 |

## 3.4　粵普各一字

| 監牢 | |
| --- | --- |
| | 賣翻版分分鐘要坐監嘅喎！（賣盜版隨時坐牢的呀！） |
| | Maaih fāanbáan fānfān jūng yiu chóhgāam ge bo! |
| | 呢個犯犯咗啲咁嚴重嘅事，幾時先可以放監？（這個犯人犯了這麼嚴重的罪，甚麼時候可以出獄呢？） |
| | Nīgo fáan faahnjó dī gam yìhmjuhng ge sih, géisìh sīn hóyíh fonggāam? |

| 憂愁 | |
|---|---|
| | 喺呢間大學畢業，唔使憂冇野做啦！（在這家大學畢業，不用愁沒工作了！）<br><br>Hái nīgāan daaihhohk bātyihp, m̀sái yāu móuh yéh jouh lā!<br><br>佢而家份工賺咁多錢，仲使憂養唔起頭家咩。（他現在這份工作賺這麼多錢，還用愁養不起家嗎。）<br><br>Kéuih yìhgā fahn gūng jaahn gamdō chín, juhng sái yāu yéuhng m̀héi tàuh gā mè. |
| 瘋癲 | |
| | 你係咪癲咗呀？你居然同人癲埋一份！（你是不是瘋了？居然跟着別人一起瘋！）<br><br>Néih haihmaih dīnjó a? Néih gēuiyìhn tùhng yàhn dīnmàaih yātfahn!<br><br>放咗成幾個月暑假，玩到癲晒。（放了幾個月的暑假都玩瘋了。）<br><br>Fongjó sèhng géi go yuht syúga, wáandou dīnsaai. |

# 4　語音練習

## 4.1　粵普韻母對應 ua-aau/aat/aak

普通話讀的 ua 韻母不少對應廣東話的 a，例如：

| | 普通話 ua | | 廣東話 a |
|---|---|---|---|
| 瓜 | guā | > | gwā |
| 花 | huā | > | fā |
| 話 | huà | > | wah |

留意以下普通話讀 ua，但廣東話不讀 a 的易錯字。

常見錯誤有把"畫"讀成"話"、"刮"讀成"瓜"等等。

| ua - aau | 抓 | jáau | 抓緊 | jáaugán |
|---|---|---|---|---|
| ua - aat | 刮 | gwaat | 刮目相看 | gwaatmuhk sēunghōn |
| | 滑 | waaht | 滑鐵盧 | Waahttitlòuh |
| | 猾 | waaht | 狡猾 | gáauwaaht |
| | 刷 | chaat | 刷新紀錄 | chaatsān géiluhk |
| ua - aak | 劃 | waahk | 劃時代 | waahk sìhdoih |
| | 畫 | waahk | 畫蛇添足 | waahksèh tīmjūk |

## 4.2　粵普韻母對應 uan-aan/eun/in

普通話讀 uan 韻母的不少對應廣東話的 un/yun，例如：

| | 普通話 uan | | 廣東話 un / yun |
|---|---|---|---|
| 罐 | guàn | > | gun |
| 宣 | xuān | > | syūn |

留意以下普通話讀 uan，但廣東話不讀 un/yun 的易錯字。

常見錯誤有把"習慣"讀成"習罐""班" bāan 跟"般" būn 混淆等等。

| uan - aan | 關 | gwāan | 關心 | gwāansām |
|---|---|---|---|---|
| | 還 | wàahn | 還政於民 | wàahnjing yūmàhn |
| | 宦 | waahn | 宦官 | waahngūn |
| | 幻 | waahn | 幻想 | waahnséung |
| | 患 | waahn | 患得患失 | waahndāk waahnsāt |
| | 撰 | jaan | 撰寫 | jaansé |
| | 賺 | jaahn | 賺錢 | jaahnchín |
| uan - in | 軒 | hīn | 軒然大波 | hīnyìhn daaihbō |

| | | | | |
|---|---|---|---|---|
| | 癬 | sín | 牛皮癬 | ngàuhpèih sín |
| **uan - eun** | 卵 | léun | 卵石 | léunsehk |

## 4.3　多音字：單、相

"單" 字常用讀音有：

| | 讀音 | 詞義 / 用法 | 例 |
|---|---|---|---|
| 1 | dāan | 獨個；只 | 單調 |
| 2 | sihn | 姓氏讀音 | 單先生 |

"相" 字常用讀音有：

| | 讀音 | 詞義 / 用法 | 例 |
|---|---|---|---|
| 1 | sēung | 雙方；一方對另一方的行為 | 相愛、相關 |
| 2 | séung | 照片 | 影相、相機 |
| 3 | seung | 外貌；官名 | 相貌、真相；首相 |

## 練習

試讀出以下句子：

1. 單醫生話身心嘅健康都係相輔相成嘅。

2. 本雜誌有好多張相都介紹呢個小説家。

3. 佢曾經係呢個國家嘅宰相。

4. 人哋單人匹馬咁遠嚟到呢到幫你手，點都要俾返啲車馬費人啦，當人哋免費勞工咩！

5. 股市重挫，相信係受呢單新聞影響。

6. 槍戰相當之激烈，搞到架車彈痕纍纍。

# 5　情景說話練習

1. Kāpduhk ge nìhnchīngyàhn yuhtlàihyuht dō, yáuhyàhn wah haauhyùhn yihmduhk gaiwaahk, hóyíh héidóu jóhaak jokyuhng, nàhnggau yáuhhaauh góisihn nīgo mahntàih, daahnhaih dōu yáuhdī yàhn gokdāk hái hohkhaauh yihmduhk móuhyuhng, kāpduhk ge hohksāang jíwúih tòuhhohk líuhsih. Néih deui nīgo gaiwaahk yáuh mātyéh táifaat nē?　吸毒嘅年青人越嚟越多，有人話校園驗毒計劃，可以起到阻嚇作用，能夠有效改善呢個問題；但係都有啲人覺得喺學校驗毒冇用，吸毒嘅學生只會逃學了事。你對呢個計劃有乜野睇法呢？

2. Yáuh yàhn wah Hēunggóng ge làuhsíh cháaufūng taai sāileih, jingfú yīnggōi dō dī gaaiyahp, sahtsīsēungying ge jingchaak làih yīk'aat cháaufūng, dáng dōdī yàhn hóyíh jiyihp. Néih yihngwàih jingfú hóyíh dím jouh nē?　有人話香港嘅樓市炒風太犀利，政府應該多啲介入，實施相應嘅政策嚟抑壓炒風，等多啲人可以置業。你認為政府可以點做呢？

3. Hēunggóng faatjíndou gāmyaht, hóudō hóu yáuh lihksí gajihk ge deihfōng dōu yiu fāansān, yáuhdī sahmji yiu chaakse, yáuhdī yàhn wah gīngjai gōuchūk faatjín ge chìhngfong jíhah gámyéung jouh dōuhaih mòuhhóháuhfēi, yáuhdī yàhn wah lihksí màhnmaht ge gajihk haih séhwúi ge mòuhyìhng jīcháan, yātdihng yiu bóulàuh, néih yáuh mē táifaat nē?　香港發展到今日，好多好有歷史價值嘅地方都要翻新，有啲甚至要拆卸，有啲人話經濟高速發展嘅情況之下噉樣做都係無可厚非；有啲人話歷史文物嘅價值係社會嘅無形資產，一定要保留，你有咩睇法呢？

4. Hēunggóng chàhnggīng baahn Dūng'a wahnduhngwúi, yáuhdī yàhn gokdāk haih hóu ge sèuhngsi, yáuhdī yàhn wah Hēunggóng m̀sīkhahp géuibaahn daaihyìhng wahnduhngwúi, néih yáuh

mātyéh táifaat nē?　香港曾經辦東亞運動會，有啲人覺得係好嘅嘗試，有啲人話香港唔適合舉辦大型運動會，你有乜野睇法呢？

5.　Jingfú yìhgā heung síhmàhn syūnchyùhn yáuhgwāan sātnoih gamyīn ge chousī, noihyùhng bāaukut mātyéh deihfōng m̀hóyíh sihkyīn, sihkyīn ge hoihchyu tùhngmàaih sihk síudī yīn ge hóuchyu.　政府而家向市民宣傳有關室內禁煙嘅措施，內容包括乜野地方唔可以食煙、食煙嘅害處同埋食少啲煙嘅好處。

# 第6課 分享投資心得

## 1 課文

### 課文一

| 羅馬拼音 | 廣東話 |
|---|---|
| Ginmàhn hóyíh wahhaih búndeih kéihyihpgā ge yātgo sàhnwá. Saisai go ūkkéi móuh māt chín, daihyātgihn wuhngeuih dōuhaih yàhndeih wáandouyim gāaibīn jāpfāanlàih ge. Yáuh yātyaht kéuih ge chānchīk hái ngoihgwok fāanlàih taam kéuihdeih, gēuiyìhn táijungjó Ginmàhn jāpfāanlàih gógihn wuhn'geuih, séung béi chín kéuihdeih máaihjó kéuih tīm. Hōitàuh Ginmàhn séi dōu m̀jai, hauhmēi kéuih a-bàh tam kéuih wah: "Sòhjái, kéuihdeih béichín ngóhdeih, ngóhdeih máaihgwo go sān ge maih juhng hóu!" Ginmàhn sāmnám, haih bo, gánghaih sān ge hóudī lā! Jihchí kéuih jauh sèhngyaht làuhyi yáuhdī mē gauh yéh hóyíh jāp, jāpfāanlàih jauh maaihchēutheui jaahnchín. Jí a, dói a, jēun a, syū a, sahmji gāsī dōu yáuh. Gāmyaht, kéuih baahksáu hīnggā ge yihsáu máaihmaaih sāangyi, yíhgīng jouhdou múihnìhn yìhngyihp'áak gwo chīnmaahn. | 建文可以話係本地企業家嘅一個神話。細細個屋企冇乜錢，第一件玩具都係人哋玩到厭街邊執返嚟嘅。有一日佢嘅親戚喺外國返嚟探佢哋，居然睇中咗建文執返嚟嗰件玩具，想俾錢佢哋買咗佢添。開頭建文死都唔制，後尾佢阿爸哄佢話："傻仔，佢哋俾錢我哋，我哋買過個新嘅咪仲好！"建文心諗，係噃，梗係新嘅好啲啦！自此佢就成日留意有啲咩舊嘢可以執，執返嚟就賣出去賺錢。紙呀、袋呀、樽呀、書呀，甚至傢俬都有。今日，佢白手興家嘅二手買賣生意，已經做到每年營業額過千萬。 |

| 羅馬拼音 | 廣東話 |
|---|---|
| Gogo yàhn deui chìhnchòih ge táifaat dōu m̀tùhng gé, yáuhdī yàhn hóu táidākhōi, m̀haih hóu gaaiyi jihgéi sān'gā yáuh géidō, jingsówaih gāmyaht m̀jī tīngyaht sih, yáuh ngáh jētàuh, yáuhyī yáuhsihk, jījūk sèuhnglohk gám wah, Ginmàhn jauh gīnchìh kéuih góyāttou, gónghéi tàuhjī, kéuih yātdihng wúih wah, "Néih m̀léih chòih, chòih jauh m̀léih néih ga la! Jauhhaih yānwaih saisih nàahnliuh, sīnji yiu meihyúh chàuhmàuh, jouh tàuhjī, chóuhdihngchín, waih jēunglòih jouhhóu jéunbeih. M̀léih dím dōu hóu, dōu yiu hohkháh yáuhgwāan tàuhjī fōngmihn ge yéh." | 個個人對錢財嘅睇法都唔同嘅，有啲人好睇得開，唔係好介意自己身家有幾多，正所謂今日唔知嚟日事，有瓦遮頭，有衣有食，知足常樂嘅話；建文就堅持佢嗰一套，講起投資，佢一定會話：「你唔理財，財就唔理你㗎啦！就係因為世事難料，先至要未雨綢繆，做投資，揾定錢，為將來做好準備。唔理點都好都要學吓有關投資方面嘅野。」 |
| Ginmàhn ge gusih, hóudōsìh dōu kāpyáhn yàhn làih tēng. Yātgāan daaihhohk jauh chéngjó kéuih làih fānhéungháh chongyihp tàuhjī sāmdāk: | 建文嘅故事，好多時都吸引人嚟聽。一間大學就請咗佢嚟分享吓創業投資心得： |
| "Tàuhjī ge yéh, ngóh nám daaihgā hái dihnsihkehk dōu táidākdō gala, néih hónàhng wúih gindóu dīyàhn hóu mòhng gám hái go yùhgōng léuihmihn jáulàih jáuheui, yauh tēnggin dīyàhn wah yiu táiāam go séuiwái sīnji yahpsíh, dímjī yáuh go daaihngohk gáaulyuhndong, gáaudou yáuhdī fansān cháaugú ge yàhn kīnggā dohngcháan. Tēng jauh tēngdākdō la, kèihsaht daaihgā deui gāmyùhng a, tàuhjī ge yéh, yihngsīk yáuh géidō nē? Fāandoulàih yihnsaht saigaai, ngóh jī néihdeih dī hauhsāangjái, m̀dō m̀síu dōuwúih làuhyiháh Hēunggóng go síh ge la, yauh waahkjé wúih làuhyiháh mātyéh sāangyi yáuhdākgáau, ginyàhn sāamsahp chēuttàuh jauh hōi gāan pou, jihgéi jauh sāmyūkyūk, hēimohng hóyíh jaahnyātbāt. | 「投資嘅野，我諗大家喺電視劇都睇得多㗎啦。你可能會見到啲人好忙嘅喺個魚缸裏便走嚟走去，又聽見啲人話要睇啱個水位先至入市，點知有個大鱷搞亂檔，搞到有啲瞓身炒股嘅人傾家蕩產。聽就聽得多啦，其實大家對金融呀，投資嘅野，認識有幾多呢？返到嚟現實世界，我知你哋啲後生仔，唔多唔少都會留意吓香港個市嘅啦，又或者會留意吓乜野生意有得搞，見人三十出頭就開間舖，自己就心郁郁，希望可以賺一筆。 |

| 羅馬拼音 | 廣東話 |
|---|---|

Yìhgā nīgo nìhndoih nē, ngóh jī hóudō hauhsāangjái dōu m̀jūngyi dágūng, háhháh béiyàhn gahpsaht m̀jihjoih wóh. Sóyíh néihdeih yáuhdī yàhn maih wúih tùhng dī séidóng gaapfán gáauháh dī sāangyijái lō, hónàhng haih daaihgā deuiyū dímyéung wahnjok yigin m̀yātji, yauh waahkjé gīngyihm tùhng jīsīk dōu m̀gau lā, gaanm̀jūng wúih yáuhdī aau'giuh gé. Kèihsaht séung chongyihp gáau sāangyi, jānhaih yáuh hóudō hohkmahn ga, gānjyuh lohklàih ngóh jauh wúih tùhng daaihgā táiháh dímyéung hái nī sāam fōngmihn jouhhóu, hóyíh dahtwàih yìhchēut. Daihyāt, yáuh chongyi ge cháanbán chitgai, daihyih, hungjai sìhngbún, daihsāam, síhchèuhng yìhngau diuhchàh…"

Ginmàhn sìhnggā lahpsāt jīhauh, hái Hēunggóng wah yiu chongyihp tàuhjī ge yàhn dōu m̀síu, Ginmàhn ge jái waahkjé dōuhaih sauh kéuih yínghéung, deui chongyihp tàuhjī dōu hóu yáuh hingcheui. Gāmnìhn nìhnsīu síhchèuhng, béi kéuih yìhgā duhk jūnghohk ge jái yātgo síusi ngàuhdōu ge gēiwuih. Yáuh yāt gāan dihnsihtòih fóngmahngán kéuih go jái:

而家呢個年代呢，我知好多後生仔都唔鍾意打工，吓吓俾人瞰實唔自在喎。所以你哋有啲人咪會同啲死黨夾份搞吓啲生意仔囉，可能係大家對於點樣運作意見唔一致，又或者經驗同知識都唔夠啦，間唔中會有啲拗撬嘅。其實想創業搞生意，真係有好多學問㗎，跟住落嚟我就會同大家睇吓點樣喺呢三方面做好，可以突圍而出。第一，有創意嘅產品設計，第二，控制成本，第三，市場研究調查……"

建文成家立室之後，喺香港話要創業投資嘅人都唔少。建文嘅仔或者都係受佢影響，對創業投資都好有興趣。今年年宵市場，俾佢而家讀中學嘅仔一個小試牛刀嘅機會。有一間電視台訪問緊佢個仔：

| 羅馬拼音 | 廣東話 |
|---|---|
| "Dímgáai báai go tāanwái? Móuh a, dī *friend* wah séung siháh maih yātchàih wáanháh lō! Gám móuh waaih gé, ngóh jauh yuhjó syúnsáu lèihchèuhng ge la, jaahn m̀jaahndóu kèihsaht jānhaih móuhmāt sówaih gé, sihtjó maih dong gāau hohkfai lō! Jaahn géigauh séui ngóh dōu gaupéi ge la! Gónghōi kèihsaht chōtàuh dōu géi sānfú ga, dehngfo, gaisou, lohkchèuhng maaihyéh māt dōu yātgeuktek, mòhng haih mòhngdī, bātgwo jijoih sèhngbāanyáu yātchàih hīhīhāhā gámjē. Ngóhdeih maaih mātyéh? Yauh m̀haih wah hóu dámbún gé, maih maaihháh dī gōnfo lō! Wuhn'geuih a, kūséun a gám. Maaih nīdī yéh gau fōngbihn ā ma, hāanséui hāanlihk, faisih maaih síusihk lā, dousìh gáaudou yātwohk jūk gám jauh màhfàahn la. Hā! Yauh gúm̀dou géimaaihdāk ge bo, ngóh gin maaih nìhnfā gódī, haihgám pekga kāpyáhn dīyàhn làih soufo, fáanyìh ngóhdeih sāumēi juhng yiu gāga, jaahndou jeuhn sīnji jáu, yìhgā ngóh dī paakdong yíhgīng màuhdihng chēutnín joi làihgwo, sihkgwo fāanchàhmmeih ā ma!" | "點解擺個攤位？冇呀，啲 *friend* 話想試吓咪一齊玩吓囉！嗽冇壞嘅，我就預咗蝕手離場嘅嗻，賺唔賺倒其實真係冇乜所謂嘅，蝕咗咪當交學費囉，賺幾噠水我都夠皮嘅嗻！講開其實初頭都幾辛苦㗎，訂貨，計數，落場賣嘢乜都一腳踢，忙係忙啲，不過志在成班友一齊嘻嘻哈哈嗻啫。我哋賣乜嘢？又唔係話好揼本嘅，咪賣吓啲乾貨囉，玩具呀，咕臣呀嗽，賣呢啲嘢夠方便吖嘛，慳水慳力，費事賣小食啦，到時搞到一鑊粥嗻就麻煩嗻。哈！又估唔到幾賣得嘅嘞，我見賣年花嗰啲，係嗽劈價吸引啲人嚟掃貨，反而我哋收尾仲要加價，賺到盡先至走，而家我啲拍檔已經謀定出年再嚟過，食過返尋味吖嘛！" |

## 課文二

| 羅馬拼音 | 廣東話 |
|---|---|
| A-Mēi yìhgā tùhng bíudái hái yātgāan tòhngséui póu yātbihn sihkyéh yātbihn kīnggán dímyéung tàuhjī. | 阿美而家同表弟喺一間糖水舖一便食嘢一便傾緊點樣投資。 |
| ***A-Mēi:***<br>Ngóh nīgo tàuhjī gaiwaahk gáanjihk haih tīnyī mòuhfùhng, jājó gamnoih dōu haih sìhhauh fong la… hāhāhā…! | 阿美：<br>我呢個投資計劃簡直係天衣無縫，揸咗咁耐都係時候放嗻……哈哈哈……！ |

| 羅馬拼音 | 廣東話 |
|---|---|
| *Bíudái:*<br>Fong mē a? Fong ga chē dihng fong chàhng láu a? | 表弟：<br>放咩呀？放架車定放層樓呀？ |
| *A-Mēi:*<br>Gónggán dī gúpiu a, jaahnjó gam dō juhng m̀jáuyàhn mè! | 阿美：<br>講緊啲股票呀，賺咗咁多仲唔走人咩！ |
| *Bíudái:*<br>Pìhngsìh m̀sēng m̀sēng…jaahnmàaih jaahnmàaih dōu gau néih hōi gāanchóng labo… | 表弟：<br>平時唔聲唔聲……賺埋賺埋都夠你開間廠㗎喳…… |
| *A-Mēi:*<br>Hāng…hóu wah la…dīyàhn táidihnsih boují sāufāanlàih dī líu dōu meihkahp ngóh yātsìhng, ngóh hái nīfōngmihn ge gūnglihk, haih yahtjīk yuhtleuih ga… | 阿美：<br>哼……好話嗻……啲人睇電視報紙收返嚟啲料都未及我一成，我喺呢方面嘅功力，係日積月累㗎…… |
| *Bíudái:*<br>Táilàih néih jāai jouh tàuhjī dōu gau gwosai labo… | 表弟：<br>睇嚟你齋做投資都夠過世嗻喳…… |
| *A-Mēi:*<br>(Gāansiu) Hāhaha…sáimāt góng! Dākhàahn gwo léuhngdouh sáansáu béi néih lā! | 阿美：<br>（奸笑）哈哈哈……使乜講！得閒過兩度散手俾你啦！ |
| *Bíudái:*<br>Dím haih a, dāk A-Mēi bíujé gam gwāanjiu… | 表弟：<br>點係呀，得阿美表姐咁關照…… |
| *A-Mēi:*<br>Nàh! Yìhgā sākchín yahp néih dói la! Nīpàaih maih hīng sihk tìhmbán gé, néih táiháh nīgāan pou sāangyi géi hóu, néih yātyū hōifāan gāan tòhngséui póu, maaihháhdī yèuhngjī gāmlouh a, sāimáihlouh a, dousìh bāau néih jaahn… | 阿美：<br>嗱！而家塞錢入你袋嗻！呢排咪興食甜品嘅，你睇吓呢間舖生意幾好，你一於開番間糖水舖，賣吓啲楊枝甘露呀，西米露呀，到時包你賺…… |

## 語義文化註釋

☞ 水位　粵語中"水"常代表錢，如"疊水"指"富有"；"一嚿水"指"一百塊錢"。"水位"常用於投資場合，指"上升空間"，例如"呢隻股仲有冇水位？"（這隻股還有上升空間嗎？）。此外亦指"股價"，例如"跌到邊個水位先至入貨好？"（跌到甚麼價位才進貨好呢？）

☞ 有返兩度散手　有人認為此詞可能源於"散打"這項運動。"散打"又稱為"散手"，"有返兩度散手"可理解為"有兩下子"。例如"你煮餸有返兩度散手喎"意思就是"你燒菜還真有兩下子"。

☞ 年宵市場　農曆新年前夕香港各區都有大大小小的年宵市場，以銅鑼灣維多利亞公園的最為人熟悉。在熱鬧的年宵市場內有各式各樣的攤子，除了年花以外，還有玩具、衣服、裝飾等。準備在年宵市場賣東西的人，必須在農曆新年前幾個月參加競投，由於成本不算太高，越來越多年青人集資競投。去年宵市場逛逛一般説"行花市"。

# 2　詞語

## 2.1　生詞

| | | | 廣東話 | 普通話 / 釋義 |
|---|---|---|---|---|
| 1 | séi dōu m̀jai | | 死都唔制 | 死活不願意 |
| 2 | m̀léih dímdōuhóu | | 唔理點都好 | 不管怎麼樣 |
| 3 | yùhgōng | | 魚缸 | 證券行，股市 |

| | | 廣東話 | 普通話 / 釋義 |
|---|---|---|---|
| 4 | yahpsíh | 入市 | 買進（股票、房子等）|
| 5 | daaihngohk | 大鱷 | 大炒家 |
| 6 | fansān | 瞓身 | 盡全力 |
| 7 | yáuh dāk gáau | 有得搞 | 生意能做得起來，可發展 |
| 8 | gahpsaht | 瞰實 | 盯緊 |
| 9 | séidóng | 死黨 | 很要好的朋友 |
| 10 | sāangyijái | 生意仔 | 小生意 |
| 11 | gaan m̀jūng | 間唔中 | 有時候，偶爾 |
| 12 | aau'giuh/ngaau giuh | 拗撬 | 爭執 |
| 13 | sìhnggā lahpsāt | 成家立室 | 成家立業 |
| 14 | gám móuh waaih gé | 嗽冇壞嘅 | 那也沒有甚不好的 |
| 15 | syúnsáu | 損手 | 投資的時候損失 |
| 16 | géi gauh séui | 幾嚿水 | 幾百塊 |
| 17 | gau péi | 夠皮 | 滿足 |
| 18 | dámbún | 揼本 | 花很多錢，成本很高 |
| 19 | hāanséui hāanlihk | 慳水慳力 | 省時省工 |
| 20 | yātwohk jūk | 一鑊粥 | 一團糟 |
| 21 | gaisou | 計數 | 算 |
| 22 | sèhng bāan yáu | 成班友 | 一 / 這 / 那幫人 |

| | | 廣東話 | 普通話 / 釋義 |
|---|---|---|---|
| 23 | pekga | 劈價 | 大幅減價 |
| 24 | soufo | 掃貨 | 大量買入 |
| 25 | màuhdihng | 謀定 | 心裏早已經有這個打算了 |
| 26 | sihkgwo fāanchàhmmeih | 食過返尋味 | 吃過覺得好吃，再去吃 |
| 27 | m̀sēng m̀sēng | 唔聲唔聲 | 一聲不吭的，原來…… |
| 28 | jaahnjaahn màaihmàaih | 賺賺埋埋 | 一點一點賺回來 |
| 29 | sāulíu | 收料 | 打聽消息 |
| 30 | jāai〈動詞〉 | 齋〈動詞〉 | 只是〈動詞〉 |
| 31 | yātsaiyàhn | 一世人 | 一輩子 |
| 32 | yáuh léuhngdouh sáansáu | 有兩度散手 | 有點本事 |

## 2.2　難讀字詞

| 1 | jījūk sèuhnglohk | 知足常樂 |
|---|---|---|
| 2 | saisih nàahnliuh | 世事難料 |
| 3 | meihyúh chàuhmàuh | 未雨綢繆 |
| 4 | tīnyī mòuhfùhng | 天衣無縫 |
| 5 | yahtjīk yuhtleuih | 日積月累 |

# 3　附加詞彙

## 3.1　常見銀行名稱

| | | | |
|---|---|---|---|
| Wuihfūng ngàhnhòhng | 滙豐銀行 | Hàhngsāng ngàhnhòhng | 恒生銀行 |
| Dūng'a ngàhnhòhng | 東亞銀行 | Jādá ngàhnhòhng | 渣打銀行 |
| Jūnggwok ngàhnhòhng | 中國銀行 | Fākèih ngàhnhòhng | 花旗銀行 |
| Nàahmyèuhng sēungyihp ngàhnhòhng | 南洋商業銀行 | Sīngjín ngàhnhòhng | 星展銀行 |

## 3.2　跟金錢有關的常用語

| | 廣東話 | | 普通話／釋義 |
|---|---|---|---|
| 水 | daahpséui | 疊水 | 很有錢 |
| | chāuséui | 抽水 | 抽取利潤 |
| | pokséui | 撲水 | 到處找錢 |
| 數 | góngsou | 講數 | 談判 |
| | yahp kéuihsou | 入佢數 | 算他的 |
| | sēsou | 賒數 | 賒賬 |
| | bóusou | 補數 | 補發；補情 |
| | jouhsou | 做數 | 做賬 |
| | gāaisou | 街數 | 外賬 |
| | hauhsou lā | 後數啦 | 以後再付吧 |

| | | | |
|---|---|---|---|
| 慳 | chēut gūngsou | 出公數 | 報銷 |
| | syunsou | 算數 | 算了吧 |
| | tìuhsou hóu kāmgai | 條數好襟計 | 這筆賬且算呢 |
| | hāangihm | 慳儉 | 節儉、儉省 |
| | hāanpéi | 慳皮 | 省錢但弄得質量不好 |
| | hāanhāandéi | 慳慳哋 | 省一點兒 |
| | hāandākgwo jauh hāan | 慳得過就慳 | 能省就省 |
| 金錢銀碼 | yātgauh séui | 一嚿水 | 一百塊 |
| | gāmngàuh | 金牛 | 一千塊紙幣 |
| | yātpèih yéh | 一皮野 | 一萬塊 |
| | daaihbéng | 大餅 | 鋼鏰兒 |

## 3.3　粵普各一字

| 生長 | |
|---|---|
| | 食埋咁多熱氣野，因住生到成面暗瘡呀。（你吃這麼多上火的東西，小心長到整張臉都是暗瘡呀！） |
| | Sihkmàaih gamdō yihthei yéh, yānjyuh sāangdou sèhng mihn amchōng a. |
| | 原來佢阿爸生得咁高嘅，唔怪得佢都有返咁上下啦。（原來他爸長這麼高，難怪他也長得不矮。） |
| | Yùhnlòih kéuih a-bàh sāangdāk gam gōu ge, m̀gwaaidāk kéuih dōu yáuhfāan gamseuhnghá lā. |

| 遮擋 | |
|---|---|
| | 以前啲住公屋嘅人鍾意搵塊布遮住個鐵閘。（以前住公共屋邨的人喜歡用一塊布把鐵門擋着。） |
| | Yíhchìhn dī jyuh gūng'ūk ge yàhn jūngyi wán faaibou jējyuh go titjaahp. |
| | 細佬，你企喺個電視機前便遮住我哋㗎，點睇呀？（弟弟，你站在電視機前面擋着我們了，怎麼看呀？） |
| | Sailóu, néih kéihhái go dihnsihgēi chìhnbihn jējyuh ngóhdeih la, dím tái a? |
| 耕種 | |
| | 新界仲有冇人耕田呀？（新界還有人種田嗎？） |
| | Sāngaai juhng yáuhmóuh yàhn gāangtìhn a? |
| | 佢耕田耕咗幾十年。（他種地種了幾十年。） |
| | Kéuih gāangtìhn gāangjó géisahp nìhn. |

# 4　語音練習

## 4.1　粵普韻母對應 ao-ok/euk/ap/uk

普通話讀的 ao 韻母不少對應廣東話的 aau, ou, iu，例如：

| | 普通話 ao | | 廣東話 |
|---|---|---|---|
| 炒 | chǎo | > | cháau |
| 報 | bào | > | bou |
| 潮 | cháo | > | chìuh |

留意以下普通話讀 ao，但廣東話<u>不讀 aau/ou/iu</u> 的入聲字。

| ao - ok | 薄 | bohk | 薄餅 | bohkbéng |
|---------|-----|----------|----------|----------|
| | 雹 | bohk/bok | 落雹 | lohkbohk/lohkbok |
| | 郝 | kok | 姓郝 | sing Kok |
| | 酪 | lohk | 乳酪 | yúhlohk |
| | 鑿 | johk | 證據確鑿 | jinggeui kokjohk |
| ao - euk | 瘧 | yeuhk | 瘧疾 | yeuhkjaht |
| | 藥 | yeuhk | 藥劑師 | yeuhkjāisī |
| | 鑰 | yeuhk | 鑰匙 | yeuhksìh（廣東話多作 "鎖匙" sósìh） |
| ao - ap | 凹 | nāp | 凹凸不平 | nāpdaht bātpìhng |
| ao - uk | 告 | gūk | 忠告 | jūnggūk |

## 4.2 粵普韻母對應 o-aak/ak/ut/uk/ok

普通話的韻母 o 對應廣東話的韻母，規律比較多變。

除了對應廣東話的 o，例如 "我" "婆" "播" 等等以外，也對應各種入聲韻。

| o - aak | 蔔 | baahk | 蘿蔔 | lòhbaahk |
|---------|-----|----------|----------|----------|
| | 魄 | paak | 魂飛魄散 | wàhnfēi paaksaan |
| | 握 | ngāak | 掌握 | jeung'āak/jéungngāak |
| o - ak | 墨 | mahk | 墨守成規 | mahksáu sìhngkwāi |
| | 陌 | mahk | 陌生人 | mahksāng yàhn |
| | 驀 | mahk | 驀然回首 | mahkyìhn wùihsáu |
| | 默 | mahk | 默認 | mahkyihng |
| o - ut | 撥 | buht | 撥款 | buhtfún |
| | 缽 | but | 繼承衣缽 | gaisìhng yībut |
| | 勃 | buht | 生機勃發 | sānggēi buhtfaat |
| | 末 | muht | 末代 | muhtdoih |
| | 潑 | put | 活潑 | wuhtput |
| o - ok | 博 | bok | 博大精深 | bokdaaih jīngsām |
| | 駁 | bok | 駁斥 | bokchīk |
| | 寞 | mohk | 寂寞 | jihkmohk |

|        | 漠 | mohk | 沙漠 | sāmohk |
|--------|----|------|------|--------|
|        | 莫 | mohk | 莫札特 | Mohkjaatdahk |
|        | 薄 | bohk | 薄利多銷 | bohkleih dōsīu |
| **o - uk** | 沃 | yūk | 肥沃 | fèihyūk |

## 4.3　多音字：料、間

"料" 字常用讀音有：

|   | 讀音 | 詞義 / 用法 | 例 |
|---|------|-----------|---|
| 1 | líu | 材料 | 時事猛料、調味料、真材實料 |
| 2 | liuh | 1. 預料<br>2. 處理 | 世事難料、料事如神<br>料理家務 |

"間" 字常用讀音有：

|   | 讀音 | 詞義 / 用法 | 例 |
|---|------|-----------|---|
| 1 | gāan | 量詞；一定的空間或時間 | 一間屋；晚間、田間 |
| 2 | gaan | 隔開 | 合作無間、板間房、反間 |

## 練習

試讀出以下句子：

1. 不出所料，今次呢單料又係作出嚟嘅。

2. 呢個間諜搵倒好重要嘅資料。

3. 你唔使旨意離間我哋，佢唔會咁易被你説服倒嘅。

4. 受到間歇性暴風雨嘅影響，消防員嘅救援工作一度受阻。

5. 今晚得煎蛋同炒菜咋？一陣間阿爸放工叫佢斬啲料上嚟至得！

6. 前幾日仲見倒佢，估唔倒忽然人間蒸發。

# 5　情景説話練習

**1.** Néih haih yātgāan ngàhnhòhng ge bóuhím gīnggéi, yìhgā heung néih ge pàhngyáuh gaaisiuhgán géigo jeui sānge bóuhím gaiwaahk, bāaukut yàhnsauh bóuhím, ngàihjaht bóuhím tùhngmàaih léuihyàuh bóuhím.　你係一間銀行嘅保險經紀，而家向你嘅朋友介紹緊幾個最新嘅保險計劃，包括人壽保險、危疾保險同埋旅遊保險。

**2.** M̀síu hohksāang dōu wúih yātmihn duhksyū yātmihn jouh gīmjīk. Tūngsèuhng hóyíh jouh mātyéh gīmjīk a? Yáuhdī mātyéh hōisām waahkjé m̀hōisām ge sih tùhng ngóhdeih fānhéung a? Hóyíh dímyéung wán gīmjīk a?　唔少學生都會一面讀書一面做兼職。通常可以做乜野兼職呀？有啲乜野開心或者唔開心嘅事同我哋分享呀？可以點樣搵兼職呀？

**3.** Chéng néihdeih fānhéunghách yùhgwó yáuh yātbaakmaahn néihdeih wúih dím yuhng.　請你哋分享吓如果有一百萬你哋會點用。

**4.** Lòuh síujé yáuh yātgo pàhngyáuh sìhsìh mahn kéuih jechín, hōitàuh jauh je síusíu, daahnhaih sāumēi jauh yuht je yuht dō, juhng tō hóunoih dōu m̀wàahnchín tīm. Lòuh síujé gokdāk yáuhdī m̀tóh, daahnhaih yauh yáuhdī dāamsām kéuih ge pàhngyáuh, m̀jī dím syun, jeuihauh kéuih kyutdihng…　盧小姐有一個朋友時時問佢借錢，開頭就借少少，但係收尾就越借越多，仲拖好耐都唔還錢添。盧小姐覺得有啲唔妥，但係又有啲擔心佢嘅朋友，唔知點算，最後佢決定……

**5.** Lìhmjing gūngchyúh jipdóu géuibou, yáuh gūngsī gōuchàhng sipyìhm sāusauh geuih'áak kúifún waih hahsuhk tàihgūng leihyīk, yìhgā hōichí jeunhàhng diuhchàh…　廉政公署接倒舉報，有公司高層涉嫌收受巨額賄款為下屬提供利益，而家開始進行調查……

# 第7課 細説香港樓市

## 1 課文

### 課文一

| 羅馬拼音 | 廣東話 |
|---|---|
| Jeui dínyìhng ge Hēunggóngdéi fuhjīcháan gusih, mohkgwoyū Chìhn-houhsām. Gāmyaht A-sām pùih pàhngyáuh táiláu, go gīnggéi lohkjūk jéuitàuh haihgám góng: | 最典型嘅香港地負資產故事，莫過於錢浩森。今日阿森陪朋友睇樓，個經紀落足嘴頭係噉講： |
| "Kèihsaht nīkēui hóudō ūkyún dōu m̀cho gé, peiyùhwah gógo Sāmwāan hòuhtìhng, jeuigahn yáuh go yihpjyú fongpún, ngóh táigwo dī gaan'gaak haih géi sijeng ge, m̀wúih sāamjīm baatgok, kéuih go ginjūk mihnjīk dōu yuhngdóu yáuh baatsìhng ga, yìhgā dīpún làihgóng dōu géi hón'gin, yìhché go gíng dōu géi hōiyèuhng, yāthaih jauh gáan noihyùhngíng, yāthaih jauh gáan bun hóiging, júngjī jauh m̀sái deui gāai gam daaih chàhn, jānhaih géi kāpyáhn ga. Jouhga dōu hahpléih lō, sāam sei chīn mān chek, haih m̀síu séuhngchēhaak ge sāmséui jīsyún, bātgwo jauh syūsihtjoih diugeukdī, yáuh jipbokbā dōu jí nàhnggau gáaikyutdóu bouhfahn ge mahntàih. Sēuiyìhn waihji m̀gau jauhgeuk, daahnhaih tùhng dī sānláu béigaau gewah, Sāmwāan hòuhtìhng jauh singjoih gau sahtyuhng, héimáh m̀wúih sūkséui ā ma, yáuhdī sānláu néih tēng kéuih góng wah 600 chek, daahnhaih sahtyuhng dāk 6-7 sìhng ge wah maih m̀dái máaih lō. Gāséuhng faatjínsēung ge seunyuh lèuhnghóu, | "其實呢區好多屋苑都唔錯嘅，譬如話嗰個深灣豪庭，最近有個業主放盤，我睇過啲間隔係幾四正嘅，唔會三尖八角，佢個建築面積都用倒有八成㗎，而家啲盤嚟講都幾罕見，而且個景都幾開揚，一係就揀內圍景，一係就揀半海景，總之就唔使對街咁大塵，真係幾吸引㗎。做價都合理囉，三四千蚊呎，係唔少上車客嘅心水之選，不過就輸蝕在吊腳啲，有接駁巴都只能夠解決倒部分嘅問題。雖然位置唔夠就腳，但係同啲新樓比較嘅話，深灣豪庭就勝在夠實用，起碼唔會縮水吖嘛，有啲新樓你聽佢講話600呎，但係實用得六七成嘅話咪唔抵買囉。加上發展商嘅信譽良好，一定唔使擔心用料粗糙。呢排樓市有啲降溫，唔少人都蠢蠢欲動㗎嘑，有買趁手㗎，如果唔係驚你倒時買唔倒 |

| 羅馬拼音 | 廣東話 |
|---|---|
| yātdihng m̀sái dāamsām yuhnglíu chōuchou. Nīpàaih làuhsíh yáuhdī gongwān, m̀síuyàhn dōu chéunchéun yuhkduhng ga la, yáuhmáaih chansáu la, yùhgwó m̀haih gēng néih dousìh máaih m̀dóu ja!" | 咋！" |

A-sām yātbihn tēng go gīnggéi góng, yātbihn námfāanhéi yíhchìhn ge sih. Saigo gójahn ūkkéi yàhn máaihlohk gāan ūk jihk géi maahn mān, sahpnìhn m̀gau yíhgīng sīngjó sahppúih yáuh dō, sāmnám A-bàh wahjāai máaih jyūntàuh saht móuh séi yùhnlòih haih jān ge. Chēutlàih jouhyéh jīhauh, A-sām jēutjí yúngyáuh yàhnsāng daih yātchàhng láu, yíhwàih jihchí jauh ōngēui lohkyihp. Gam āam gósìh Hēunggóng làuhsíh cheungwohng, cháaufūng sihnghàhng, A-sām máaihchān ge láu yātjyúnsáu jauh jaahn géisahpmaahn, làuhsíh yātjihk yáuh sīng móuh dit. Doujó Hēunggóng gwāangihnsing ge yātnìhn, làuhsíh gindéng, daahnhaih A-sām gaijuhk gōujēui, juhng yiu je chín máaihjó léuhnggo géibaakmaahn ge dāanwái. Dímbātjī, gāmyùhng fūngbouh yātdou, yātyeh gāan binsìhng fuhjīcháan, jeuihauh juhng yiu gáaudou ūkkéi yàhn maaihjó chàhng láu làih tùhng kéuih tìhntáhm. Hóuchói ūkkéi yàhn bātlèih bāthei, jūngyū ngàaihgwojó jeui hāak'am ge yahtjí. Yìhgā yáuhsìh dī pàhngyáuh sāmgāp séung máaihláu, A-sām tūngsèuhng wúih béidī gám ge ginyíh:

阿森一便聽個經紀講，一便諗返起以前嘅事。細個嗰陣屋企人買落間屋值幾萬蚊，十年唔夠已經升咗十倍有多，心諗阿爸話齋買磚頭實冇死原來係真嘅。出嚟做嘢之後，阿森卒之擁有人生第一層樓，以為自此就安居樂業。咁啱嗰時香港樓市暢旺，炒風盛行，阿森買親嘅樓一轉手就賺幾十萬，樓市一直有升冇跌。到咗香港關鍵性嘅一年，樓市見頂，但係阿森繼續高追，仲要借錢買咗兩個幾百萬嘅單位。點不知，金融風暴一到，一夜間變成負資產，最後仲要搞到屋企人賣咗層樓嚟同佢填氹。好彩屋企人不離不棄，終於捱過咗最黑暗嘅日子。而家有時啲朋友心急想買樓，阿森通常會俾啲嗷嘅建議：

| 羅馬拼音 | 廣東話 |
|---|---|

"Síusām m̀hóu béiyàhn tamdō géi geui jauh lohkdaap wo. Ngóh yáuhdī pàhngyáuh jauh hóu pa dī deihcháan gīnggéi gé, wah kéuihdeih chyutchyut bīkyàhn wóh, gai ngóh wah nē jíyiu jihgéi dásíng sahpyihfān jīngsàhn jauh saht móuh séi ga la. Dá go béiyuh, yáuhsìh néih gindóu dī poutáu jouhgán tēuisīu, góng m̀gau léuhnggeui dīhaak jauh néih máaih ngóh yauh máaih, waahkjé néih dōu wúih héiyìhsām, haih m̀haih jouh múi ga? Máaihláu dōu haih gám jē, jeui gányiu haih jihgéi maakdaaihngáahn táijāndī, néih séuhngdouheui dī sihfaahn dāanwái tái, yáuhdī yáuhsaai gāsī hái douh, gánghaih wúih gokdāk kéuih kéihkéih léihléih ga lā, diuhfāanjyun, kéuih móuh báai gāsī háidouh, lìhn chèuhng dōu móuh, néih yauh wúih gokdāk hóuchíh hóu futlohk bo, yáuhdī yéh m̀haih gam yih táidākchēut ga. Seuhngchi ngóh go pàhngyáuh kàhmchēng douséi, ngóh giu kéuih táidihngdī sīn ga la, kéuih haih m̀tēng, jūngyìhn yihkyíh, hóuchói kéuih jeuihauh dōuhaih làhmngàaih lahkmáh sīnji móuh chāchogeuk ja. Júngjī máaihláu m̀tùhng máaihchoi, táijāndī námjāndī sīnji bōkchéui jauh maahnmòuh yātsāt la."

"小心唔好俾人哋多幾句就落疊喎！我有啲朋友就好怕啲地產經紀嘅，話佢哋咄咄逼人喎，計我話呢只要自己打醒十二分精神就實冇死㗎嘑。打個比喻，有時你見到啲鋪頭做緊推銷，講唔夠兩句啲客就你買我又買，或者你都會起疑心，係唔係做媒㗎？買樓都係噉啫，最緊要係自己擘大眼睇真啲，你上到去啲示範單位睇，有啲有晒傢俬喺度，梗係會覺得佢企企理理㗎啦；調返轉，佢冇擺傢俬喺度，連牆都冇，你又會覺得好似好闊落噸，有啲嘢唔係咁易睇得出㗎。上次我個朋友擒青到死，我叫佢睇定啲先㗎嘑，佢係唔聽，忠言逆耳，好彩佢最後都係臨崖勒馬先至無差錯腳咋。總之買樓唔同買菜，睇真啲諗真啲先至扑搥就萬無一失嘑。"

## 課文二

| 羅馬拼音 | 廣東話 |
|---|---|

A-Mēi yùhnlòih chèuihjó sīk cháaugú jīngoih, deuiyū làuhsíh dōu hóu suhkhòhng. Jeuigahn làuhsíh sīngjó m̀síu, A-Mēi yìhgā tùhng kéuih ge bíudái kīnggán nīgihn sih.

阿美原來除咗識炒股之外，對於樓市都好熟行。最近樓市升咗唔少，阿美而家同佢嘅表弟傾緊呢件事。

**Bíudái:**

Gosíh haihgám sīng, dīláu géichīnmān chek… lìhn Léihjehng'ūk chyūn maaihdou gam gwai dōu yáuh yàhn máaih, m̀tūng jānhaih tāam kéuih káhn Mìhng'oi yīyún mè?

表弟：

個市係噉升，啲樓幾千蚊呎……連李鄭屋邨賣到咁貴都有人買，唔通真係貪佢近明愛醫院咩？

| 羅馬拼音 | 廣東話 |
|---|---|
| ***A-Mēi:*** <br><br> Séung máaihláu mē? Néih āamāam chēutlàih jouhyéh, meih yáuh lói ahmáh. Sailouh, yáuhpàaih néih ngàaih a, hāha… | 阿美： <br><br> 想買樓咩？你啱啱出嚟做嘢，未有耐呀嘛。細路，有排你捱呀，哈哈…… |
| ***Bíudái:*** <br><br> Táipa ngàaihdou teuiyāu dōu meih jēuidóu go síh bo, yātchèuhng lóuhbíu, yáuhmóuh dīlíu yīkháh ngóh sīn? | 表弟： <br><br> 睇怕捱到退休都未追倒個市嚕，一場老表，有冇啲料益吓我先？ |
| ***A-Mēi:*** <br><br> Āi ya, chìhngéi nìhn ngóh yáuhdī pàhngyáuh yahpjósíh, námjyuh cháauláu jaahnfaaichín, dímjī làuhsíh yātlam, maih yauhhaih binjó daaihjaahpháaih. | 阿美： <br><br> 哎呀，前幾年我有啲朋友入咗市，諗住炒樓賺快錢，點知樓市一冧，咪又係變咗大閘蟹。 |
| ***Bíudái:*** <br><br> Ngóh dōu m̀haih námjyuh cháau, jihgéi jyuh jī ma. | 表弟： <br><br> 我都唔係諗住炒，自己住之嘛。 |
| ***A-Mēi:*** <br><br> Wahjī néih cháau dihng jihjyuh ā, jeui gányiu chóuhjūk dáanyeuhk, séuiwái āam maih yahpsíh lō. | 阿美： <br><br> 話之你炒定自住吖，最緊要揢足彈藥，水位啱咪入市囉。 |
| ***Bíudái:*** <br><br> Jeui baih jauhhaih chóuhgihk dōu m̀gau nē! Kèihsaht yáuhdī sìhngsíh ge fòhngūk jingchaak dōu géihóu ā, yātlàih deui ngoihdeih yàhn máaihláu ge haahnjai béigaau dō, yihlàih yauh m̀béi yàhn máaih gamdō láu, gám sīn gahmdākjyuh go síh, dīyàhn sīn máaihdākhéi gā ma. | 表弟： <br><br> 最弊就係揢極都唔夠呢！其實有啲城市嘅房屋政策都幾好吖，一嚟對外地人買樓嘅限制比較多，二嚟又唔俾人買咁多樓，噉先揢得住個市，啲人先買得起嚟嘛！ |
| ***A-Mēi:*** <br><br> Góngsiu mè, jihyàuh gīngjai wíhngyúhn dōuhaih jeui hóu ge, làuhsíh ge yéh dōuhaih jāukèih ge jē, sīng dou gam séuhnghá yauh ditfāan ge la. | 阿美： <br><br> 講笑咩，自由經濟永遠都係最好嘅，樓市嘅嘢都係周期嘅啫，升到咁上下又跌返嘅嗻。 |

| 羅馬拼音 | 廣東話 |
|---|---|
| **Bíudái:**<br><br>Haih lòh, séuhngséuhng lohklohk dou jeuihauh dōuhaih séuhng āma, máaih m̀dóu láu ge ngóh jauh hóuchíh hàahngjóyahp gwahttàuhlouh — móuh hēimohng! | 表弟：<br><br>係囉，上上落落到最後都係上吖嘛，買唔倒樓嘅我就好似行咗入個頭路—冇希望！ |
| **A-Mēi:**<br><br>(Hóu gīkhei) Wai, hóu lawo, hauhsāangjái, néih pōu wahfaat ā, hàahngjóyahp gwahttàuhhóng m̀sīk diuhtàuh jáu ge mē? Máaihjó láu jauh hóyíh tātātìuhtìuh àh? Néih gú m̀sái gūng àh… (bīlībālā) | 阿美：<br><br>（好激氣）喂，好嘞喎，後生仔，你舖話法吖，行咗入個頭巷唔識調頭走嘅咩？買咗樓就可以他他條條嘅？你估唔使供嘅……（呅喱吧啦） |

## 語義文化註釋

☞ 香港金融風暴　香港回歸年及沙士的時候，樓市大幅下跌，物業貶值，公司減薪裁員，不少擁有物業的人頓變負資產。

☞ 縮水樓　不少人批評地產發展商為了賺錢，大舉興建建築面積高但實用面積低的房屋。單看建築面積以為比較大，實際上卻很不實用的房子大多稱為"縮水樓"或"發水樓"。

☞ 李鄭屋邨　李鄭屋邨是深水埗區的公共屋邨，1984 年入伙，已經有相當長的歷史。香港地少人多，在房屋供不應求最嚴重的時候，連李鄭屋邨這種舊式的公屋在二手市場中也曾經高價成交。

☞ 貪佢夠近　"貪"這裏的意思是"喜歡"，句子的意思是"就喜歡它這兒特別近"。"貪…夠…"常用來表達說話者對某些事情別鍾愛的心情，儘管有其他更好的選擇。例如：

A：咁多都唔去，點解係要去呢間餐廳食呢？（其他你都不去，為甚麼硬要去這家餐廳吃呀？）

B：我貪佢夠靜囉！（我就喜歡它這裏特別安靜嘛。）

# 2　詞語

## 2.1　生詞

| | | 廣東話 | | 普通話 / 釋義 |
|---|---|---|---|---|
| 1 | gaangaak | 間隔 | | 房子的格局 |
| 2 | sijeng | 四正 | | 很像樣 |
| 3 | sāamjīm baatgok | 三尖八角 | | 房子形狀不規整 |
| 4 | jouhga | 做價 | | 賣價 |
| 5 | séuhngchē | 上車 | | 首次置業 |
| 6 | syūsiht | 輸蝕 | | 吃虧；遜色 |
| 6.1 | syūsihtjoih | 輸蝕在…… | | 弊處是…… |
| 7 | diugeuk | 吊腳 | | 交通不便 |
| 8 | jauhgeuk | 就腳 | | 交通方便 |
| 9 | yáuh máaih chan sáu | 有買趁手 | | 要買就快點 |
| 10 | lohkdaap | 落疊 | | 上當；受欺哄 |
| 11 | saht móuh séi | 實冇死 | | 準沒錯 |
| 12 | tìhntáhm | 填氹 | | 填窟窿（填數） |
| 13 | jouhmúi | 做媒 | | 做托，假裝買家（或受害人、粉絲……） |
| 14 | kéihléih | 企理 | | 裝修不錯；整齊 |
| 15 | táidihngdī sīn | 睇定啲先 | | 先看清楚 |
| 16 | chāchogeuk | 差錯腳 | | 踩空 |

| | 廣東話 | | 普通話 / 釋義 |
|---|---|---|---|
| 17 | bōkchéui | 扑搥 | 決定 |
| 18 | suhkhòhng | 熟行 | 在行 |
| 19 | haihgám 〈動詞〉 | 係噉〈動詞〉 | 不停的〈動詞〉；一直〈動詞〉 |
| 20 | meih yáuhlói/meih yáuhlōi | 未有耐 | 還沒有，沒那麼早 |
| 21 | yīkháh yàhn | 益吓人 | 優待別人 |
| 22 | daaihjaahpháaih | 大閘蟹 | 股市樓市中被套的人 |
| 23 | lamsíh | 冧市 | 市場價格大幅下跌 |
| 24 | chóuhjūk dáanyeuhk | 措足彈藥 | 攢夠了錢 |
| 25 | gahmjyuh go síh | 撳住個市 | 壓抑市場價格 |
| 26 | góngsiu mè | 講笑咩 | 開玩笑吧 |
| 27 | gwahttàuh louh / gwahttàuh hóng | 倔頭路 / 倔頭巷 | 死胡同 |
| 28 | néih pōu wahfaat ā… | 你鋪話法吖…… | 你這樣説簡直是…… |
| 29 | diuhtàuh jáu | 調頭走 | 掉頭 |
| 30 | tātā tiùhtìuh | 他他條條 | 悠悠閒閒 |

## 2.2　難讀字詞

| 1 | chéunchéun yuhkduhng | 蠢蠢欲動 |
|---|---|---|
| 2 | chyutchyut bīkyàhn/jyutjyut bīkyàhn/ dēutdēut bīkyàhn | 咄咄逼人 |
| 3 | jūngyìhn yihkyíh | 忠言逆耳 |

| 4 | làhmngàaih lahkmáh | 臨崖勒馬 |
|---|---|---|
| 5 | maahnmòuh yātsāt | 萬無一失 |

# 3　附加詞彙

## 3.1　香港醫院名稱

| 明愛醫院 | Mìhng'oi yīyún | 瑪麗醫院 | Máhlaih yīyún |
|---|---|---|---|
| 基督教聯合醫院 | Gēidūkgaau lyùhnhahp yīyún | 廣華醫院 | Gwóngwàh yīyún |
| 瑪嘉烈醫院 | Máhgāliht yīyún | 威爾斯醫院 | Wāiyíhsī yīyún |
| 屯門公立醫院 | Tyùhnmùhn gūnglahp yīyún | 聖母醫院 | Singmóuh yīyún |
| 東華三院 | Dūngwàh sāamyún | 博愛醫院 | Bok'oi yīyún |
| 伊利沙伯醫院 | Yīleih sābaak yīyún | 仁濟醫院 | Yàhnjai yīyún |
| 香港佛教醫院 | Hēunggóng fahtgaau yīyún | 青山醫院 | Chīngsāan yīyún |

## 3.2　香港公屋名稱

| 李鄭屋邨 | Léihjehng'ūk chyūn | 華富邨 | Wàhfu chyūn |
|---|---|---|---|
| 牛頭角下邨 | Ngàuhtàuhgok hahchyūn | 彩虹邨 | Chóihùhng chyūn |
| 蝴蝶邨 | Wùhdihp chyūn | 瀝源邨 | Līkyùhn chyūn |

| 慈正邨 | Chìhjing chyūn | 富昌邨 | Fuchēung chyūn |
|---|---|---|---|
| 南昌邨 | Nàahmchēung chyūn | 幸福邨 | Hahngfūk chyūn |
| 太和邨 | Taaiwòh chyūn | 寶林邨 | Bóulàhm chyūn |
| 石硤尾邨 | Sehkgipméih chyūn | 美田邨 | Méihtìhn chyūn |
| 天恆邨 | Tīnhàhng chyūn | 葵芳邨 | Kwàihfōng chyūn |

## 3.3　有關 "老" 的常用語

| 詞義 / 作用 | 廣東話 | | 普通話 / 釋義 |
|---|---|---|---|
| 指某種事物 | lóuhsyújái | 老鼠仔 | 手臂肌肉 |
| | lóuhfó lengtōng | 老火靚湯 | 長時間熬成的湯 |
| | lóuhchāu | 老抽 | 精製醬油 |
| | lóuhnàih | 老泥 | 汗垢 |
| | lóuhsiu pìhng'ōn | 老少平安 | 用魚肉、豆腐跟雞蛋做成的菜 |
| | lóuhsāi | 老西 | 戲稱西裝 |
| 指某種人 | lóuhbíu | 老表 | 表親 |
| | lóuhhòhngjyūn | 老行專 | 某方面的專家 |
| | lóuhkām | 老襟 | 連襟 |
| | lóuhséi | 老死 | 好朋友 |
| | lóuhyáuhgei | 老友記 | 好朋友 |
| | lóuhmúngdúng | 老懵懂 | 老糊塗 |
| | lóuhfúlá | 老虎乸 | 很兇的太太 |
| | lóuhpòhjái | 老婆仔 | 對太太的暱稱 |

| 形容詞 | m̀hóu lóuhpéi | 唔好老脾 | 脾氣不好 |
|---|---|---|---|
| | lóuhdihng | 老定 | 鎮定；冷靜 |
| | lóuhjīk | 老積 | 老成 |
| | hóu lóuhyáuh | 好老友 | 感情很好 |
| 慣用語 | lóuhmāau sīusōu | 老貓燒鬚 | 老馬失蹄 |
| | lóuhsyú lāaigwāi | 老鼠拉龜 | 不知從何開始 |

## 3.4  時間常用語

| | 廣東話 | | 普通話 / 釋義 |
|---|---|---|---|
| 1 | sàhnjóu làuhlàuh | 晨早流流 | 一大早 |
| 2 | sèhngyaht làuhlàuh chèuhng | 成日流流長 | 悠長的一天 |
| 3 | yāttàuh bun go yuht | 一頭半個月 | 個把月 |
| 4 | tàuhméih | 頭尾 | 前後 |
| 5 | yātsìhsìh/yātsísìh | 一時時 | 每次不一樣 |
| 6 | jāubātsìh | 周不時 | 經常 |
| 7 | sìhbātsìh | 時不時 | 經常 |
| 8 | lauhyeh | 漏夜 | 夜半；徹夜 |
| 9 | yehmāangmāang | 夜掹掹 | 形容天已經黑，時間不早 |
| 10 | tan yātgo láihbaai | "褪"一個禮拜 | 延遲一個禮拜 |
| 11 | noih m̀jūng | 耐唔中 | 偶爾 |
| 12 | gaan (m̀)jūng | 間（唔）中 | 偶爾 |

| | 廣東話 | | 普通話 / 釋義 |
|---|---|---|---|
| 13 | dōngtòhng | 當堂 | 當場 |

## 3.5　粵普各一字

| 灰塵 | 部老爺機擺咗喺度冇人用，鋪晒塵。（這台舊機器一直擱着沒人用，上面全是灰了。）<br><br>Bouh lóuhyèhgēi báaijó háidouh móuhyàhn yuhng, pōusaaichàhn.<br><br>出便咁大塵，戴返個口罩先。（外邊灰太多，先戴上口罩吧！）<br><br>Chēutbihn gamdaaih chàhn, daaifāan go háujaau sīn. |
|---|---|
| 驚怕 | 有啲細路好驚一個人瞓。（有些小孩很怕一個人睡覺。）<br><br>Yáuhdī sailouh hóugēng yātgo yàn fan.<br><br>你唔好咁細膽得唔得呀？乜都驚一餐！（你別這麼膽小好不好？甚麼都怕！）<br><br>Néih m̀hóu gam saidáam dāk m̀dāk a? Māt dōu gēng yātchāan! |
| 光亮 | 成晚都瞓唔着，天光先至開始眼瞓。（整晚都睡不着，天亮才開始睏。）<br><br>Sèhngmáahn dōu fanm̀jeuhk, tīn'gwōng sīnji hōichí ngáahnfan.<br><br>個 *mon* 太光對對眼唔好。（電腦屏幕太亮對眼睛不好。）<br><br>Go *mon* taaigwōng deui deuingáahn m̀hóu. |

# 4 語音練習

## 4.1 聲調對應：普通話第一聲

普通話的第一聲大多對應廣東話的高平聲（h.1），例如：

| | 普通話第一聲 | | 廣東話高平聲 |
|---|---|---|---|
| 家 | jiā | > | gā |
| 香 | xiāng | > | hēung |
| 尊 | zūn | > | jyūn |

留意以下普通話讀第一聲的字，但廣東話<u>不讀高平聲（h.1）</u>的易錯字：常見錯誤有把 "估" 讀成 "姑"、"播" 讀成 "波" 等等。

| PTH1 – CAN2 | 估 | gú | 估計 | gúgai |
|---|---|---|---|---|
| | 剖 | fáu | 解剖 | gáaifáu |
| | 毆 | áu | 毆打 | áudá |
| | 稍 | sáau | 稍為 | sáauwàih |
| | 糾 | gáu | 糾紛 | gáufān |
| | 菌 | kwán | 細菌 | saikwán |
| | 妖 | yíu | 妖怪 | yíugwaai |
| **PTH1 - CAN3** | 噴 | pan | 噴水池 | panséuichìh |
| | 煽 | sin | 煽動 | sinduhng |
| | 究 | gau | 究竟 | gaugíng |
| | 糙 | chou | 粗糙 | chōuchou |
| | 播 | bo | 傳播 | chyùhnbo |
| | 鋼 | gong | 鋼琴 | gongkàhm |
| **PTH1- CAN3~ptk** | 八 | baat | 八寶粥 | baatbóujūk |
| | 割 | got | 切割 | chitgot |
| | 刷 | chaat | 刷牙 | chaatngàh |

| | | | |
|---|---|---|---|
| 削 | seuk | 削減 | seukgáam |
| 喝 | hot | 吃喝玩樂 | hekhot wuhnlohk |
| 塌 | taap | 倒塌 | dóutaap |
| 扎 | jaat | 扎實 | jaatsaht |
| 託 | tok | 拜託 | baaitok |
| 押 | ngaat | 押韻 | aatwáhn/ngaatwáhn |
| 拆 | chaak | 拆卸 | chaakse |
| 挖 | waat | 挖掘 | waatgwaht |
| 插 | chaap | 插曲 | chaapkūk |
| 揭 | kit | 揭幕 | kitmohk |
| 搭 | daap | 搭棚 | daappàahng |
| 撇 | pit | 撇開 | pithōi |
| 撇 | pit | 撇雨 | pityúh（淵雨） |
| 撮 | chyut | 撮合 | chyuthahp |
| 撒 | saat | 撒網 | saatmóhng |
| 擦 | chaat | 擦身而過 | chaatsān yìh gwo |
| 擱 | gok | 擱置 | gokji |
| 朴 | pok | 姓朴 | sing Pok |
| 歇 | hit | 歇斯底里 | hitsīdáiléih |
| 發 | faat | 發覺 | faatgok |
| 答 | daap | 答應 | daapying |
| 約 | yeuk | 約定俗成 | yeukdihng juhksìhng |
| 缺 | kyut | 缺席 | kyutjihk |
| 脫 | tyut | 脫穎而出 | tyutwihng yìhchēut |
| 薛 | sit | 姓薛 | sing Sit |
| 說 | syut | 說明 | syutmìhng |
| 貼 | tip | 貼切 | tipchit |
| 跌 | dit | 跌價 | ditga |
| 踢 | tek | 踢開 | tekhōi |
| 郭 | gwok | 郭子儀 | Gwok-jí-yìh |
| 錫 | sek | 無錫 | Mòuhsek |
| 隻 | ek | 一隻 | yātjek |
| 鴨 | aap/ngaap | 鴨蛋 | aapdáan/ ngaapdáan |
| 鴿 | gaap | 白鴿 | baahkgaap |

| PTH1 – CAN4 | 巫 | mòuh | 巫術 | mòuhseuht |
|---|---|---|---|---|
| | | | 巫婆 | mòuhpòh |
| | 誣 | mòuh | 誣陷 | mòuhhahm |
| | 帆 | fàahn | 帆船 | fàahnsyùhn |
| | 微 | mèih | 微妙 | mèihmiuh |
| | 悠 | yàuh | 悠長 | yàuhchèuhng |
| | 撈 | làauh | 撈起 | làauhhéi（也讀 lōu，撈麵 lōumihn） |
| | 期 | kèih | 期望 | kèihmohng |
| | 松 | chùhng | 松鼠 | chùhngsyú |
| | 椰 | yèh | 椰子 | yèhjí |
| | 殊 | syùh | 特殊 | dahksyùh |
| | 濤 | tòuh | 胡錦濤 | Wùh-gám-tòuh |
| | 耶 | yèh | 耶魯大學 | Yèhlóuh daaihhohk |
| | 薇 | mèih | 趙薇 | Jiuh-mèih |
| | 藩 | fàahn | 曾國藩 | Jāng-gwok-fàahn |
| | 鯨 | kìhng | 鯨魚 | kìhngyùh |
| | 鼾 | hòhn | 鼻鼾 | beihhòhn |
| PTH1 – CAN6~ptk | 摘 | jaahk | 採摘 | chóijaahk |
| | 滴 | dihk | 滴水 | dihkséui |
| | 淑 | suhk | 淑女 | suhknéuih |
| | 撥 | buht | 撥冗 | buhtyúng |
| | 汐 | jihk | 潮汐 | chìuhjihk |
| | 瞎 | haht | 耳聾眼瞎 | yíhlùhng ngáahnhaht |

## 4.2　多音字：宿、降

"宿"字常用讀音有：

| | 讀音 | 詞義／用法 | 例 |
|---|---|---|---|
| 1 | sūk | 過夜 | 宿生、宿營 |
| 2 | sau | 星星 | 星宿 |

"降"字常用讀音有：

|  | 讀音 | 詞義 / 用法 | 例 |
|---|---|---|---|
| 1 | gong | 從高往下 | 降落傘、降臨 |
| 2 | hòhng | 制服 | 投降 |

## 練習

試讀出以下句子：

1. 單先生去咗一間民宿住，裏便有一間叫星宿景觀房，點知咩都睇唔倒，佢覺得自己好似上當。

2. "降龍十八掌" 係出自邊本書嘅呢？

3. 今次嘅實驗非常重要，研究人員事前都多次重複測試升降機可以承受嘅重量去到邊，確保結果嘅精確性。

4. 食啲乜嘢可以解除宿醉呢？

5. 聽講降服癌症最經濟嘅方法就係食多啲蒜頭。

6. 呢隊波都係逃唔過降班嘅宿命。

# 5　情景説話練習

**1.** Néih haih yātgo deihcháan gīnggéi, gaaisiuhjó géigo jōupún tùhng máaihpún béi go haak, gohaak dōu yìhmsāam yìhmsei, jeuihauh …　你係一個地產經紀，介紹咗幾個租盤同買盤俾個客，個客都嫌三嫌四，最後……

**2.** Yānwaih wuhtfa gauhkēui ge jingchaak, jingfú yiu sāufāan yātdī gauhláu, daahnhaih yáuh hóudō gēuimàhn bíusih m̀yuhnyi būnjáu, yìhgā chéng néih hyundī gēuimàhn lèihhōi, tùhngmàaih góng-háh néihdeih bóusèuhng ge tìuhfún.　因為活化舊區嘅政策，政府要收返一啲舊樓，但係有好多居民表示唔願意搬走，而家請你勸啲居民離開，同埋講吓你哋補償嘅條款。

**3.** Chéng néihdeih fānhéungháh hái saigaaiseuhng bīngo deihfōng ge gēuijyuh wàahngíng jeui kāpyáhn.　請你哋分享吓喺世界上邊個地方嘅居住環境最吸引。

**4.** Hēunggóng gokgāan daaihhohk ge fēibúndeihsāng dōu béi yíhchìhn dō, mihndeui sūkwái bātjūk ge chìhngfong, néih yihngwàih yáuhdī mātyéh baahnfaat nē?　香港各間大學嘅非本地生都比以前多，面對宿位不足嘅情況，你認為有啲乜嘢辦法呢？

**5.** Jāu sīnsāang tùhng kéuih taaitáai yauh cháauláu yauh cháaugú, búnlòih haih jaahndóu hóudōchín gé, daahnhaih jeuigahn yātchi sātsáu, gáaudou kīnggā dohngcháan, yìhgā kéuihdeih yiu yàuhlìhng hōichí…　周先生同佢太太又炒樓又炒股，本來係賺倒好多錢嘅，但係最近一次失手，搞到傾家蕩產，而家佢哋要由零開始……

# 第 8 課　暢談科技世界

## 1　課文

### 課文一

| 羅馬拼音 | 廣東話 |
|---|---|
| Dihnsih jitmuhk "IT sān saidoih" gāmyaht hōichí bochēut daihyāt jaahp la, léuihbihn wah, "Chàhnggīng yáuh bougou hínsih, Hēunggóng ge móhngchūk hái saigaaiseuhng haih sóuyātsóuyih ge. Dōng néih daapchē ge sìhhauh seiwàih mohngháh, waahkjé néih wúih faatyihn hóudōyàhn dōu hóu mòhng. Séuhngmóhng dágēi, tēnggō, tái jīksìh sānmán, kehkjaahp jīléui ge yéh, yìhgā chèuihsìh chèuihdeih dōu hóyíh jouh. Làihdou nīgo fōgeih saigaai, yàhnyúhyàhn haih káhnjó dihnghaih yúhnjó nē? Yàhn yīnggōi haih hungjai dihnnóuh ge, daahnhaih yáuh yàhn wah ngóhdeih hóuchíh béi dihnnóuh hungjaijó. Hái gaauyuhk fōngmihn, fōgeih yauh baahnnyíngán mē goksīk nē? Gāmyaht ngóhdeih chénglàih Pūn gaausauh góngh
áh dihnjí hohkjaahp deui gaauyuhk ge yínghéung." | 電視節目"IT新世代"今日開始播出第一集嘞，裏便話："曾經有報告顯示，香港嘅網速喺世界上係數一數二嘅。當你搭車嘅時候四圍望吓，或者你會發現好多人都好忙。上網打機、聽歌、睇即時新聞、劇集之類嘅嘢，而家隨時隨地都可以做。嚟到呢個科技世界，人與人係近咗定係遠咗呢？人應該係控制電腦嘅，但係有人話我哋好似俾電腦控制咗。喺教育方面，科技又扮演緊咩角色呢？今日我哋請嚟潘教授講吓電子學習對教育嘅影響。" |
| ***Pūn gaausauh wah:*** | 潘教授話： |
| "Nàh, ngóh nám yáuhyātdím yiu gáauchīngchó sīn, *elearning* a, *ebook* a dī gám ge yéh m̀haih mē hùhngséui máahngsau, jingsówaih séui nàhng joijāu, yihk nàhng fūkjāu, haauhgwó haih dím chéuikyutyū néih dímyéung leihyuhng, yìhché yiu yáuh chaakleuhk, m̀hóyíh haihmaih dōu jūng go | "嗱，我諗有一點要搞清楚先，*elearning* 呀，*ebook* 呀啲嘅嘢唔係咩洪水猛獸，正所謂水能載舟，亦能覆舟，效果係點取決於你點樣利用，而且要有策略，唔可以係咪都舂個頭埋去。反對派通常會話我哋為咗慳皮先至噉做，無錯成本係 |

| 羅馬拼音 | 廣東話 |
|---|---|

tàuh màaihheui. Fáandeui paai tūngsèuhng wúih wah ngóhdeih waihjó hāanpéi sīnji gám jouh, móuhcho sìhngbún haih hóyíh gáamdāi, daahnnhaih ngóhdeih haih waihjó tàihgōu sèhnggo hohkjaahp gwochìhng ge sìhnghaauh yìhjouh ge. Ngóh dōu m̀pàaihchèuih yáuhdī gūngsī waahkjé hohkhaauh jouh *elearning* jíhaih séung bokchēutwái, móuhtágé, góng jauh hóyíh góngdou haihwāi haihsai, daahnnhaih sahtjai dāk m̀dāk nē? Juhkdī gónggeui, wúih m̀wúih móuhmāt líu dou nē? Dihnnóuh fuhjoh gaauhohk hóufut, m̀haih wah go hohksāang chóhháih bouh dihnnóuh chìhnmihn jauh hóyíh sīksaai dīyéh, yìh lóuhsī jihgéi jauh hóyíh lātsān. Peiyùh yáuhdī gūngsī waihjó tàihgūng yātgo daahnsingdī ge sìhgaanbíu, dihnnóuh jauh daaihpaai yuhngchèuhng. Ngóh jihgéi gokdāk, dihnnóuh m̀haih chéuidoih gaausī, yìhhaih fuhjoh gaausī. Hái mihnsauh ge sìhgaan tùhng yātdaaihbāan tùhnghohk gónggáai a, lihnjaahp a, gám móuh hónàhng daaihgā kāpsāudóu ge yéh wúih yātmòuh yātyeuhng, hái gám ge chìhngfong dihnnóuh jauh hóyíh yānying m̀tùhng hohksāang ge sēuiyiu làih bōng kéuihdeih, lēk ge maih yàuhdāk kéuih yuhngsíudī lō, chìhngdouh jūngjūng tíngtíng maih yuhng dōdī lō. Kèihsaht fochìhn ge yuhbeih lā, fochìhng ge gúnléih lā, yíhji pìhnghaht dihnnóuh dōu hóyíh faatfāi gūngyuhng. Jeuihauh ngóh séung kèuhngdiuh, mòuhleuhn heuidou mē nìhndoih, gaausī ge goksīk yìhngyìhn haih sahpfān juhngyiu ge. Yātgo gaausī ge gaauhohk yihtsìhng, kéuih deui hohksāang ge jīchìh gúlaih, pāipìhng jíjing, káifaat yáuhdouh, bihng m̀haih gēihei nàhnggau chéuidoih."

Jitmuhk bochēut daihyāt jaahp jīhauh, fáanying sahpfān yihtliht. Daihyih jaahp jauh góngdou yīlìuh fōgeih ge faatjín. Gāmchi chénglàih ge gābān, góngdou kéuih jipsauh jūngsāi hahpbīk lìuhfaat ge gīnglihk:

可以減低，但係我哋係為咗提高成個學習過程嘅成效而做嘅。我都唔排除有啲公司或者學校做 elearning 只係想搏出位，無他嘅，講就可以講到係威係勢，但係實際得唔得呢？俗啲講句，會唔會有乜料到呢？電腦輔助教學好闊，唔係話個學生坐喺部電腦前面就可以識晒啲嘢，而老師自己就可以甩身。譬如有啲公司為咗提拱一個彈性嘅嘅時間表，電腦就大派用場。我自己覺得，電腦唔係取代教師，而係輔助教師。喺面授嘅時間同一大班同學講解呀，練習呀，嗰有可能大家吸收倒嘅嘢會一模一樣，喺嗰嘅情況電腦就可以因應唔同學生嘅需要嚟幫佢哋，叻嘅咪由得佢用少啲嘅囉，程度中中亭亭咪用多啲嘅囉。其實課前嘅預備啦、課程嘅管理啦、以至評核，電腦都可以發揮功用。最後我想強調，無論去到咩年代，教師嘅角色仍然係十分重要嘅。一個教師嘅教學熱誠，佢對學生嘅支持鼓勵，批評指正，啟發誘導，並唔係機器能夠取代。"

節目播出第一集之後，反應十分熱烈。第二集就講到醫療科技嘅發展。今次請嚟嘅嘉賓，講到佢接受中西合璧療法嘅經歷：

| 羅馬拼音 | 廣東話 |
|---|---|

"Ngóh haih yātgo wáihjaht geihyī ge yàhn làihge. Jauhsyun bīkjyuh yiu tái yīsāng dōuhaih tái sāiyī ge jē, yātjihk dōu móuh námgwo wúih si gódī fúchàh a, jāmgau a, tēuinàh a gám, néih jī jūngyī ge yéh m̀haih jīkhāak ginhaauh gā ma, siyùhn yātlèuhn m̀dāk maih jáan'gáau. Hauhlòih ngóh táigin ngóh pàhngyáuh ge behng jīhauh, jauh hōichí deui jūngyī yáuhdī góigūn. Ngóh go pàhngyáuh géi lēk ga, yíngjān hauhsāang hówai, hósīk sāangngàahm ā, hauhlòih yáuh yàhn giu kéuih siháh yuhng jūngsāi hahpbīk ge yīlìuh geihseuht làih yī nīgo behng. Néih jī lā, hóudōsìh sāang *cancer* dōu yiu jouh falìuh gā ma, dī fujokyuhng dōu m̀yéhsíu ga, yauh áu yauh lātltàuhfaat, yìhché jouhyùhn jīhauh sāntái dōu hóu yeuhk, hauhlòih siháh jūngsāi hahpbīk ge yīfaat, m̀si m̀jī, yùhnlòih dī jūngyeuhk lihngdou gódī falìuh jīhauh ge fujokyuhng gáamdāijó, juhng lihng kéuih hōngfuhkdāk faaidī tīm bo. Hōitàuh ngóh juhng nám, m̀sái gam daaihjahnjeuhng gwa, yauh jūng yauh sāi, yùhnlòih jūngsāiyī dōu yáuh gokjih hóchéui ge deihfōng, hóyíh wuhbóu bātjūk. Ngóh jihgéi pèihfū sìhsìh dōu hàhn ge, chàh gamdō sāiyī gódī yeuhk, hóuchíh haih faaidī hóufāan, daahnhaih ngóh tēng yàhn góng leuihgusèuhn chíjūng deui pèihfū m̀hóu, yauh gin ngóh pàhngyáuh tái jūngyī haauhgwó dōu m̀cho, jeuihauh maih siháh lō. Dímjī, yāt lóhéi wún jūngyeuhk, mahn kéuih haih dī mēlàihge, yauh wah yáuh mùihgwai a, hahfūchóu a dī gám ge yéh, daahnhaih dōu m̀jī dímgáai wúih hāakmīmāng gám, jānhaih séung sūksā, jēutjī ngóh jauh gúhéi yúhnghei lóhéi làih yám, yám yāt daahm jīkhaih fáanwaih. Sāmnám gāmchi séung m̀séi dōu géi nàahn, néih jī lā, nīdī yéh wah m̀màaih gā ma…Hóuchói, gwojó yātpàaih jīhauh jānhaih ginhaauh! Móuh dit ngáahngéng!"

"我係一個諱疾忌醫嘅人嚟嘅，就算逼住要睇醫生都係睇西醫嘅啫，一直都冇諗過會試嗰啲苦茶呀、針灸呀、推拿呀啲，你知中醫嘅嘢唔係即刻見效㗎嘛，試完一輪唔得咪盞搞。後來我睇見我朋友嘅病之後，就開始對中醫有啲改觀。我個朋友幾叻㗎，認真後生可畏，可惜生癌吖，後來有人叫佢試吓用中西合璧嘅醫療技術嚟醫呢個病。你知啦，好多時生 *cancer* 都要做化療㗎嘛，啲副作用都唔係少㗎，又嘔又甩頭髮，而且做完之後身體都好弱，後來試吓中西合璧嘅醫法，唔試唔知，原來啲中藥令到嗰啲化療之後嘅副作用減低咗，仲令佢康復得快啲添嘛。開頭我仲諗，唔使咁大陣仗啩，又中又西，原來中西醫都有各自可取嘅地方，可以互補不足。我自己皮膚時時都痕嘅，搽咁多西醫嗰啲藥，好似係快啲好返，但係我聽人講類固醇始終對皮膚唔好，又見我朋友睇中醫效果都唔錯，最後咪試吓囉。點知，一攞起碗中藥，問佢係啲咩嚟嘅，又話有玫瑰呀、夏枯草呀啲嘅嘢，但係都唔知點解會黑咪掹嘅，真係想縮沙，卒之我就鼓起勇氣攞起嚟飲，飲一啖即刻反胃。心諗今次想唔死都幾難，你知啦，呢啲嘢話唔埋㗎嘛……好彩，過咗一排之後真係見效！冇跌眼鏡！"

# 課文二

| 羅馬拼音 | 廣東話 |
|---|---|
| A-Mēi tùhng bíudái kīnghéi kéuideih ge pàhngyáuh A-Yān jeuigahn sāangjó bìhbī. | 阿美同表弟傾起佢哋嘅朋友阿欣最近生咗 BB。 |
| ***Bíudái:*** <br> Tēnggóng A-Yān sāangjó la bo, haih maih a? | 表弟： <br> 聽講阿欣生咗嘞嘛，係咪呀？ |
| ***A-Mēi:*** <br> Haih a, go bìhbī sahpjūksahp kéuih go yéung! Néih táiháh jēung séung, haih yuhng ngóh jek sáubīu yíng ge. Néih táiháh go bìhbī géi dākyi a, tìuh leih sìhsìhdōu sānháh sānháh, sáubáan, sáubei tùhng daaihbéi dōu fèihdyūtdyūt gám. | 阿美： <br> 係呀，個 BB 十足十佢個樣！你睇吓張相，係用我隻手錶影嘅。你睇吓個 BB 幾得意呀，條脷時時都伸吓伸吓，手板、手臂同大脾都肥嘟嘟嘅。 |
| ***Bíudái:*** <br> Māt sáubīu dōu hóyíh yíngséung ge mē? Séi la, ngóh jānhaih *out* jó. | 表弟： <br> 乜手錶都可以影相嘅咩？死嘞，我真係 *out* 咗。 |
| ***A-Mēi:*** <br> Lèih m̀lèihpóudī a néih, yuhng sáubīu làih yíngséung nīyeuhngyéh chēutjó hóunoih ge la. M̀aam séuhnglàih ngóh ūkkéi gámsauhháh chyùhn jihduhng gātìhng sāngwuht ā! Jihduhng jóuchāangēi, jihduhng sáiwún gēi, jihduhng līungàh, chìhdī yáuhm̀aaih jihduhng līu yíhjái… | 阿美： <br> 離唔離譜啲呀你，用手錶嚟影相呢樣嘢出咗好耐嘅嘞。唔啱上嚟我屋企感受吓全自動家庭生活吖！自動早餐機、自動洗碗機、自動撩牙，遲啲有埋自動撩耳仔…… |
| ***Bíudái:*** <br> Há? Māt dōu jihduhng, fōgeih sāigaai chìhjóu binsìhng láahnyàhn saigaai, lóuhyàhn chī'ngòih binsìhng jūngnìhn chī'ngòih. | 表弟： <br> 吓？乜都自動，科技世界遲早變成懶人世界，老人癡呆變成中年癡呆。 |
| ***A-Mēi:*** <br> Mē jēk! Ngóh gahm go jai jauh hóyíh héungsauh sāngwuht, bātjī géi taan. A-Yān tùhng kéuih lóuhgūng juhng síng, jihgéi chitgai sān cháanbán. | 阿美： <br> 咩啫！我撳個掣就可以享受生活，不知幾歎。阿欣同佢老公仲醒，自己設計新產品。 |

| 羅馬拼音 | 廣東話 |
|---|---|

**Bíudái:**

A-Yān tùhng kéuih lóuhgūng léuhnggo yauh jānhaih géi síngmuhk gé, kéuih go jái yātdihng haih yātgo tīnchòih. Bātgwo, kéuih go lóuhgūng gam dō sōu, kéuih go jái daaihgo dōu hónàhng sèhngmihn wùhsōu.

表弟：

阿欣同佢老公兩個又真係幾醒目嘅，佢個仔一定係一個天才。不過，佢個老公咁多鬚，佢個仔大個都可能成面鬍鬚。

**A-Mēi:**

Tīnchòih? M̀geidāk Oidihksāng dímgóng mē? Hauhtīn ge nóuhlihk haih jim baakfahnjī gáusahpgáu ge…

阿美：

天才？唔記得愛迪生點講咩？後天嘅努力係佔百分之九十九嘅……

**Bíudái:**

Haih ge haih ge…Wa! Táijāndī, go beihgō dōu chíhjūk A-Yān, juhng yiu haih jái tīm, jiugai A-Yān yātdihng hōisāmdou géi máahn dōu fanm̀jeuhk. Táilàih kéuih dī duhkmùhn sāang "jái" beifōng géi yáuhhaauh bo, m̀sái kaau gōu fōgeih.

表弟：

係嘅係嘅……嘩！睇真啲，個鼻哥都似足阿欣，仲要係仔添，照計阿欣一定開心到幾晚都瞓唔着。睇嚟佢啲獨門生"仔"秘方幾有效噃，唔使靠高科技。

**A-Mēi:**

Óh, kéuih go jái daaihgojó jīhauh, ngóh yātdihng wúih giu A-Yān béi ngóh gaausīk kéuih sahpbaatbūn móuhngaih, sīnlàih go dágwāandáu, joi làih go…

阿美：

哦，佢個仔大個咗之後，我一定會叫阿欣俾我教識佢十八般武藝，先嚟個打關斗，再嚟個…

**Bíudái:**

(Saisaisēng) Yàhndeih chói néih ji kèih… (jyúnyìh sihsin) Hāhā…wahsìhwah, A-Yān sāntái màhmádéi ge je bo, tái kéuih go fún póuhjái póuh m̀gau yātjahn jauh aai sáubei lā, chau m̀chaudākdihm a?

表弟：

(細細聲) 人哋睬你至奇……（轉移視線）哈哈……話時話，阿欣身體嘛嘛地嘅啫噃，睇佢個款抱仔抱唔夠一陣就嗌手痹啦，湊唔湊得掂呀？

**A-Mēi:**

Sáimāt gēng a? Yìhgā yáuh jyūnyihp pùihyútyùhn gā ma, chóhyút bīnchíh yíhchìhn gám a. A-Yān táilàih dōuhaih tùhng kéuih gājē yātdaamdāam, m̀sīk chaujái ge la, sóyíh gāmchi ngóh dōu paaksaai sāmháu yīngsìhng kéuih, wah dākhàahn bōng kéuih chauháh jái.

阿美：

使乜驚呀？而家有專業陪月員嚟嘛，坐月邊似以前嘅呀。阿欣睇嚟都係同佢家姐一擔擔，唔識湊仔嘅嘑，所以今次我都拍晒心口應承佢，話得閒幫佢湊吓仔。

| 羅馬拼音 | 廣東話 |
|---|---|
| **Bíudái:** <br> Chaujái m̀haih wah gam yih ge bo…… | 表弟： <br> 湊仔唔係話咁易嘅嘫…… |
| **A-Mēi:** <br> Hóu wah la, dōngnìhn ūkkéi sèhngchyūn yàhn, yùhgwó móuhjó ngóh… | 阿美： <br> 好話嘑，當年屋企成村人，如果冇咗我…… |

## 語義文化註釋

☞　縮沙　有人認為此詞源自廣東一種藥材叫"縮砂仁"，假如只說"縮砂"二字，就是"不見仁（人）"了。"縮"一字常用於身體各部的動作，例如"縮手！咪掂我！"意思是"拿開手，別碰我！"；"抹緊地呀，縮腳吖唔該！"意思是"在擦地板呀，腳提起來一下麻煩你！"；第一課附加詞彙中有"縮埋一便"（躲在一旁）。

☞　春　粵語裏"春"一字除了用作"春米"、"春藥"以外，還有其他用法：

"嗰個議員行行吓街無啦啦俾人一拳春埋嚟，真係慘。"（"那個議員在街上走着走着無端被人杵了一拳，真慘。"）

"你唔好盲春春跟埋啲人排隊啦！"（"你別莽撞跟着別人排隊嘛！"）

"架車行得太快春咗落海！"（"那輛車開太快闖到海裏去了。"）

# 2　詞語

## 2.1　生詞

| | 廣東話 | | 普通話 / 釋義 |
|---|---|---|---|
| 1 | jūng | 舂 | 杵了一拳，闖，墜 |
| 2 | mòuhtāgé | 無他嘅 | 沒有其他特別原因，就是因為…… |
| 3 | hāanpéi | 慳皮 | 省錢（但弄得質量不好） |
| 4 | haih wāi haih sai | 係威係勢 | 似乎很有來頭 |
| 5 | juhkdī gónggeui | 俗啲講句 | 用粗俗一點的方法來説 |
| 6 | móuhmāt líudou | 冇乜料到 | 沒有真正實力 |
| 7 | yáu dāk kéuih lā/yàuh dāk kéuih lā | 由得佢啦 | 由他吧 |
| 8 | jūngjūng tíngtíng | 中中亭亭 | 中等 |
| 9 | bīkjyuh | 逼住 | 沒有選擇餘地 |
| 10 | jáan'gáau | 盞搞 | 只會白忙 |
| 11 | sāangngàahm | 生癌 | 得癌症 |
| 12 | m̀yéhsíu | 唔野少 | 不簡單 |
| 13 | lāt tàuhfaat | 甩頭髮 | 掉頭髮 |
| 14 | sūksā | 縮沙 | 打退堂鼓 |
| 15 | séung m̀séi dōu géi nàahn | 想唔死都幾難 | 非死不可 |
| 16 | wah m̀màaih | 話唔埋 | 説不準 |
| 17 | sānleih | 伸脷 | 吐舌頭 |

| 18 | sáubáan | 手板 | 手掌 |
|---|---|---|---|
| 19 | sáubei | 手臂 | 胳臂，胳膊 |
| 20 | daaihbéi | 大脾 | 大腿 |
| 21 | sahpjūksahp | 十足十 | 十足……一樣 |
| 22 | līu ngàh | 撩牙 | 剔牙 |
| 23 | līu yíhjái | 撩耳仔 | 掏耳朵 |
| 24 | beihgō | 鼻哥 | 鼻子 |
| 25 | jiugai | 照計 | 按理説，按照估計 |
| 26 | daaihgo jó | 大個咗 | 長大了 |
| 27 | chói néih ji kèih | 睬你至奇 | 理你才怪 |
| 28 | yātdaamdāam | 一擔擔 | 一路貨色 |
| 29 | paak sāmháu (yīngsìhng) | 拍心口（應承） | 保證 |
| 30 | sèhng chyūn yàhn | 成村人 | 一大幫人 |

## 2.2　難讀字詞

| 1 | yātyaht chīnléih | 一日千里 |
|---|---|---|
| 2 | wáihjaht geihyī | 諱疾忌醫 |
| 3 | jāmgau jihlìuh | 針灸治療 |
| 4 | jūngsāi hahpbīk | 中西合璧 |
| 5 | leuihgusèuhn yeuhk | 類固醇藥 |

# 3 附加詞彙

## 3.1 科學家

| | | | |
|---|---|---|---|
| Oidihksāng | 愛迪生 | Oiyānsītáan | 愛因斯坦 |
| Ngàuhdēun | 牛頓 | Gāleihleuhk | 伽利略 |
| Gēuiléih fūyàhn | 居里夫人 | Yèuhngjannìhng | 楊振寧 |
| Daahtyíhmàhn | 達爾文 | Agēimáihdāk | 阿基米德 |

## 3.2 與科技用品有關的常用語

| 廣東話 | | 普通話 / 釋義 |
|---|---|---|
| Bouh gēi yauh *short* jó | 部機又 *short* 咗 | 這台機器又出問題了 |
| Yìhgā dī gēi gam fa'hohk gé | 而家啲機咁化學嘅 | 現在的機器真容易壞 |
| Bouh lóuhyèhgēi dámjó kéuih lā | 部老爺機揼咗佢啦 | 這麼舊的機器把它扔了吧 |
| Sāudāk m̀hóu, tēng m̀chīngchó | 收得唔好，聽唔清楚 | 信號不好，聽不清楚 |
| Nīgo *mon* gaudaaih | 呢個 *mon* 夠大 | 這個屏幕夠大 |
| Bouh gēi yauh *jam* jí | 部機又 *jam* 紙 | 這台機器又卡紙了 |
| Yiu gahmsaht gojai sīn sīkdóugēi | 要撳實個掣先熄到機 | 要按住這個鍵才能關機 |
| Yātyaht m̀séuhngmóhng jauh lōlōlyūn | 一日唔上網就囉囉孿 | 一天不上網就不舒服 |
| Bīnjihk a, bouh sāngēi diugōu làih maaih jē | 邊值呀，部新機吊高嚟賣啫 | 這台新的機器哪裏值呀，故意提高價格而已吧 |

## 3.3　有關"冇"的常用語

| 詞義 / 作用 | 廣東話 | | 普通話 / 釋義 |
|---|---|---|---|
| 指某種狀況 | móuhhòhng | 冇行 | 沒希望 |
| | móuhdaahm hóusihk | 冇啖好食 | 沒啥好吃；無利可圖 |
| | móuhchyūn móuhlaahn | 冇穿冇爛 | 完整無損 |
| | móuh jáugāi | 冇走雞 | 準沒錯 |
| | móuhyáhn | 冇癮 | 沒意思，沒趣 |
| | móuhyéh | 冇嘢 | 沒事兒，不要緊 |
| | móuh ngáahntái | 冇眼睇 | 對情況表示無奈，不想管 |
| | móuh fùh | 冇符 | 沒辦法 |
| | móuh mín | 冇面 | 丟臉 |
| 形容人 | móuh daapsaap | 冇搭霎 | 沒責任心、馬虎隨便 |
| | móuh gāgaau | 冇家教 | 沒家庭教育（指小孩沒禮貌） |
| | móuhyàhn yáuh | 冇人有 | 沒人能及 |
| | móuh daaih móuh sai | 冇大冇細 | 沒大沒小 |
| | móuh lèih jinggīng | 冇釐正經 | 不正經 |
| | móuh lèih sàhnhei | 冇釐神氣 | 沒精打采 |

## 3.4　粵普各一字

| 計算 | |
|---|---|
| | 兩兄弟嚟㗎嘛，使乜成日計嚟計去啫！（兄弟倆不用算來算去嘛！） |
| | Léuhng hīngdaih làih gā ma, sáimāt sèhngyaht gailàih gaiheui jē! |
| | 呢條數我真係計唔掂呀。（這筆賬我真算不來了。） |
| | Nītìuh sou ngóh jānhaih gaim̀dihm a. |

| 鬍鬚 | |
|---|---|
| | 冇剃鬚一日已經搞到成個賊噉。（沒刮鬍子一天已經弄到像一個小偷了。） |
| | Móuh taisōu yātyaht yíhgīng gáaudou sèhnggo cháak gám. |
| | 有啲人留鬚幾好睇。（有些人留鬍子挺好看的。） |
| | Yáuhdī yàhn làuhsōu géi hóutái. |
| 麻痹 | |
| | 坐咁耐腳都痹㗎。（坐這麼久腿都麻了。） |
| | Chóh gamnoih geuk dōu bei la. |
| | 瞓覺嗰陣砥住隻手，痹到郁唔到。（睡覺的時候把手臂壓住，麻得動不了。） |
| | Fangaau gójahn jaakjyuh jek sáu, beidou yūkm̀dóu. |

# 4　語音練習

## 4.1　聲調對應：普通話第二聲

普通話裏第二聲的字大多對應廣東話的低降調 (1.f)，例如：

| | 普通話第二聲 | | 廣東話低降調 |
|---|---|---|---|
| 長城 | Chángchéng | > | Chèuhngsìhng |
| 平衡 | pínghéng | > | pìhnghàhng |
| 前途 | qiántú | > | chìhntòuh |

留意以下普通話讀第二聲的字，但廣東話不讀低降調的易錯字。

常見錯誤有把"詢"讀成"旬"、"摩"讀成"磨"等等。

| PTH 2 - CAN1 | 俘 | fū | 俘虜 | fūlóuh |
|---|---|---|---|---|
| | 孚 | fū | 美孚 | Méihfū |
| | 摩 | mō | 摩天大樓 | mōtīn daaihlàuh |
| | 於 | yū | 於是 | yūsih |
| | 檬 | mūng | 檸檬 | nìhngmūng |
| | 肪 | fōng | 脂肪 | jīfōng |
| | 詢 | sēun | 詢問 | sēunmahn |
| | 魔 | mō | 妖魔 | yíumō |
| | 魁 | fūi | 罪魁禍首 | jeuihfūi wohsáu |
| | 雌 | chī | 雌雄 | chīhùhng |
| PTH 2 –CAN1, ~ptk | 則 | jāk | 林則徐 | Làhm-jāk-chèuih |
| | 吉 | gāt | 吉祥 | gātchèuhng |
| | 咳 | kāt | 咳血 | kāthyut |
| | 執 | jāp | 執業 | jāpyihp |
| | 輻 | fūk | 輻射 | fūkseh |
| | 德 | dāk | 品德 | bándāk |
| | 氟 | fāt | 加氟 | gāfāt |
| | 竹 | jūk | 竹葉 | jūkyihp |
| | 輯 | chāp | 輯錄 | chāpluhk |
| PTH2 - CAN 5 | 茗 | míhng | 茗茶 | míhngchàh |

## 4.2　多音字：度、差

"度"字常用讀音有：

| | 讀音 | 詞義／用法 | 例 |
|---|---|---|---|
| 1 | douh | 1 標準、水平<br>2 過 | 溫度、程度、度量<br>度假、度過 |
| 2 | dohk | 估計，想 | 測度 |

"差"字常用讀音有：

| | 讀音 | 詞義 / 用法 | 例 |
|---|---|---|---|
| 1 | chā | 不一樣；不好 | 差異；差劣 |
| 2 | chāai | 派遣 | 差遣 |
| 3 | chī | 長短不齊 | 參差 |

## 練習

試讀出以下句子：

1. 好在人哋度量大，先至冇怪我以小人之心度君子之腹。

2. 阿媽想説服細佬唔好做差人。

3. 阿美住長洲，但喺九龍返工，平時要先搭船再搭車先可以返到公司，佢為咗唔想咁舟車勞頓，度咗一輪之後，決定搬出去市區住。

4. 呢啲質素參差不齊嘅海味係阿明出差嘅時候買返嚟嘅，佢見外表差唔多，但價錢就平一半，以為執倒寶，點知被人搵晒笨。

5. 我喺度嘅生活真係度日如年。

6. 乜佢畫畫真係畫得咁差咩？

# 5　情景説話練習

**1.** Làhm sīnsāang chìhngéinìhn yānwaih sātyihp, gāséuhng gātìhng mahntàih, waahnjó yīkwātjing. Gīnggwo pàhngyáuh gaaisiuh géigo jīngsàhnfō yīsāng jīhauh, kéuih jēutjī maahnmáan hōngfuhk, yùhnlòih haih yānwaih yuhngjó yātjúng jeui sān ge geihseuht làih yī nīgo behng…　林先生前幾年因為失業，加上家庭問題，患咗抑鬱症。經過朋友介紹幾個精神科醫生之後，佢卒之慢慢康復，原來係因為用咗一種最新嘅技術嚟醫呢個病⋯⋯

**2.** Léihtáai jeuigahn yáuhjó bìhbī, kéuih jānhaih hóu hōisām, kéuihdī pàhngyáuh tùhng kéuih góng, yātjúng yàuh ngoihgwok làih ge tōigaau fōngfaat jānhaih hóu yáuhhaauh, Léihtáai kyutdihng si-háh. Daahnhaih kéuih lóuhgūng jauh mhaih hóuseun, kéuih léuhnggūngpó juhng yānwaih nīgihn sih aaihéigāau séuhnglàih…　李太最近有咗BB，佢真係好開心，佢啲朋友同佢講，一種由外國嚟嘅胎教方法真係好有效，李太決定試吓。但係佢老公就唔係好信，佢兩公婆仲因為呢件事嗌起交上嚟⋯⋯

**3.** Néih yìhgā hái yātgo fōgeih jínláahmwúi douh syūnchyùhngán géi yeuhng jeuisān ge fōgeih cháanbán, nīdī haih fēiyātbūn ge dihnwá, kāpchàhngēi, sáubīu…　你而家喺一個科技展覽會度宣傳緊幾樣最新嘅科技產品，呢啲係非一般嘅電話、吸塵機、手錶⋯⋯

**4.** Jēung síujé tùhng kéuih go jouh IT ge nàahmpàhngyáuh paakjótō géinìhn, jeuigahn kyutdihng gitfān. Hóugíng bātsèuhng, Jēung síujé faatyihn jihgéi yáuh yātgo yìhmjuhng ge behng, kéuih tùhng dī pàhngyáuh kīngyùhn, mjī hóu mhóu wahbéi nàahmpàhngyáuh tēng, jeuihauh…　張小姐同佢個做IT嘅男朋友拍咗拖幾年，最近決定結婚。好景不常，張小姐發現自己有一個嚴重嘅病，佢同啲朋友傾完，唔知好唔好話俾男朋友聽，最後⋯⋯

**5.** Jāng sīnsāang ge jái géiseui gójahnsìh, kéuih tùhng taaitáai jauh faatyihn kéuihdeih ge jái Lohk-lohk sahpfānjī chūngmìhng, hohkyéh dahkbiht faai, jīhauh juhng tàihjóu yahp daaihhohk tīm, yìhgā kéuih ge jái yìhngaugán…　曾先生嘅仔幾歲嗰陣時，佢同太太就發現佢哋嘅仔樂樂十分之聰明，學嘢特別快，之後仲提早入大學添，而家佢嘅仔研究緊⋯⋯

# 第9課 招聘理想人才

## 1 課文

### 課文一

| 羅馬拼音 | 廣東話 |
|---|---|
| Gāangāan gūngsī dōu séung chéngdóudī yàhnchòih gela. Daahnhaih dímyéung sīnji chéngdóu hóu ge yàhn dōu haih yātgo lihng yàhn tàuhtung ge mahntàih. Chéng dī m̀gau gīngyihm ge yàhn fāanlàih jauh pa kéuih jouhyéh m̀gau sóngsáu, dou néih gaausīkjó kéuih jīhauh, yáuh mòuh yáuh yihk la, jauh wah yiu jyungūng. Hái ngoihmihn chéng dī yáuh gīngyihm ge yàhn fāanlàih nē, jouh haih jouhdóuyéh, daahnhaih yauh tùhng léuihmihn dī yàhn gaakgaak bātyahp. | 間間公司都想請倒啲人才嘅嘑。但係點樣先至請倒好嘅人都係一個令人頭痛嘅問題。請啲唔夠經驗嘅人返嚟就怕佢做野唔夠爽手，到你教識咗佢之後，有毛有翼嘑，就話要轉工。喺外面請啲有經驗嘅人返嚟呢，做係做倒野，但係又同裏面啲人格格不入。 |
| Yātgāan gūngsī chéngjó yātgo duhkyùhn fu hohksih ge bātyihpsāng, lóuhbáan deui kéuih ge pìhngga géi hóu: | 一間公司請咗一個讀完副學士嘅畢業生，老闆對佢嘅評價幾好： |
| "Ngóh sānbīn yáuhdī hòhnggā chéngjó géigo hohklihk hóugōu ge yàhn fāanlàih, gogo dōu hái yātdī sáuwātyātjí ge daaihhohk bātyihp, jauhgám tái dōugéi bīuchēng ga, daahnhaih jīhauh tùhng ngóh san, wah gogo dōu lihnjēng hohkláahn, yáuh go jamyùhn haamséui fāanlàih ge, Yīngmán haih lāaklāaksēng, baihjoih jīdou kéuih haih kèhngàuh wán máh ge, m̀fōng jouhdāk noih. Ngóh chìhn géiyaht in jó géi | "我身邊有啲行家請咗幾個學歷好高嘅人返嚟，個個都喺一啲首屆一指嘅大學畢業，就嗰睇都幾標青喫，但係之後同我呻，話個個都練精學懶，有個浸完鹹水返嚟嘅，英文係嘞嘞聲，弊在知道佢係騎牛搵馬嘅，唔慌做得耐。我前幾日 in 咗幾個人，爭啲走漏眼，雖然佢學歷得副學士畢業，但係佢一嚟見工冇遲到， |

| 羅馬拼音 | 廣東話 |
| --- | --- |
| go yàhn, jāangdī jáulauh ngáahn, sēuiyìhn kéuih hohklihk dāk fuhohksih bātyihp, daahnhaih kéuih yātlàih gingūng móuh chìhdou, yihlàih táidākchēut kéuih sìhngyi sahpjūk, m̀wúih dong nīfahn gūng haih séuipóuh. Ngóh sēungseun yātgo yàhn ge búnchìhn m̀dāanhaih kéuih ge hohklihk, ngóh jihgéi yíhchìhn múngháh múngháh, móuhmāt sāmgēi duhksyū, háausíh chēutmāau, dímjī sēuijó, béi go gaau yāmngohk ge a-sèuh jūkdoujeng, bātgwo ngóh dōdāk nīgo a-sèuh gaau ngóh jouhyéh jeui gányiu kàhnlihk, m̀hóu sāmchyùhn hīuhahng, hauhlòih ngàaihjó gam dō nìhn sīnji yáuh gāmyaht, kéuih juhng wah Mohkjaatdahk, Buidōfān nīdī yāmngohkgā dōu yātdihng haih hóu kàhnlihk ji sìhnggūng. Sóyíh, ngóh dōu séung béi go gēiwuih go hauhsāangjái. Yìhgā chéng yàhn tùhng gauhsí jānhaih gāmfēisīkbéi la, yíhchìhn gódoih dīyàhn āamāam chēutlàih jouhyéh móuh gam gaigaau ge, chōchēut màauhlòuh, yáuh yéh maih jouh lō, jeui gányiu haih wán dōdī gīngyihm, ngóhdeih dōugéi dáidāknám ga, waahkjé haih yìhgā dīyàhn hohklihk gōudī, ūkkéi ge gīngjai aatlihk yauh móuh gam daaih, yáuhsìh wándóu ge gūng yeuhngyeuhng yéh dōu m̀āam sāmséui, sihyúhyuhnwàih, jyungwo fahngūng deui yìhgā dī hauhsāangjái làihgóng dōuhaih hóuchíh hóu hàahn gám lō." | 二嚟睇得出佢誠意十足，唔會當呢份工係水泡。我相信一個人嘅本錢唔單係佢嘅學歷，我自己以前懵吓懵吓，冇乜心機讀書，考試出貓，點知衰咗，俾個教音樂嘅阿sir捉到正，不過我多得呢個阿sir教我做野最緊要勤力，唔好心存僥倖，後來捱咗咁多年先至有今日，佢仲話莫札特、貝多芬呢啲音樂家都一定係好勤力至成功。所以，我都想俾個機會個後生仔。而家請人同舊時真係今非昔比嘑，以前嗰代嘅人啱啱出嚟做野冇咁計較嘅，初出茅廬，有野咪做囉，最緊要係揾多啲經驗，我哋都幾抵得諗㗎，或者係而家啲人學歷高啲，屋企嘅經濟壓力又冇咁大，有時揾倒嘅工樣樣野都唔啱心水，事與願違，轉過份工對而家啲後生仔嚟講都係好似好閒嘅囉。" |
| Nìhnchīngyàhn deuiyū séhwúi làihgóng dīkkok haih juhngyiu ge chòihcháan, chèuihjó gūngsēunggaai sēuiyiu nībāan sānlihkgwān jīngoih, hóudō yihgūng tyùhntái dōu sēuiyiu kéuihdeih. Yùhgwó yiu néih heui yātgo móuhchòhng fan ge deihfōng bōngsáu, m̀jí yiu dádeihpōu, dī yéh yauh m̀āamsihk, mātdōu táahm mauhmauh ge, gámyéung néih ngàaih m̀ngàaihdākjyuh nē? Yātgo séhgūng hái yātgāan hohkhaauh jīumouhgán yihgūng: | 年青人對於社會嚟講的確係重要嘅財產，除咗工商界需要呢班新力軍之外，好多義工團體都需要佢哋。如果要你去一個冇冧瞓嘅地方幫手，唔止要打地鋪，啲野又唔啱食，乜都淡茂茂嘅，噉樣你捱唔捱得住呢？一個社工喺一間學校招募緊義工： |

| 羅馬拼音 | 廣東話 |
|---|---|
| "Gāmnìhn syúga ngóhdeih yìhngyìhn wúih fānpaai dīyàhn heui yātdī pàhnkùhng deihkēui. Hēunggóng hóudō chìhnsìhn gēikau hái nīfōngmihn ge chāamyúh, gamdōnìhn làih hóyíh wah haih bātwàihyùhlihk. Yìh ngóhdeih gēikau fuhjaak ge gūngjok kèihsaht dōu yáuh hóudō júng gé, peiyùh haih hái dōngdeih fuhjaak dī chōuchúhng ge gūngjok lā, dāamdāam tòihtòih gó leuih nē jānhaih dōu géi kyutfaht yàhnsáu, nīdī deihkēui hóudōyàhn dōu làuhlèihsātsó, bōng kéuihdeih heui ginchit gāyùhn haih sáuyiu ge gūngjok. Lihngngoih yihkdōu hóyíh bōng dōngdeih ge lóuhsī gaausyū, yáuhsìh yihkdōu yiu bōngsáu fānfaatháh dī mahtjī gám, júngjī néih háng bōng, saht yáuh deihfōng néih bōngdóu ge, hēimohng daaihgā hóyíh jānsīk nīchi gēiwuih, bōngjoh yáuh sēuiyiu ge yàhn. Sī béi sauh gang yáuh fūk. Sēuiyìhn chāamgā nīgo gaiwaahk hóuchíh jójó néih yātgo yuht ge sìhgaan jaahnchín, daahnhaih só wuhnfāanlàih ge, ngóh sēungseun haih néihdeih bātsāng nàahnmòhng ge gīnglihk. Ngóhdeih sānghái yātgo fūngyi jūksihk ge saidoih, yáuh géidōyàhn jānjing táiwuih, yùhnlòih yātjēungpéih, yātwúnfaahn, deuiyū yātdīyàhn làihgóng jānhaih yātgihn chēchíbán, yìhgā yáuhdī deihfōng jīyùhn kyutfaht ge chìhngfong ganggā hóyíh wahhaih séuijam ngáahnmèih. Ngóhdeih nīgo gaiwaahk yíhgīng hàahngjó hóudō nìhn ga la, jānhaih m̀hēimohng móuhyàhn jip nīgo páahng, táijyuh gwowóhng ge nóuhlihk jauhgám chìhngūng jeuhnfai. Gánjyuh lohklàih, ngóhdeih wúih chéng géi go chāamgāgwo nīgo gaiwaahk ge tùhnghohk fānhéungháh kéuihdeih ge táiyihm." | "今年暑假我哋仍然會分派啲人去一啲貧窮地區。香港好多慈善機構喺呢方面嘅參與，咁多年嚟可以話係不遺餘力。而我哋機構負責嘅工作其實都有好多種嘅，譬如係喺當地負責啲粗重嘅工作啦，擔擔抬抬嗰類呢真係都幾缺乏人手，呢啲地區好多人都流離失所，幫佢哋去建設家園係首要嘅工作。另外亦都可以幫當地嘅老師教書，有時亦都要幫手分發吓啲物資嘅，總之你肯幫，實有地方你幫倒嘅，希望大家可以珍惜呢次機會，幫助有需要嘅人。施比受更有福，雖然參加呢個計劃好似阻咗你一個月嘅時間賺錢，但係所換返嚟嘅，我相信係你哋畢生難忘嘅經歷。我哋生喺一個豐衣足食嘅世代，有幾多人真正體會，原來一張被、一碗飯，對於一啲人嚟講真係一件奢侈品，而家有啲地方資源缺乏嘅情況更加可以話係水浸眼眉。我哋呢個計劃已經行咗好多年㗎嘑，真係唔希望冇人接呢個棒，睇住過往嘅努力就噉前功盡廢。跟住落嚟，我哋會請幾個參加過呢個計劃嘅同學分享吓佢哋嘅體驗。" |

## 課文二

| 羅馬拼音 | 廣東話 |
|---|---|
| A-Mēi hái gūngsī fuhjaak chéngyàhn, yìhgā tùhng bíudái gónghéi géi go làih gingūng ge yàhn. | 阿美喺公司負責請人，而家同表弟講起幾個嚟見工嘅人。 |
| **A-Mēi:**<br>Gāmyaht *in* jó géi go yàhn, gogo dōu hóuchíh jāanggámdī… | 阿美：<br>今日 in 咗幾個人，個個都好似爭嚟啲…… |
| **Bíudái:**<br>Óh…Chéng góng, daihyātgo sēui māt nē? | 表弟：<br>哦……請講，第一個衰乜呢？ |
| **A-Mēi:**<br>Daihyātgo taaidouh sìhnghán, siuyùhng sahpjūk, daahnhaih dī Yīngmán lātlātkātkāt, gánjēungdou lyuhnsaai daaihlùhng, juhng jeukdou léhléh féhféh gám, sāamnáu dōu lātjó géi nāp, m̀dāk! | 阿美：<br>第一個態度誠懇，笑容十足，但係啲英文甩甩咳咳，緊張到亂晒大籠，仲着到呢呢啡啡嘅，衫鈕都甩咗幾粒，唔得！ |
| **Bíudái:**<br>Daihyih go ge ji'mihngsēung haih… | 表弟：<br>第二個嘅致命傷係…… |
| **A-Mēi:**<br>Yīngmán haih góngdāk yáuhfāan gamseuhnghá, jihseun baausaaipàahng, yìhché mahn kéuih dī gwāanyū sìhsih ge yéh dōu sīk daap, m̀wúih háuáá, daahnhaih hōi go ga gwaiséi gam gōu, doutàuhlàih dōu haih kīngm̀dihm sou… | 阿美：<br>英文係講得有返咁上吓，自信爆晒棚，而且問佢啲關於時事嘅嘢都識答，唔會口啞啞，但係開個價鬼死咁高，到頭嚟都係傾唔掂數…… |
| **Bíudái:**<br>(Saisaisēng) Chéng go yàhn fāanlàih yùhngmātyih ā, wúih m̀wúih haih néih ngáahngok gōu nē? | 表弟：<br>（細細聲）請個人返嚟容乜易吖，會唔會係你眼角高呢？ |
| **A-Mēi:**<br>(Béi bíujé tēngdóu) Cho! Ngóh fahn yàhn dōu syun yìhwahwàih ga lā, daahnhaih kéuihdeih jānhaih m̀dāk ā ma! Faisìh tùhng néih góng, gaujūng jēuimàaih toukehk sīn… | 阿美：<br>（俾表姐聽到）錯！我份人都算易話為㗎啦，但係佢哋真係唔得吖嘛！費事同你講，夠鐘追埋套劇先…… |

## 語義文化註釋

☞ 水泡　"水泡"除了指"救生圈"，還用來比喻作後備。例如"佢當呢份工係水泡，一搵到份好啲嘅就走。"（他只是暫時做着，一找到好一點的工作就會走。）

☞ 甩咳　"甩咳 lātkāt"一詞本字為"犖确 lohkkok"，後來音變成為 lākkāk，本義指怪石嶙峋，高低不平等，現引伸為說話不流暢（陳伯輝，吳偉雄 2004）。不少報章和網上用語都寫"甩咳 lātkāt"，發音由 ~k 變成 ~t。把收 ~k 讀成收 ~t 的現象越來越普遍，例如把"麥 mahk"讀成"密 maht"；把"北 bāk"讀成"畢 bāt"。

☞ 〈動詞〉嚇啲　"好似爭嚇啲"表示"好像還缺了點甚麼，若有所失"的意思。〈動詞〉嚇啲亦可表示"把一部分……"例如"下個星期多功課交，而家做嚇啲先"（下週要交的作業特別多，我現在先把一部分做好）；"我食唔晒呀，你幫我食嚇啲"（我吃不完，你幫我吃一些）。

# 2　詞語

## 2.1　生詞

| | 廣東話 | | 普通話 / 釋義 |
|---|---|---|---|
| 1 | gūngsī chéngyàhn | 公司請人 | 公司招人 |
| 2 | m̀gau sóngsáu | 唔夠爽手 | 做事不夠麻利 |
| 3 | yáuhmòuhyáuhyihk | 有毛有翼 | 翅膀長硬了 |
| 4 | hòhnggā | 行家 | 同行 |
| 5 | lihnjēng hohkláahn | 練精學懶 | 耍滑頭 |

| | 廣東話 | | 普通話 / 釋義 |
|---|---|---|---|
| 6 | kèhngàuhwánmáh | 騎牛搵馬 | 騎驢找馬 |
| 7 | jáulauh ngáahn | 走漏眼 | 看漏眼 |
| 8 | séuipóuh | 水泡 | 救生圈 |
| 9 | múngháh múngháh | 懵吓懵吓 | 糊裏糊塗 |
| 10 | jūkdoujeng | 捉到正 | 抓個正着 |
| 11 | hóu hàahn | 好閒 | 沒甚麼大不了 |
| 12 | dáidāk nám | 抵得諗 | 不怕吃虧 |
| 13 | chōuchúhng yéh | 粗重嘢 | 重活 |
| 14 | táahm mauhmauh | 淡茂茂 | 淡而無味 |
| 15 | dāamdāamtòihtòih | 擔擔抬抬 | 搬運的工作（重活） |
| 16 | yātjēung péih | 一張被 | 一牀被子 |
| 17 | séuijam ngáahnmèih | 水浸眼眉 | 火燒眉毛 |
| 18 | chìhn'gūng jeuhnfai | 前功盡廢 | 前功盡棄 |
| 19 | jāanggámdī | 爭嗽啲 | 還缺了一點甚麼 |
| 20 | lātlāt kātkāt | 甩甩咳咳 | 説話不流暢，結結巴巴 |
| 21 | lyúnsaai daaihlùhng/<br>lyuhnsaai daaihlùhng | 亂晒大籠 | 全亂套了 |
| 22 | jihseun baaupàahng | 自信爆棚 | 充滿自信 |
| 23 | yùhngmātyih | 容乜易 | 很容易；搞不好 |

| | 廣東話 | | 普通話 / 釋義 |
|---|---|---|---|
| 24 | ngáahngok gōu | 眼角高 | 眼光高 |
| 25 | léhléh féhféh | 呢呢啡啡 | 衣衫不整，不修邊幅 |
| 26 | ngóh fahn yàhn | 我份人 | 我為人 |
| 27 | yihwahwàih | 易話為 | 好商量 |
| 28 | gaujūng | 夠鐘 | 時間到了 |

## 2.2　難讀字詞

| 1 | gaakgaak bātyahp | 格格不入 |
|---|---|---|
| 2 | sáuwātyātjí | 首屈一指 |
| 3 | chōchēut màauhlòuh | 初出茅廬 |
| 4 | bātwàih yùhlihk | 不遺餘力 |
| 5 | fūngyī jūksihk | 豐衣足食 |

# 3　附加詞彙

## 3.1　音樂家

| Mohkjaatdahk | 莫札特 | Buidōfān | 貝多芬 |
|---|---|---|---|
| Syūbaakdahk | 舒伯特 | Sīubōng | 蕭邦 |
| Bāhāk | 巴赫 | Hòhndākyíh | 韓德爾 |

| Chàaihhófūsīgēi | 柴可夫斯基 | Hóideuhn | 海頓 |
|---|---|---|---|
| Léihsīdahk | 李斯特 | Lāaiwāiyíh | 拉威爾 |

## 3.2 職場常用語

| | 廣東話 | | 普通話 / 釋義 |
|---|---|---|---|
| 1 | dūk buijek | 篤背脊 | 戳脊梁骨 |
| 2 | chaathàaih | 擦鞋 | 拍馬屁 |
| 3 | daahp boktàuh | 搭膊頭 | 請求幫忙，但沒有甚麼酬謝對方 |
| 4 | tok daaihgeuk | 托大腳 | 奉承 |
| 5 | sebok | 卸膊 | 推卸責任 |
| 6 | jākjāk bok | 側側膊 | 推卸責任 |
| 7 | tānpōk | 吞卜 | 偷懶 |
| 8 | jiufai | 照肺 | 大罵一頓 |
| 9 | dahn dūnggū | 燉冬菇 | 降職 |
| 10 | bokjaat | 搏紮 | 爭取升級 |
| 11 | dūnggā m̀dá dá sāigā | 東家唔打打西家 | 不在這裏工作也不打緊，找別的工作不難 |
| 12 | yáuh yàhn jiujyuh | 有人照住 | 有人罩着 |
| 13 | cháai jīupèih | 踩蕉皮 | 中計 |
| 14 | mīmī mōmō | 咪咪摩摩 | 磨磨蹭蹭 |

| | 廣東話 | | 普通話 / 釋義 |
|---|---|---|---|
| 15 | yìhyī ngòhngòh | 依依哦哦 | 嘮嘮叨叨 |
| 16 | fāancháau | 翻炒 | 用舊的一套 |
| 17 | baautóuh | 爆肚 | 現編 |
| 18 | lèuhngdeih | 量地 | 沒有工作 |
| 19 | jouhyéh m̀séuhngsām | 做野唔上心 | 做事不用心 |
| 20 | kīngdihm sou | 傾掂數 | 談好 |
| 21 | lé gam he | 咧咁□ | 狼狽 |

## 3.3　有關 "口" 的常用語

| 詞義 / 作用 | 廣東話 | | 普通話 / 釋義 |
|---|---|---|---|
| 指某種人 | háuséuilóu | 口水佬 | 光會說不會做的人 |
| | háuhàhnyáu | 口痕友 | 貧嘴的人 |
| 形容詞 | háujahtjaht | 口窒窒 | 結結巴巴 |
| | háuhēnghēng | 口輕輕 | 信口開河、輕諾 |
| | háumaakmaak | 口擘擘 | 張口結舌 |
| | háuáá | 口啞啞 | 啞口無言 |
| | háudōdō | 口多多 | 多嘴多舌 |
| | háufāfā | 口花花 | 花言巧語 |
| | háutáahmtáahm | 口淡淡 | 食慾不振 |

| | háuhéunghéung | 口響響 | 唱高調 |
|---|---|---|---|
| | háuhàhn | 口痕 | 愛說話 |
| | háumaht | 口密 | 嘴嚴 |
| | háusō | 口疏 | 嘴快 |
| 慣用語 | maaihháugwāai | 賣口乖 | 說話討人喜歡 |
| | góngháuchí | 講口齒 | 有信用 |
| | suhkháumihn | 熟口面 | 面熟 |
| | háungaahng sāmyúhn | 口硬心軟 | 刀子嘴，豆腐心 |
| | háutìhm sihtwaaht | 口甜舌滑 | 油嘴滑舌 |
| | háuséui dōgwo chàh | 口水多過茶 | 話多 |
| | háu bātdeui sām | 口不對心 | 口不應心 |

## 3.4　粵普各一字

| 阻礙 | |
|---|---|
| | 咁大張枱放喺度好阻定。（這麼大的桌子放這兒很礙事。）<br><br>Gam daaih jēung tói fongháidouh hóu jódehng.<br><br>最衰就係你喺度阻頭阻勢，如果唔係⋯⋯（都怪你礙手礙腳，要不然⋯⋯）<br><br>Jeuisēui jauhhaih néih háidouh jótàuh jósai, yùhgwó m̀haih… |
| 浸泡 | |
| | 佢哋想去有温泉浸嘅地方。（他們想去可以泡温泉的地方。）<br><br>Kéuihdeih séung heui yáuh wānchyùhn jam ge deihfōng.<br><br>癐咗成日，浸吓對腳歎吓先。（累了一天，泡泡腳享受一下。）<br><br>Guihjó sèhngyaht, jamháh deuigeuk taanháh sīn. |

| 鈕扣 | 粒鈕鬆咗，麻煩你幫我釘返實佢！（扣子鬆了，麻煩你幫我把它縫好！） |
| --- | --- |
| | Nāpnáu sūngjó, màhfàahn néih bōng ngóh dēngfāansaht kéuih! |
| | 我想配返粒同呢粒一樣色嘅鈕。（我想找一個跟這個扣子顏色一樣的。） |
| | Ngóh séung puifāan nāp tùhng nīnāp yātyeuhng sīk ge náu. |

# 4　語音練習

## 4.1　聲調對應：普通話第三聲

普通話裏第三聲的字大多對應廣東話的高升調（h.r），例如：

| | 普通話第二聲 | | 廣東話低降調 |
| --- | --- | --- | --- |
| 主考 | zhǔkǎo | > | jyúháau |
| 品種 | pǐnzhǒng | > | bánjúng |
| 港口 | gǎngkǒu | > | góngháu |

留意以下普通話讀第三聲的字，但廣東話<u>不讀高升調</u>的易錯字。

常見錯誤有把"烤鴨"讀成"考鴨"、"導演"讀成"倒演"等等。

| PTH3 > CAN1 | 僥 | hīu | 僥倖 | hīuhahng |
| --- | --- | --- | --- | --- |
| | 卡 | kā | 卡介苗 | kāgaaimìuh |
| | 禧 | hēi | 千禧年 | chīnhēinìhn |
| | 錶 | bīu | 手錶 | sáubīu |
| | 烤 | hāau | 烤鴨 | hāaungaap/hāauaap |
| | 崗 | gōng | 崗位 | gōngwái |

| PTH3 > CAN1 ~ptk | 乞 | hāt | 乞食 | hātsihk |
|---|---|---|---|---|
| | 匹 | pāt | 奧林匹克 | Oulàhm pāthāak/ Oulàhm pāthāk |
| | 卜 | būk | 占卜 | jīmbūk |
| | 矚 | jūk | 舉世矚目 | géuisai jūkmuhk |
| | 囑 | jūk | 千叮萬囑 | chīndīng maahnjūk |
| | 曲 | kūk | 歌曲 | gōkūk |
| | 甩 | lāt | 甩色 | lātsīk |
| | 癖 | pīk | 癖好 | pīkhou |
| | 谷 | gūk | 山谷 | sāan'gūk |
| | 筆 | bāt | 筆跡 | bātjīk |
| | 篤 | dūk | 篤信 | dūkseun |
| | 穀 | gūk | 穀倉 | gūkchōng |
| **PTH3 > CAN3** | 悔 | fui | 後悔 | hauhfui |
| | 慨 | koi | 慷慨 | hōngkoi/hóngkoi |
| | 灸 | gau | 針灸 | jāmgau |
| | 詛 | jo | 咒詛 | jaujo |
| | 傀 | faai | 傀儡 | faailéuih |
| **PTH3 > CAN3 ~ptk** | 索 | sok | 勒索 | laahksok |
| | 脊 | jek | 脊椎 | jekjēui |
| | 甲 | gaap | 甲乙丙 | gaapyuhtbíng |
| | 劈 | pek | 劈柴 | pekchàaih |
| | 尺 | chek | 尺度 | chekdouh |
| | 抹 | mut | 抹煞 | mutsaat |
| **PTH3 > CAN 6** | 偽 | ngaih | 偽裝 | ngaihjōng |
| | 儉 | gihm | 節儉 | jitgihm |
| | 哺 | bouh | 哺育 | bouhyuhk |
| | 壤 | yeuhng | 土壤 | tóuyeuhng |
| | 導 | douh | 導演 | douhyín |
| | 泳 | wihng | 泳將 | wihngjeung |
| | 穎 | wihng | 聰穎 | chūngwihng |
| | 纜 | laahm | 纜車 | laahmchē |
| | 輔 | fuh | 輔助 | fuhjoh |
| | 餌 | neih | 餌誘 | neihyáuh |

| PTH3 > CAN 6 ~ptk | 辱 | yuhk | 辱罵 | yuhkmah |
|---|---|---|---|---|
| | 蜀 | suhk | 樂不思蜀 | lohkbāt sīsuhk |
| | 屬 | suhk | 屬於 | suhkyū |

## 4.2　多音字：行、正

"行"字常用讀音有：

| | 讀音 | 詞義 / 用法 | 例 |
|---|---|---|---|
| 1 | hàhng | 進行；走 | 行動、施行、自由行、步行 |
| 2 | hàahng | 走（口語較多） | 行街買嘢、行上山、行吓 |
| 3 | hòhng | 行業；行列 | 同行、熟行 |
| 4 | hóng | 店 | 錶行、金行、律師行、分行 |
| 5 | hahng | 品德 | 品行、操行 |

"正"字常用讀音有：

| | 讀音 | 詞義 / 用法 | 例 |
|---|---|---|---|
| 1 | jing | 用於配詞較多 | 正義、正宗、正反、改正 |
| 2 | jeng | 口語較多<br>1. 很好<br>2. 標準<br>3. 作後輟詞 | 好正嘅旅遊團、套戲好正<br>發音唔正<br>撞正、踏正 |
| 3 | jīng | 農曆第一個月 | 正月 |

## 練習

試讀出以下句子：

1. 陳師傅係做三行嘅，佢平時最鍾意行山。今日佢出咗糧，於是即刻走去行人路對面嗰間銀行入數。

2. 正所謂"行得正企得正"，人哋講咩都唔緊要嘅。

3. 要培養細路仔嘅德行，係要由細做起。

4. 下一任行政長官話會正視貧富懸殊嘅問題。

5. 正月初一，通常阿媽會煮啲齋俾我哋食，之後就問我哋："好唔好食呀？正唔正呀？"阿媽整嘅嘢，邊個會彈呀。

6. 我做呢行做咗十年噓。

# 5　情景説話練習

1. Hēunggóng yuhtlàihyuht dō yàhn bākséuhng gūngjok waahkjé chongyihp, néihdeih deui nīgo yihnjeuhng yáuh mātyéh táifaat nē?　香港越嚟越多人北上工作或者創業，你哋對呢個現象有乜野睇法呢？

2. Yātgāan gēikau jouhjó yātgo giujouh "gūngjok gajihkgūn" ge diuhchàh, táiháh sauhfóngjé deuiyū yàhngūng, gūngjokleuhng, gūngjok múhnjūkgám, deui séhwúi ge gunghin dángdáng yáuh mātyéh táifaat. Yìhgā néihdeih gūngbougán nīgo diuhchàh ge muhkdīk, sauhfóng deuijeuhng, gitgwó fānsīk dángdáng.　一間機構做咗一個叫做"工作價值觀"嘅調查，睇吓受訪者對於人工、工作量、工作滿足感、對社會嘅貢獻等等有乜野睇法。而家你哋公佈緊呢個調查嘅目的、受訪對象、結果分析等等。

3. Néih yáuhdī pàhngyáuh hóuséung háauyahp jingfú géileuht bouhdéui, peiyùh wah sīufòhngyùhn, gíngyùhn, gauwuhyùhn, dángdáng. Néih yìhgā tùhng kéuih fānhéunghháh néih deui géileuht

bouhdéui ge gūng jok yáuh mātyéh táifaat.　你有啲朋友好想考入政府紀律部隊，譬如話消防員、警員、救護員等等。你而家同佢分享吓你對紀律部隊嘅工作有乜嘢睇法。

**4.**　Hái yātgo gwāanyū mihnsíh geihháau ge gūngjokfōng seuhngmihn, jyúchìhyàhn góngdou yātdī gingūngsìh ge juhngdím. Chāamgā ge tùhnghohk yihkdōu fānhéung yātdī kéuihdeih gingūng ge gīngyihm.　喺一個關於面試技巧嘅工作坊上面，主持人講到一啲見工時嘅重點。參加嘅同學亦都分享一啲佢哋見工嘅經驗。

**5.**　Hóudō gēikau dōu wúih tàihgūng sahtjaahp ge gēiwuih, chéng néihdeih góngháh chāamgā saht-jaahp yáuh mātyéh hóuchyu, waahkjé néih jeui séung hái mātyéh deihfōng sahtjaahp.　好多機構都會提供實習嘅機會，請你哋講吓參加實習有乜嘢好處，或者你最想喺乜嘢地方實習。

## 第 10 課　探討道德價值

## 1　課文

### 課文一

| 羅馬拼音 | 廣東話 |
| --- | --- |
| Séhwúi hohkhaih ge Yìhm lóuhsī sìhbātsìh wúih jéunbeih yātdī yíhtàih béi tùhnghohk tóuleuhn. Kéuihdeih tóuleuhngwo hóudō jāngleuhn bātyāu ge yíhtàih, laihyùh ōnlohkséi, séiyìhng, fūkjai geiseuht dángdáng. Yìhgā kéuih séung tùhnghohk tóuleuhnháh Hēunggóng yātdī geijé chóifóng ge sáufaat. | 社會學系嘅嚴老師時不時會準備一啲議題俾同學討論。佢哋討論過好多爭論不休嘅議題，例如安樂死、死刑、複製技術等等。而家佢想同學討論吓香港一啲記者採訪嘅手法。 |
| ***Sīu-laihlaih tùhnghohk:*** | **蕭麗麗同學：** |
| "Hái gāmyaht nīgo séhwúi, m̀síuyàhn jauhhaih gōugéui jihyàuh tùhng kyùhnleih làih jēung hóudō yéh hahpléihfa. Yáuhdī geijé wúih gānjūng tùhng tāupaak yātdī gūngjung yàhnmát ge sāngwuht, yìhnhauh boudouh ge sìhhauh jauh gāyìhm gāchou, jeuihauh nīdī boují jaahpji jauh maaihdou sìhnghòhng sìhngsíh. Hóu hósīk, kéuihdeih yātgeui 'gūngjung yáuh jīchìhng kyùhn' waahkjé 'sānmàhn jihyàuh' jauh sìhngwàih jeuihóu ge dóngjinpàaih, yùhnchyùhn móuh jyūnjuhng dōngsihyàhn ge gámsauh. Faatsāng tīnjōi yàhnwoh ge sìhhauh, sauhhoihyàhn ge gāsuhk yíhgīng gaucháam ge lā, néih juhng jēuimahn yàhndeih yáuh mē gámsauh? Mìhngyàhn ge ūkkéi yáuh chíhmgin, néih jauh hóyíh yuhng diubei làih yíng chāan báau la mē? Hēunggóng ge yìhnleuhn | "喺今日呢個社會，唔少人就係高舉自由同權利嚟將好多嘢合理化。有啲記者會跟蹤同偷拍一啲公眾人物嘅生活，然後報道嘅時候就加鹽加醋，最後呢啲報紙雜誌就賣到成行成市。好可惜，佢哋一句'公眾有知情權'或者'新聞自由'就成為最好嘅擋箭牌，完全冇尊重當事人嘅感受。發生天災人禍嘅時候，受害人嘅家屬已經夠慘嘅啦，你仲追問人哋有咩感受？名人嘅屋企有僭建，你就可以用吊臂嚟影餐飽嘑咩？香港嘅言論同新聞自由好寶貴，網上便有好大嘅空間俾人發言，平時粒聲唔出嘅人，喺網上面好似變咗另外一個人。上網嘅人可以選擇唔表露自己嘅身份，就算講粗口鬧 |

| 羅馬拼音 | 廣東話 |
|---|---|

tùhng sānmàhn jihyàuh hóu bóugwai, móhng seuhngbihn yáuh hóudaaih ge hūnggāan béi yàhn faatyìhn, pìhngsìh nāp sēng m̀chēut ge yàhn, hái móhng seuhngmihn hóuchíh binjó lihngngoih yātgo yàhn. Séuhngmóhng ge yàhn hóyíh syúnjaahk m̀bíulouh jihgéi ge sānfán, jauhsyun góng chōuháu naauhyàhn dōu m̀sái fuhjaakyahm, m̀tūng nīdī jauhhaih néih séung jēuikàuh ge jihyàuh mē? Jīchí gahnfùh yúhng, bātgwo yìhgā hóuchíh diuhjyun, yúhnggám jouh m̀āam ge sih. Ngóh tēnggwo yātgo béiyuh, néih hóyíh jāchē seiwàih heui, nīgo haih néih ge jihyàuh, daahnhaih néih yiu jēunsáu gāautūng kwāijāk, hùhngdāng ge sìhhauh gogo dōu yiu tìhngchē. Ngóh só léihgáai ge jihyàuh tùhng kyùhnleih haih yáuh yeukchūk ge, yùhgwó m̀haih jauh wúih binsìhng fongjung, douhdāk bīujéun jíwúih yuhtlàih yuhtdāi."

***Cheuk-sìhngyeuih tùhnghohk:***

"Dīkkok yáuhdī geijé jíhaih baahn jingyih, yáuhsìh kéuihdeih ge chóifóng tùhng boudouh ge sáufaat haih laahmyuhngjó sānmàhn jihyàuh, daahnhaih m̀hóyíh yāt jūk gōu dá yātsyùhn yàhn. Chyùhnmùih kèihjūng yātgo gūngnàhng jauhhaih gāamdūk jingfú, yùhgwó jingfú waihjó kámjyuh dī yéh yìh fūngsó sānmàhn jihyàuh, gám sauhhoih ge chíjūng dōuhaih síhmàhn. Gāmyaht jauhhaih yānwaih yáuh yātdī bātwaih kèuhngkyùhn yúhnggám chóifóng ge geijé, ngóhdeih sīnji jīdou gamdō ngàihhoih yàhn ge sihkbán, jindeih ge sahtfong, m̀douhdāk ge noihmohk gāauyihk, daaihyih láhmyìhn ge gōugūn yùhnlòih jíhaih daaijyuh gá mihngeuih. Yùhgwó móuhjó nīdī boudouh, ngóh wúih yíhwàih jihgéi wuhthái yātgo douhdāk gihnchyùhn ge saigaai."

人都唔使負責任，唔通呢啲就係你想追求嘅自由咩？知恥近乎勇，不過而家好似調轉，勇敢做唔啱嘅事。我聽過一個比喻：你可以揸車四圍去，呢個係你嘅自由，但係你要遵守交通規則，紅燈嘅時候個個都要停車。我所理解嘅自由同權利係有約束嘅，如果唔係就會變成放縱，道德標準只會越嚟越低。"

卓誠裔同學：

"的確有啲記者只係扮正義，有時佢哋嘅採訪同報導嘅手法係濫用咗新聞自由，但係唔可以一竹篙打一船人。傳媒其中一個功能就係監督政府，如果政府為咗冚住啲嘢而封鎖新聞自由，嗽受害嘅始終都係市民。今日就係因為有一啲不畏強權勇敢採訪嘅記者，我哋先至知道咁多危害人嘅食品、戰地嘅實況、唔道德嘅內幕交易、大義凜然嘅高官原來只係戴住假面具。如果冇咗呢啲報導，我會以為自己活喺一個道德健全嘅世界。"

| 羅馬拼音 | 廣東話 |
|---|---|

Yùhnjó nīyātgo yíhtàih jīhauh, Yìhm lóuhsī gaijuhk góng, "Yiu heui tóuleuhn, waahkjé hóudō yàhn dōu jouhdóu, daahn sahtjai yiu heui mihndeui, jauh m̀haih gam yùhngyih, daaihgā sèuhngsi doihyahp nī léuhng fūfúh, yùhgwó haih néih, néih wúih dím kyutdihng nē?" Jīhauh Yìhm lóuhsī jauh bochēut yātgo fóngmahn pindyuhn, gódeui fūfúh wah:

"Ngóhdeih léuhnggo yìhgā dōu hóu gīndihng, yiu jēunggo bìhbī sāanglohklàih. Sēuiyìhn ngóhdeih haih sahpfān chīngchó, bìhbī nànnggau gaijuhk sāngchyùhn lohkheui ge gēiwuih hóumèih, daahnhaih ngóhdeih dōu hóu séung siyātsi. Yáuhdī yàhn pāipìhng ngóhdeih, haihmaih hahnjái hahndou móuhsaai léihji a? Néihdeih léuhnggūngpó gáau māt a? Taai jihsī la! Tēngdóu nīdī syutwah, dōngchō m̀jí yáuhdī duhngyìuh, go sām yihkdōu m̀hóusauh, yáuh yātpàaih jānhaih séung lēimàaih m̀séung ginyàhn, sākjyuh jihgéi deui yíh mē dōu m̀tēng. Dōng ngóhdeih joi námsām yātchàhng, yùhgwó ngóhdeih lohkjó go jái, gám haih m̀haih ganggā jihsī nē? Bìhbī hái màhmā ge tóuh léuihmihn, yáuh sáu yáuh geuk, yáuh gámchìhng, sīk yūklàih yūkheui, néih giu ngóh dím yánsām wah m̀yiu nē? Yùhgwó A-jái hóyíh sāngchyùhn seiyaht, jauh béi kéuih sāngchyùhn seiyaht, seigo yuht jauh seigo yuht. Móuhyàhn jīdou tīngyaht wúih faatsāng mātyéh sih, jíyiu yìhngyìhn yáuh gēiwuih, ngóhdeih dímdōu m̀wúih fonghei, m̀wúih mōkdyuht kéuih sāngchyùhn ge kyùhnleih. Yātgo yàhn ge gajihk, m̀haih joihfùh sāngmihng ge chèuhngdouh, yìhhaih joihfùh sāmdouh. Yáuhdī yàhn baatgáusahp seui mehng, hóyíh wóngfai kéuih ge yātsāng, yáuhdī yàhn yahlèhng seui jauh lèihhōi saigaai, daahnhaih chàhnggīng waih sānbīn ge yàhn daailàih hóudō fūnlohk. Yùhgwó A-jái chēutsai móuhnói jauh yiu lèihhōi ngóhdeih, ngóh nám, kéuih sāngchyùhn jeui daaih ge yiyih jauhhaih wahbéi ngóhdeih tēng sāngmihng haih bóugwai ge."

完咗呢一個議題之後，嚴老師繼續講：「要去討論，或者好多人都做倒，但實際要去面對，就唔係咁容易。大家嘗試代入呢兩夫婦，如果係你，你會點決定呢？」之後嚴老師就播出一個訪問片段，嗰對夫婦話：

「我哋兩個而家都好堅定，要將個 BB 生落嚟。雖然我哋係十分清楚，BB 能夠繼續生存落去嘅機會好微，但係我哋都好想試一試。有啲人批評我哋，係咪恨仔恨到冇晒理智呀？你哋兩公婆搞乜呀？太自私嘑！聽到呢啲説話，當初唔止有啲動搖，個心亦都唔好受，有一排真係想匿埋唔想見人，塞住自己對耳咪都唔聽。當我哋再論深一層，如果我哋落咗個仔，噉係唔係更加自私呢？BB 喺媽媽嘅肚裏面，有手有腳，有感情，識郁嚟郁去，你叫我點忍心話唔要呢？如果阿仔可以生存四日，就俾佢生存四日，四個月就四個月。冇人知道嚟日會發生乜嘢事，只要仍然有機會，我哋點都唔會放棄，唔會剝奪佢生存嘅權利。一個人嘅價值，唔係在乎生命嘅長度，而係在乎深度。有啲人八九十歲命，可以枉費佢嘅一生；有啲人廿零歲就離開世界，但係曾經為身邊嘅人帶嚟好多歡樂。如果阿仔出世冇耐就要離開我哋，我諗，佢生存最大嘅意義就係話俾我哋聽生命係寶貴嘅。」

| 羅馬拼音 | 廣東話 |
|---|---|
| Táiyùhn nīdyuhn pín, m̀tùhng ge tùhnghohk dōu sèuhngsi doihyahp kéuihdeih ge chyúhgíng. Yáuhdī yàhn wah yùhgwó yāt hōichí tòhjái jauh jīdou jihgéi go jái yáuh mahntàih, waahkjé jauh wúih lohkjó kéuih. Daahnhaih yáuhdī tùhnghohk jauh wah dohtōi jauh hóuchíh màuhsaat, dímgáai m̀béi go gēiwuih bìhbī nē? | 睇完呢段片，唔同嘅同學都嘗試代入佢哋嘅處境。有啲人話如果一開始佗仔就知道自己個仔有問題，或者就會落咗佢。但係有啲同學就話墮胎就好似謀殺，點解唔俾個機會BB呢？ |
| Daihyihchi séuhngtòhng, Yìhm lóuhsī jauh séung yíh fānlyúngūn tùhng sámméihgūn dáng jokwàih tàihmuhk. Kéuih yuhng yātdāan gám ge sānmán làih chityahp: Yātdeui chìhngléuih paakjótō hóu noih, gogo dōu wah kéuihdeih dím dōu m̀wúih sáan, juhng jéunbeih gitfān. Dímjī, chàm̀dō heuidou hàahngléuih jīchìhn gógo láihbaai, nàahmfōng sīnji jīdou néuihfōng haih jínggwoyùhng ge, nàahmfōng jauh làhmsìh fuifān. Yáuh yātwái tùhnghohk jauh gokdāk nīgo nàahmyán taai gwofahn, néuih waih yuht géi jé yùhng, m̀tūng go lóuhgūng séung go lóuhpòh wahtwahtdahtdaht mè? Lihngngoih yáuh yātwái tùhnghohk bíusih wah jipsauh m̀dóu jíngyùhng, juhng wah sāntái faatfū sauhjyū fuhmóuh, fuhmóuh jīdou yātdihng wúih m̀hōisām, yìhché ngoihbíu nīdī yéh m̀wúih chìhgáu. Kèihtā tùhnghohk gogo néih yātgeui ngóh yātgeui gám tóuleuhn… | 第二次上堂，嚴老師就想以婚戀觀同審美觀等作為題目。佢用一單嘅嘅新聞嚟切入：一對情侶拍咗拖好耐，個個都話佢哋點都唔會散，仲準備結婚。點知，差唔多去到行禮之前嗰個禮拜，男方先至知道女方係整過容嘅，男方就臨時悔婚。有一位同學就覺得呢個男人太過分，女為悅己者容，唔通個老公想個老婆核核突突咩？另外有一位同學表示話接受唔到整容，仲話身體髮膚受諸父母，父母知道一定會唔開心，而且外表呢啲嘢唔會持久。其他同學個個你一句我一句嘅討論…… |

## 課文二

| 羅馬拼音 | 廣東話 |
|---|---|
| Jeuigahn, A-Mēi ge hóu pàhngyáuh jauhlàih gitfān la, kéuih tēnggóng yàhndeih ge meihlòih lóuhgūng haih máuhmáuh daaihgūngsī ge taaijíyé, gwodaaihláih daaihsáubāt bātdahkjí, juhng daaihpàaih yìhnjihk, báaijó géiyahwàih, chéng jó hóudō mìhngyàhn làih yám tīm. Gāmchi, A-Mēi béi yàhn yīuchíng jouh jímúi, sóyíh chēutjeuhn baahnfaat gáamféih. Yìhgā tùhng bíudái kīnghéi: | 最近，阿美嘅好朋友就嚟結婚嚟，佢聽講人哋嘅未來老公係某某大公司嘅太子爺，過大禮大手筆不特止，仲大排筵席，擺咗幾廿圍，請咗好多名人嚟飲添。今次，阿美俾人邀請做姊妹，所以出盡辦法減肥。而家同表弟傾起： |
| **A-Mēi:** | 阿美： |
| Kèihkéi gāmchi jānhaih dábāi geuk m̀sáiyāu la, ngóh deui kéuih ge fānyān chūngmúhn seunsām. Juhngyáuh a, kéuih hái daaih yahtjí jauh wúih set go hóu leng ge tàuh, yáuhdī hóu dākyi ge fājái fānéui tùhng kéuih yātchàih hàahng hùhng deihjīn, yauh leng yauh hòuh ge fānláih, hahnséi yàhn la! | 琪琪今次真係打跛腳唔使憂嚟，我對佢嘅婚姻充滿信心。仲有呀，佢喺大日子就會 set 個好靚嘅頭，有啲好得意嘅花仔花女同佢一齊行紅地毯，又靚又豪嘅婚禮，恨死人嚟！ |
| **Bíudái:** | 表弟： |
| Yáuhchín m̀yātdihng hahngfūk gé, yáuhsìh yuht dōchín yuht dō gāau aai. Néih táiháh géidō hòuhmùhn jāngcháan jauh jī lā. Néih jeuk tou géi leng ge kwàhnkwá, daaijyuh géichúhng ge áak, dōu haih yātyaht ge ja. Ngóh jauh wah léuhng go yàhn gaap jauh jeui gányiu. | 有錢唔一定幸福嘅，有時越多錢越多交嗌。你睇吓幾多豪門爭產就知啦。你着套幾靚嘅裙褂，戴住幾重嘅鈪，都係一日嘅咋。我就話兩個人夾就最緊要。 |
| **A-Mēi:** | 阿美： |
| Gónghéi chín ngóh jauh tàuhhàhn, gāmnìhn yámjó gamdō chāan, jouh yàhnchìhng dōu jouhdou sáuyúhn a, jānhaih m̀hóyíh táisíu nīdī hùhngsīk jadáan ge wāilihk. Jībātgwo nē, yàhn pa chēutméng jyū pa fèih, nīgeui syutwah jānhaih móuhcho. | 講起錢我就頭痕，今年飲咗咁多餐，做人情都做到手軟呀，真係唔可以睇少呢啲紅色炸彈嘅威力。之不過呢，人怕出名豬怕肥，呢句說話真係無錯。 |
| **Bíudái:** | 表弟： |
| Hóuchíh hóu gámkoi gám bo. | 好似好感慨噉嘞噃。 |

| 羅馬拼音 | 廣東話 |
|---|---|
| **A-Mēi:** | 阿美： |
| Móuh a, gāmyaht hàahnghàahnghá gāai, yáuh chīmtái gūngsī wán ngóh jouh doihyìhnyàhn, wah gáamdóu sāamsahp bohng jauh yáuh hóudō yéh sung, yáuh wah māt yáuh wah maht, júngjī jauh yáuh jeuhksou. Àai! Góngyùhn yātdaaihlèuhn tēngdou ngóh yāttàuh mouhséui! | 有呀，今日行行吓街，有纖體公司搵我做代言人，話減倒 30 磅就有好多野送，又話乜又話乜，總之就有着數。唉！講完一大輪聽到我一頭霧水！ |
| **Bíudái:** | 表弟： |
| (Saisaisēng) Táipa jihnghaih wán néih jouh gáamfèih chìhn ge báan… | （細細聲）睇怕淨係搵你做減肥前嘅辦…… |
| **A-Mēi:** | 阿美： |
| Néih jī lā, ngóh móuh dimgwo nīdī yéh mātjaih gā ma, dī séung yāt yíngjó chēutlàih, gogo dōu yihngdāk réih ge la, gáammdóu sēuijó bīngo tùhng ngóh jāp sáuméih a! | 你知啦，我有掂過呢啲野乜滯㗎嘛，啲相一影咗出嚟，個個都認得你嘅嚹，減唔到衰咗邊個同我執手尾呀！ |
| **Bíudái:** | 表弟： |
| Óh…Gám kéuihdeih yātdihng wúih jāpgwo dīséung sīn gé…(saisai sēng) M̀haih maih wángwo daihyihgo làih doih néih yíngfāan géijēungséung lō! Bātgwo dyungú tìuh sihbētāai dím dōu yiu kaau dihnnóuh sīn jāpdākjáu. | 哦……嗽佢哋一定會執過啲相先嘅……（細細聲）唔係咪搵過第二個嚟代你影返幾張相囉！不過斷估條士啤軚點都要靠電腦先執得走。 |
| **A-Mēi:** | 阿美： |
| Námjāndī gáusìhnggáu dōuhaih wánbahn, maahnyāt kéuih gódī gám ge gáamfèih yìhhei chēutsih, yáuh mē yīyùk dōu yáuh yūn mòuh louh sou a, máih gáau! (jyuntáaih)… Bíudái, néih jī m̀jī a, m̀yātdihng haih sau sīnji leng, ngóh yuhtlàihyuht m̀mìhng néihdeih ge sámméihgūn… | 諗真啲九成九都係搵笨，萬一佢嗰啲嘅減肥儀器出事，有咩依郁都有冤無路訴呀，咪搞！（轉軚）……表弟，你知唔知呀，唔一定係瘦先至靚，我越嚟越唔明你哋嘅審美觀…… |

| 羅馬拼音 | 廣東話 |
|---|---|
| **Bíudái:**<br><br>Yáuh douhléih yáuh douhléih, sóyíh ngóh jaansìhng m̀sái jíngyùhng, m̀sái sausān, jeui tīnyìhn ge jauh jeui leng, yuhng gódī yéh yáuh mē dūnggwā dauhfuh dímsyun nē… | 表弟：<br><br>有道理有道理，所以我贊成唔使整容，唔使瘦身，最天然嘅就最靚，用嗰啲嘢有咩冬瓜豆腐點算呢…… |
| **A-Mēi:**<br><br>Móuh néih gam hóuhei, dáng ngóh jeuhnháh jímúi ge jaakyahm, bōngsáu gáanháh jímúikwàhn tùhng dī kāmfā sīn! Gānjyuh juhng yiu faatfāiháh ngóh ge chitgai tīnfahn dohkháh go chèuhnghón… | 阿美：<br><br>冇你咁好氣，等我盡吓姊妹嘅責任，幫手揀吓姊妹裙同啲襟花先！跟住仲要發揮吓我嘅設計天份度吓個場刊…… |

## 語義文化註釋

☞　一餐　"一餐"在粵語中作量詞時可指"一頓"或"一場"。"佢話今晚要食餐勁嘅"意思是"他說今天晚上要大吃一頓"；"個女仔喺屋企自己一個喊咗一大餐"意思是"那個女孩在家裏自己一個人哭了一場"；"冇交功課俾先生鬧咗一餐"意思是"沒交作業被老師罵了一頓"。

☞　夾　"夾""合得來、湊、合起、連同"的意思，用途廣泛：

（1）不如夾錢買份禮物囉。（不如湊份子買禮物吧。）

（2）嘩，你兩個夾定㗎，講嘅嘢一樣嘅？（你們倆是不是事先商量過的，說的話都一樣的呢？）

☞　散　"散"可指"零碎"，如"散紙""散銀"意思是"零錢"；"佢而家冇嘢做，做住啲散工先"意思是"他現在沒事幹，暫時找點零活兒做"；"啲文件散收收嘅，搵個快勞入住佢啦！"意思是"這些文件鬆鬆散散的，找個文件夾把它放好吧！"。

☞　做兄弟姊妹　在香港，幫忙新郎的一方叫兄弟團，新娘的叫姊妹團。不少是由統籌婚禮到舉行結婚儀式及辦喜宴當天都會幫忙的。

# 2　詞語

## 2.1　生詞

| | 廣東話 | | 普通話 / 釋義 |
|---|---|---|---|
| 1 | gā yìhm gā chou | 加鹽加醋 | 添油加醋 |
| 2 | maaihdou sìhnghòhng sìhngsíh | 賣到成行成市 | 到處都在賣 |
| 3 | chíhmgin | 僭建 | 違建 |
| 4 | nāp sēng m̀chēut | 粒聲唔出 | 一聲不吭 |
| 5 | yāt jūk gōu dá yāt syùhn yàhn | 一竹篙打一船人 | 不分青紅皂白牽連無辜 |
| 6 | léuhng gūngpó | 兩公婆 | 兩夫婦 |
| 7 | lohkjó go jái | 落咗個仔 | 把胎兒打掉 |
| 8 | tòhjái | 佗仔 | 懷着孩子 |
| 9 | taaijíyé | 太子爺 | 少東 |
| 10 | gwo daaihláih | 過大禮 | 送聘禮 |
| 11 | daaihsáubāt | 大手筆 | 很闊綽 |
| 12 | báaijáu | 擺酒 | 辦喜酒 |
| 13 | heui yám | 去飲 | 吃喜酒 |
| 14 | jouh hīngdaih jímúi | 做兄弟姊妹 | 當男女儐相 |
| 15 | set go leng tàuh | set 個靚頭 | 弄個好看的髮型 |

| | 廣東話 | | 普通話／釋義 |
|---|---|---|---|
| 16 | fājái fānéui | 花仔花女 | 花童 |
| 17 | kwàhnkwá | 裙褂 | 新娘出門時穿的中式禮服 |
| 18 | tàuhhàhn | 頭痕 | 發愁 |
| 19 | jouh yàhnchìhng | 做人情 | 送結婚禮金 |
| 20 | húngsīk jadáan | 紅色炸彈 | 喜帖 |
| 21 | yàhn pa chēutméng jyū pa fèih | 人怕出名豬怕肥 | 人怕出名豬怕壯 |
| 22 | góngyùhn yātdaaih lèuhn | 講完一大輪 | 說了一大通 |
| 23 | yāttàuh mouhséui | 一頭霧水 | 摸不着頭腦 |
| 24 | móuh/m̀ …mātjaih | 冇／唔……乜滯 | 沒／不怎麼…… |
| 25 | sēuijó | 衰咗 | 失敗了 |
| 26 | dyungú | 斷估 | 猜想 |
| 27 | sihbētāai | 士啤呔 | 備胎；肚腩 |
| 28 | gáusìhnggáu | 九成九 | 很可能 |
| 29 | yáuh mē yīyūk | 有咩依郁 | 萬一出甚麼事 |
| 30 | yáuh yūn mòuhlouhsou | 有冤無路訴 | 有冤無處訴 |
| 31 | jyuntáaih/jyún táaih | 轉軚 | 改變立場 |
| 32 | yáuh mē dūnggwā dauhfuh | 有咩冬瓜豆腐 | 萬一有甚麼事 |
| 33 | kāmfā | 襟花 | 胸花 |

| | 廣東話 | | 普通話 / 釋義 |
|---|---|---|---|
| 34 | chèuhnghón/ chèuhnghōn | 場刊 | 節目流程表 |

## 2.2　難讀字詞

| 1 | daaihyìh láhmyìhn | 大義凜然 |
|---|---|---|
| 2 | sāntái faatfū | 身體髮膚 |
| 3 | chīmtái sausān | 纖體瘦身 |
| 4 | jāngleuhn bātyāu | 爭論不休 |
| 5 | mōkdyuht kyùhnleih | 剝奪權利 |

# 3　附加詞彙

## 3.1　有關結婚的常用語

| 人物 | sānlòhng/sānlóng | 新郎 | sānnèuhng/sānnéung | 新娘 |
|---|---|---|---|---|
| | buhnlóng | 伴郎 | buhnnéung | 伴娘 |
| | nàahmgā | 男家 | néuihgā | 女家 |
| | jingfānyàhn | 證婚人 | leuhtsī | 律師 |
| | sipyíngsī | 攝影師 | fajōngsī | 化妝師 |

| 準備功夫 | *book* chèuhng | *book* 場 | *book* kèih | *book* 期 |
|---|---|---|---|---|
| | máaih béngkāat | 買餅卡 | máaih gaaijí | 買戒指 |
| | dehng jáujihk | 訂酒席 | gin gājéung | 見家長 |
| | paaitíp | 派帖 | yíng fānsā séung | 影婚紗相 |
| 結婚儀式及宴會 | hàahngláih | 行禮 | hàahng gaautóng | 行教堂 |
| | jeunchèuhng | 進場 | kit tàuhsā | 揭頭紗 |
| | sīu yúhjyū | 燒乳豬 | síu láihmaht | 小禮物 |
| | yùhchi | 魚翅 | hōijihk | 開席 |
| | gingjáu | 敬酒 | cháau hākàuh | 炒蝦球 |
| | saanjihk | 散席 | sunghaak | 送客 |
| 其他相關用語 | fāchē | 花車 | fākàuh | 花球 |
| | jāmchàh | 斟茶 | gāmhei | 金器 |
| | héitíp | 喜帖 | douh mahtyuht | 度蜜月 |

## 3.2　有關 “執” 的常用語

| 詞義 / 作用 | 廣東話 | | 普通話 / 釋義 |
|---|---|---|---|
| 帶修補，補救的意思 | jāplauh | 執漏 | 彌補缺陷 |
| | jāp sáuméih | 執手尾 | 處理善後工作 |
| | jāpfāan jeng | 執返正 | 改善一下；穿好一點 |
| | jāpsāang | 執生 | 臨場應變 |
| | jāp séung | 執相 | 用電腦技術把照片弄得好看些 |
| | jāp séigāi | 執死雞 | 補射 |

| | jāpfāan sān chói | 執返身彩 | 算是不幸中之大幸 |
|---|---|---|---|
| | jāpfāan tìuh mehng | 執返條命 | 死裏逃生 |
| 帶撿到，收拾的意思 | jāp bāaufuhk | 執包袱 | 捲鋪蓋 |
| | jāpdóu bóu | 執倒寶 | 獲得好處 |
| | jāp yihtāan | 執二攤 | 別人不要而接了過來 |
| | jāp yeuhk | 執藥 | 抓藥 |
| | jāpdáu gám jāp | 執豆噉執 | 形容很簡單的事情 |
| | jāptàuh jāpméih | 執頭執尾 | 整理零碎的東西 |
| 其他 | jāp yàhn háuséuimēi | 執人口水尾 | 拾人牙慧 |
| | jāpjeng làih jouh | 執正嚟做 | 秉公處理 |
| | jāp jih'nāp | 執字粒 | 撿鉛字排版 |
| | jāplāp | 執笠 | 倒閉 |
| | yātjāp tàuhfaat | 一執頭髮 | 一撮頭髮 |
| | yātjāp mòuh | 一執毛 | 一撮毛 |

## 3.3　粵普各一字

| 代替 | |
|---|---|
| | 佢今日嚟唔倒，搵人代佢出席。（他今天來不了，找人替他出席。）<br><br>Kéuih gāmyaht làih m̀dóu, wán yàhn doih kéuih chēutjihk.<br><br>有乜理由要人代你講㗎，自己講啦！（沒理由要人替你講，自己説吧！）<br><br>Yáuh māt léihyàuh yiu yàhn doih néih góng ga, jihgéi góng lā! |

| 堵塞 | |
|---|---|
| | 個馬桶塞成噉，點搞呀？（馬桶堵成這樣怎麼辦呀？） |
| | Go máhtúng sāksèhnggám, dímgáau a? |
| | 個鼻塞得好辛苦呀。（鼻子堵得難受死了。） |
| | Go beih sākdāk hóu sānfú a. |
| 裝扮 | |
| | 你仲扮唔知，快啲從實招来！（你還裝不知道，快從實招來！） |
| | Néih juhng baahn m̀jī, faaidī chùhngsaht jīulòih! |
| | 唔好扮型嘞，有人理你嘅噃。（別裝帥了，沒有人會管你的。） |
| | M̀hóu baahnyìhng la, móuhyàhn léih néih ge bo. |

# 4　語音練習

## 4.1　聲調對應：普通話第四聲

普通話裏第四聲的字大多對應廣東話的中平調或低平調，例如：

| | 普通話第四聲 | | 廣東話中平調或低平調 |
|---|---|---|---|
| 放棄 | fàngqì | > | fonghei |
| 大量 | dàliàng | > | daaihleuhng |
| 現代 | xiàndài | > | yihndoih |

留意以下普通話讀第四聲的字，但廣東話<u>不讀中平調或低平調</u>的易錯字。

常見錯誤有把"戀"讀成"亂"、"反映"讀成"反應"等等。

| PTH 4 – CAN2 | 映 | yíng | 反映 | fáanyíng |
|---|---|---|---|---|
| | 劊 | kúi | 劊子手 | kwúijísáu |
| | 晃 | fóng | 晃動 | fóngduhng |
| | 卉 | wái | 花卉 | fāwái |
| | 賄 | kúi | 行賄 | hàhngkúi |
| | 境 | gíng | 境界 | gínggaai |
| | 儈 | kúi | 市儈 | síhkúi |
| | 膾 | kúi | 膾炙人口 | kúijek yàhnháu |
| | 潰 | kúi | 潰瘍 | kúiyèuhng |
| | 戀 | lyún | 失戀 | sātlyún |
| | 堰 | yín | 都江堰 | Dōugōngyín |
| PTH 4 –CAN1 | 隙 | kwīk | 空隙 | hūngkwīk |
| | 叱 | chīk | 叱吒風雲 | chīkchāak fūngwàhn |
| | 斥 | chīk | 斥資 | chīkjī |
| | 畜 | chūk | 畜牧 | chūkmuhk |
| | 扼 | āak | 扼殺 | āaksaat |
| | 稷 | jīk | 社稷 | séhjīk |
| | 跡 | jīk | 跡象 | jīkjeuhng |
| | 瑟 | sāt | 瑟縮 | sātsūk |
| | 束 | chūk | 束縛 | chūkbok |
| | 肅 | sūk | 肅靜 | sūkjihng |
| | 惕 | tīk | 警惕 | gíngtīk |
| | 泵 | bām | 水泵 | séuibām |
| | 辮 | bīn | 梳辮 | sōbīn |
| | 劑 | jāi | 藥劑 | yeuhkjāi |
| | 恰 | hāp | 恰當 | hāpdong |

## 4.2　多音字：易、更

"易" 字常用讀音有：

|  | 讀音 | 詞義 / 用法 | 例 |
|---|---|---|---|
| 1 | yih | 容易 | 輕易 |
| 2 | yihk | 換 | 貿易、易經 |

"更" 字常用讀音有：

|  | 讀音 | 詞義 / 用法 | 例 |
|---|---|---|---|
| 1 | gang | 愈加 | 更加，更進一步 |
| 2 | gāng | 改變 | 更換、更改、更衣室 |
| 3 | gāang | 計時方法 | 輪更、更表 |

## 練習

試讀出以下句子：

1. 做對外嘅貿易唔係咁容易。

2. 樓下大堂盞燈成日壞，所以住客都建議看更向管理公司反映，要求佢哋更換一啲質素更加好嘅燈。

3. 時移世易，年青人搵工嘅態度唔同晒㗎。

4. 天氣凍記得冚返張厚啲嘅被，如果唔係好易病。

5. 阿爸今晚返夜更，冇咁早返。

6. 搵到三更半夜，個記者終於搵倒啲前上校夫人嘅料。

# 5　情景説話練習

1. Yáuh yàhn wah " jīkyihp mòuh fān gwai jihn", néih tùhng m̀tùhngyi nīgeui syutwah nē?　有人話"職業無分貴賤",你同唔同意呢句説話呢?

2. Yáuh yàhn wah waihjó gáaikyut máuhdī mahntàih, haih yiu kaau " móuhlihk" sīnji hóyíh sìhnggūng, néih tùhng m̀tùhngyi nīgeui syutwah nē?　有人話為咗解決某啲問題,係要靠"武力"先至可以成功,你同唔同意呢句説話呢?

3. Chìhng sīnsāang ge ūkkéi jeuigahn faatsāngjó yātgihn hóu yìhmjuhng ge sih, kéuih hóu dāamsām kéuih ge jái jīdoujó jīhauh, wúih yínghéung kéuih ge chìhngséuih, kéuih ge jái jeuigahn juhng háaugánsíh tīm. Chìhng sīnsāang yìhgā jāngjaatgán, hóu m̀hóu góng yātgo "baahksīk daaihwah" làih āakjyuh kéuih ge jái sīn, jeuihauh…　程先生嘅屋企最近發生咗一件好嚴重嘅事,佢好擔心佢嘅仔知道咗之後,會影響佢嘅情緒,佢嘅仔最近仲考緊試添。程先生而家掙扎緊,好唔好講一個"白色大話"嚟呃住佢嘅仔先,最後……

4. Lìhnglíng mòuhyijūng faatyihn kéuih ge hóu pàhngyáuh faahn'on, kéuih m̀séung jīchìhng bātbou, yauh m̀yánsām táijyuh pàhngyáuh chóhgāam, kéuih yìhgā fàahnnóuhgán dímyéung jouh… 玲玲無意中發現佢嘅好朋友犯案,佢唔想知情不報,又唔忍心睇住朋友坐監,佢而家煩惱緊點樣做……

5. Mìhngléih síuhohk jeuigahn pàhnpàhn faatsāng tāusit'on, haauhjéung yauh nāu yauh m̀hōisām, kéuih kyutdihng hái jóuwúi seuhng heung chyùhnhaauh syūnbou, wúih gūnghōi chúhngfaht tāuyéh ge yàhn, hēimohng héidóu jóhaak jokyuhng. Gāmyaht, A-Fāi faatyihn kéuih ge sáubīu hái hohkhaauh m̀ginjó, gīng lóuhsī diuhchàh jīhauh, yùhnlòih haih gāgíng chīngpàhn daahnhaih hóu kàhnlihk ge A-Kèuhng tāujó. Lóuhsī yìhgā tùhng haauhjéung kīnggán dímyéung chyúhléih… 明理小學最近頻頻發生偷竊案,校長又嬲又唔開心,佢決定喺早會上向全校宣佈,會公開重罰偷嘢嘅人,希望起倒阻嚇作用。今日,阿輝發現佢嘅手錶喺學校唔見咗,經老師調查之後,原來係家境清貧但係好勤力嘅阿強偷咗。老師而家同校長傾緊點樣處理……

# 詞語索引

| 課 | 號 | 羅馬拼音 | 廣東話 | 釋義 |
|---|---|---|---|---|
| 3 | 2 | bok séuhngwái | 搏上位 | 爭取升職或取得重要的地位 |
| 7 | 17 | bōkchéui | 扑搥 | 決定 |
| 4 | 3 | boktàuh wàahngdī | 膊頭橫啲 | 肩寬一點 |
| 5 | 10 | chaang | 撐 | 支持 |
| 7 | 16 | chāchogeuk | 差錯腳 | 踩空 |
| 2 | 30 | chai syutyàhn | 砌雪人 | 堆雪人 |
| 1 | 27 | chē/ché | 啤 | 嗟 |
| 5 | 2 | chēséi yàhn | 車死人 | 軋死人 |
| 10 | 34 | chèuhnghón/chèuhnghōn | 場刊 | 節目流程表 |
| 3 | 27 | chéungjaahp | 搶閘 | 率先，搶先 |
| 5 | 14 | chēut gúwaahk | 出盡惑 | 耍滑頭；巧妙地瞞騙 |
| 10 | 3 | chíhmgin | 僭建 | 違建 |
| 9 | 18 | chìhn'gūng jeuhnfai | 前功盡廢 | 前功盡棄 |
| 3 | 24 | chīmàaih | 黐埋 | 接近 |
| 3 | 5 | chīsaht | 黐實 | 黏住 |
| 2 | 12 | chóh dihngdihng | 坐定定 | 坐好 |
| 8 | 27 | chói néih ji kèih | 睬你至奇 | 理你才怪 |
| 5 | 6 | chōtàuh | 初頭 | 一開始 |
| 4 | 1 | chōu *fit* | 操 *fit* | 鍛鍊 |

| 課 | 號 | 羅馬拼音 | 廣東話 | 釋義 |
|---|---|---|---|---|
| 9 | 13 | chōuchúhng yéh | 粗重野 | 重活 |
| 7 | 24 | chóuhjūk dáanyeuhk | 措足彈藥 | 攢夠了錢 |
| 3 | 20 | chyūnbōu | 穿煲 | 露餡兒 |
| 2 | 26 | dá haamlouh | 打喊露 | 打呵欠 |
| 8 | 20 | daaihbéi | 大脾 | 大腿 |
| 8 | 26 | daaihgo jó | 大個咗 | 長大了 |
| 7 | 22 | daaihjaahpháaih | 大閘蟹 | 股市樓市中被套的人 |
| 6 | 5 | daaihngohk | 大鱷 | 大炒家 |
| 10 | 11 | daaihsáubāt | 大手筆 | 很闊綽 |
| 9 | 15 | dāamdāamtòihtòih | 擔擔抬抬 | 搬運的工作（重活） |
| 9 | 12 | dáidāk nám | 抵得諗 | 不怕吃虧 |
| 4 | 5 | daihgōu jek sáu | 遞高隻手 | 舉起手 |
| 6 | 18 | dámbún | 揼本 | 花很多錢，成本很高 |
| 5 | 3 | dīkhéi sāmgōn | 的起心肝 | 下定決心 |
| 1 | 12 | díng bāau | 頂包 | 頂替罪行 |
| 5 | 7 | díngháh dī yīnyáhn | 頂吓啲煙癮 | 止煙癮 |
| 3 | 10 | diu wāiyá | 吊威也 | 吊鋼絲，wire 的音譯 |
| 7 | 7 | diugeuk | 吊腳 | 交通不便 |
| 7 | 29 | diuhtàuh jáu | 調頭走 | 掉頭 |
| 1 | 17 | dōngchāai | 當差 | 當警察 |

| 課 | 號 | 羅馬拼音 | 廣東話 | 釋義 |
|---|---|---|---|---|
| 5 | 22 | dóusé lòh háaih | 倒瀉籮蟹 | 狼狽不堪 |
| 10 | 26 | dyungú | 斷估 | 猜想 |
| 10 | 16 | fājái fānéui | 花仔花女 | 花童 |
| 3 | 16 | fān jyūyuhk | 分豬肉 | 人人有份 |
| 6 | 6 | fansān | 瞓身 | 盡全力 |
| 5 | 1 | fēidīk | 飛的 | 坐的士趕去某個地方 |
| 5 | 29 | fójūk | 火燭 | 火災；着火 |
| 5 | 25 | fósou | 火數 | 瓦數 |
| 4 | 20 | fuhlūk | 符錄 | 走運 |
| 4 | 15 | fūngtàuhdán | 風頭躉 | 受注目的人 |
| 10 | 1 | gā yìhm gā chou | 加鹽加醋 | 添油加醋 |
| 7 | 1 | gaan'gaak | 間隔 | 房子的格局 |
| 6 | 11 | gaan m̀jūng | 間唔中 | 有時候，偶爾 |
| 2 | 5 | gaaulouh | 教路 | 指點 |
| 1 | 11 | gāchòuh ūkbai/gāchòuh ngūkbai | 家嘈屋閉 | 家裏吵吵鬧鬧的 |
| 7 | 25 | gahmjyuh go síh | 撳住個市 | 壓抑市場價格 |
| 6 | 8 | gahpsaht | 唸實 | 盯緊 |
| 2 | 18 | gai ngóh wah | 計我話 | 按我的意見 |

| 課 | 號 | 羅馬拼音 | 廣東話 | 釋義 |
|---|---|---|---|---|
| 1 | 9 | gāi tùhng aap góng/ gāi tùhng ngaap góng | 雞同鴨講 | 不能溝通 |
| 6 | 21 | gaisou | 計數 | 算 |
| 5 | 28 | gam kíu | 咁橋 | 這麼巧 |
| 4 | 16 | ~gamjaih | ～咁滯 | 差不多 |
| 6 | 14 | gám móuh waaih gé | 噉冇壞嘅 | 那也沒有甚不好的 |
| 5 | 17 | gamdō háuséui | 咁多口水 | 話這麼多 |
| 1 | 14 | gāmpōu | 今鋪 | 這回 |
| 6 | 17 | gau péi | 夠皮 | 滿足 |
| 9 | 28 | gaujūng | 夠鐘 | 時間到了 |
| 10 | 28 | gáusìhnggáu | 九成九 | 很可能 |
| 4 | 25 | géi dīng yàhn | 幾丁人 | 就那麼幾個人 |
| 6 | 16 | géi gauh séui | 幾嚿水 | 幾百塊 |
| 3 | 15 | gīkhei | 激氣 | 生氣，氣人 |
| 1 | 3 | giugihk dōu m̀séng | 叫極都唔醒 | 怎麼叫都起不來 |
| 7 | 26 | góngsiu mè | 講笑咩 | 開玩笑吧 |
| 10 | 22 | góngyùhn yātdaaih lèuhn | 講完一大輪 | 説了一大通 |
| 9 | 1 | gūngsī chéngyàhn | 公司請人 | 公司招人 |
| 7 | 27 | gwahttàuh louh / gwahttàuh hóng | 倔頭路 / 倔頭巷 | 死胡同 |

| 課 | 號 | 羅馬拼音 | 廣東話 | 釋義 |
|---|---|---|---|---|
| 10 | 10 | gwo daaihláih | 過大禮 | 送聘禮 |
| 4 | 9 | gwodong | 過檔 | 到別的單位 |
| 4 | 7 | gyūnlàih gyūnheui | 捐嚟捐去 | 鑽來鑽去 |
| 1 | 18 | hàahngbīt | 行咇 | 警察巡邏 |
| 5 | 24 | hāan dihndáam | 慳電膽 | 節能燈泡 |
| 5 | 20 | hāangā | 慳家 | 節儉 |
| 8 | 3 | hāanpéi | 慳皮 | 省錢（但弄得質量不好） |
| 6 | 19 | hāanséui hāanlihk | 慳水慳力 | 省時省工 |
| 2 | 24 | hahnséi yàhn la | 恨死人嘑 | 真叫人眼讒 |
| 8 | 4 | haih wāi haih sai | 係威係勢 | 似乎很有來頭 |
| 7 | 19 | haihgám 〈動詞〉 | 係嗽〈動詞〉 | 不停的〈動詞〉；一直〈動詞〉 |
| 2 | 7 | háujahtjaht | 口窒窒 | 口吃 |
| 4 | 17 | hēu | 噓 | 喝倒彩 |
| 10 | 13 | heui yám | 去飲 | 吃喜酒 |
| 3 | 25 | hōfāan | 呵返 | 哄；逗（使重新開心起來） |
| 5 | 26 | hohk néih wahjāai | 學你話齋 | 就像你説的 |
| 9 | 4 | hòhnggā | 行家 | 同行 |
| 2 | 3 | hóiméi | 海味 | 乾貨（海鮮） |
| 2 | 32 | hóuwah la | 好話嚟 | 那還用説 |

| 課 | 號 | 羅馬拼音 | 廣東話 | 釋義 |
|---|---|---|---|---|
| 9 | 11 | hóu hàahn | 好閒 | 沒甚麼大不了 |
| 2 | 32 | hóuwah la | 好話嘑 | 那還用説 |
| 10 | 20 | húngsīk jadáan | 紅色炸彈 | 喜帖 |
| 9 | 10 | iūkdoujeng | 捉到正 | 抓個正着 |
| 6 | 28 | jaahnjaahn màaihmàaih | 賺賺埋埋 | 一點一點賺回來 |
| 6 | 30 | jāai〈動詞〉 | 齋〈動詞〉 | 只是〈動詞〉 |
| 8 | 10 | jáan'gáau | 盞搞 | 只會白忙 |
| 9 | 19 | jāanggámdī | 爭嗷啲 | 還缺了一點甚麼 |
| 2 | 11 | jaatjaat tiu | 紮紮跳 | 活蹦亂跳 |
| 5 | 30 | jām móuh léuhngtàuh leih | 針冇兩頭利 | 不能兩全其美 |
| 2 | 21 | jāmséui | 斟水 | 倒水 |
| 4 | 18 | jāp bāaufuhk | 執包袱 | 捲鋪蓋兒 |
| 7 | 8 | jauhgeuk | 就腳 | 交通方便 |
| 2 | 29 | ...jauh yáuh fán | ……就有份 | ……倒差不多 |
| 9 | 7 | jáulauh ngáahn | 走漏眼 | 看漏眼 |
| 3 | 22 | jáuyām | 走音 | 跑調 |
| 4 | 27 | jéungseuhng'aat/ jéungseuhng ngaat | 掌上壓 | 俯臥撐 |
| 3 | 3 | jihbaau | 自爆 | 自己説出秘密 |

| 課 | 號 | 羅馬拼音 | 廣東話 | 釋義 |
|---|---|---|---|---|
| 9 | 22 | jihseun baaupàahng | 自信爆棚 | 充滿自信 |
| 5 | 13 | jíngsīk jíngséui | 整色整水 | 掩飾；裝模作樣 |
| 2 | 19 | jippéih | 摺被 | 疊被子 |
| 8 | 25 | jiugai | 照計 | 按理説，按照估計 |
| 2 | 8 | johngbáan | 撞板 | 碰釘子，闖禍 |
| 1 | 8 | johnglúng | 撞聾 | 耳背 |
| 10 | 14 | jouh hīngdaih jímúi | 做兄弟姊妹 | 當男女儐相 |
| 10 | 19 | jouh yàhnchìhn | 做人情 | 送結婚禮金 |
| 7 | 4 | jouhga | 做價 | 賣價 |
| 1 | 28 | jouhjó géiyah nìhn | 做咗幾廿年 | 當了這麼多年 |
| 2 | 6 | jouhjó séuiyú | 做咗水魚 | 成了被騙的人 |
| 3 | 13 | jouhmáh | 做馬 | 作假，內定 |
| 7 | 13 | jouhmúi | 做媒 | 做托，假裝買家（或受害人、粉絲……） |
| 8 | 5 | juhkdī gónggeui | 俗啲講句 | 用粗俗一點的方法來説 |
| 2 | 25 | juhng hóu góng | 仲好講 | 還説 |
| 8 | 1 | jūng | 舂 | 杵了一拳，闖，墜 |
| 8 | 8 | jūngjūng tíngtíng | 中中亭亭 | 中等 |
| 10 | 31 | jyun táaih/ jyún táaih | 轉軚 | 改變立場 |

| 課 | 號 | 羅馬拼音 | 廣東話 | 釋義 |
|---|---|---|---|---|
| 4 | 6 | kàhmgōu kàhmdāi | 擒高擒低 | 爬上爬下 |
| 10 | 33 | kāmfā | 襟花 | 胸花 |
| 9 | 6 | kèh'ngàuhwánmáh | 騎牛揾馬 | 騎驢找馬 |
| 7 | 14 | kéihléih | 企理 | 裝修不錯；整齊 |
| 4 | 10 | kéihngaahng | 企硬 | 不讓步 |
| 3 | 9 | kēlēfē | 茄喱啡 | 跑龍套的，龍套 |
| 10 | 17 | kwàhnkwá | 裙褂 | 新娘出門時穿的中式禮服 |
| 2 | 22 | laaimàaih | 賴埋 | 連着 |
| 3 | 8 | làhmgei | 臨記 | 臨時演員 |
| 7 | 23 | lamsíh | 冧市 | 市場價格大幅下跌 |
| 8 | 13 | lāt tàuhfaat | 甩頭髮 | 掉頭髮 |
| 9 | 20 | lātlāt kātkāt | 甩甩咳咳 | 説話不流暢，結結巴巴 |
| 2 | 10 | lātsíng máhlāu | 甩繩馬騮 | 頑皮的孩子 |
| 9 | 25 | léhléh féhféh | 呢呢啡啡 | 衣衫不整，不修邊幅 |
| 10 | 6 | léuhng gūngpó | 兩公婆 | 兩夫婦 |
| 9 | 5 | lihnjēng hohkláahn | 練精學懶 | 耍滑頭 |
| 8 | 22 | līu ngàh | 撩牙 | 剔牙 |
| 8 | 23 | līu yíhjái | 撩耳仔 | 掏耳朵 |
| 7 | 10 | lohkdaap | 落疊 | 上當；受欺哄 |

| 課 | 號 | 羅馬拼音 | 廣東話 | 釋義 |
|---|---|---|---|---|
| 1 | 4 | mihn chēng háusèuhn baahk | 面青口唇白 | 臉發青，嘴發紫 |
| 2 | 31 | miuhséung tīnhōi | 妙想天開 | 異想天開 |
| 6 | 2 | m̀léih dímdōuhóu | 唔理點都好 | 不管怎麼樣 |
| 1 | 30 | móuh néih gam hóuhei | 冇你咁好氣 | 沒工夫跟你説 |
| 10 | 24 | móuh/m̀ …mātjaih | 冇／唔……乜滯 | 沒／不怎麼…… |
| 2 | 17 | móuhlèih jihseun | 冇釐自信 | 一點自信都沒有 |
| 8 | 6 | móuhmāt líudou | 冇乜料到 | 沒有真正實力 |
| 8 | 2 | mòuhtāgé | 無他嘅 | 沒有其他特別原因，就是因為…… |
| 6 | 27 | m̀sēng m̀sēng | 唔聲唔聲 | 一聲不吭的，原來…… |
| 9 | 9 | múngháh múngháh | 懵吓懵吓 | 胡里胡塗 |
| 8 | 12 | m̀yéhsíu | 唔野少 | 不簡單 |
| 1 | 24 | námmàaih yātbihn | 諗埋一便 | 想不開 |
| 10 | 4 | nāp sēng m̀chēut | 粒聲唔出 | 一聲不吭 |
| 2 | 2 | náugái | 扭計 | 撒嬌、撒野、耍賴 |
| 7 | 28 | néih pōu wahfaat ā… | 你鋪話法吖…… | 你這樣説簡直是…… |
| 2 | 23 | ngáahn dihngdihng | 眼定定 | 一眨不眨 |
| 9 | 24 | ngáahngok gōu | 眼角高 | 眼光高 |
| 5 | 15 | ngaahngsihk | 硬食 | 勉強接受 |
| 4 | 11 | ngàihngàihfùh | 危危乎 | 很危險 |

| 課 | 號 | 羅馬拼音 | 廣東話 | 釋義 |
|---|---|---|---|---|
| 9 | 26 | ngóh fahn yàhn | 我份人 | 我為人 |
| 8 | 29 | paak sāmháu (yīngsìhng) | 拍心口（應承） | 保證 |
| 6 | 23 | pekga | 劈價 | 大幅減價 |
| 3 | 14 | pekpaau | 劈炮 | 撂挑子、辭職不幹 |
| 3 | 11 | piufòhng duhkyeuhk | 票房毒藥 | 指連累票房收入的演員 |
| 7 | 3 | sāamjīm baatgok | 三尖八角 | 房子形狀不規整 |
| 8 | 11 | sāangngàahm | 生癌 | 得癌症 |
| 6 | 10 | sāangyijái | 生意仔 | 小生意 |
| 5 | 8 | sàauh | 睄 | 瞄、瞟 |
| 2 | 16 | sāchàhn | 沙塵 | 驕傲、囂張、自滿 |
| 2 | 13 | sahp mahn gáu m̀ying | 十問九唔應 | 愛搭不理 |
| 8 | 21 | sahpjūksahp | 十足十 | 十足……一樣 |
| 7 | 11 | saht móuh séi | 實冇死 | 準沒錯 |
| 1 | 20 | sānjaat sīhīng | 新紮師兄 | 剛上崗的新警察 |
| 8 | 17 | sānleih | 伸脷 | 吐舌頭 |
| 5 | 18 | sānséui sānhon | 身水身汗 | 滿身大汗 |
| 2 | 15 | sásáu nihngtáu | 耍手擰頭 | 又搖手又搖頭 |
| 4 | 24 | sātgok saai | 失覺晒 | 失敬失敬 |
| 4 | 14 | sātwāi | 失威 | 丟臉 |

| 課 | 號 | 羅馬拼音 | 廣東話 | 釋義 |
|---|---|---|---|---|
| 8 | 18 | sáubáan | 手板 | 手掌 |
| 8 | 19 | sáubei | 手臂 | 胳臂，胳膊 |
| 2 | 20 | sāudong | 收檔 | 收攤兒 |
| 5 | 19 | sāudóu | 收倒 | 明白 |
| 4 | 2 | sáugwā héijín | 手瓜起月展 | 胳膊有肌肉 |
| 6 | 29 | sāulíu | 收料 | 打聽消息 |
| 6 | 22 | sèhng bāan yáu | 成班友 | 一 / 這 / 那幫人 |
| 8 | 30 | sèhng chyūn yàhn | 成村人 | 一大幫人 |
| 6 | 1 | séi dōu m̀jai | 死都唔制 | 死活不願意 |
| 5 | 4 | séidāk yàhn dō | 死得人多 | 問題很嚴重，連累很多人 |
| 6 | 9 | séidóng | 死黨 | 很要好的朋友 |
| 10 | 15 | *set* go leng tàuh | *set* 個靚頭 | 弄個好看的髮型 |
| 2 | 14 | sèuh waahttāi | "蛇" 滑梯 | 玩滑梯 |
| 7 | 5 | séuhngchē | 上車 | 首次置業 |
| 5 | 12 | sēuidou tipdéi | 衰到貼地 | 差得要命 |
| 9 | 17 | séuijam ngáahnmèih | 水浸眼眉 | 火燒眉毛 |
| 10 | 25 | sēuijó | 衰咗 | 失敗了 |
| 1 | 25 | sēuijoih | 衰在 | 弊處是；失敗在 |
| 9 | 8 | séuipóuh | 水泡 | 救生圈 |

| 課 | 號 | 羅馬拼音 | 廣東話 | 釋義 |
|---|---|---|---|---|
| 8 | 15 | séung m̀séi dōu géi nàahn | 想唔死都幾難 | 非死不可 |
| 10 | 27 | sihbētāai | 士啤呔 | 備胎；肚腩 |
| 2 | 28 | sihk sāibākfūng | 食西北風 | 喝西北風 |
| 6 | 26 | sihkgwo fāanchàhmmeih | 食過返尋味 | 吃過覺得好吃，再去吃 |
| 6 | 13 | sìhnggā lahpsāt | 成家立室 | 成家立業 |
| 7 | 2 | sijeng | 四正 | 很像樣 |
| 3 | 1 | sīkjouh | 識做 | 懂人情世故 |
| 5 | 5 | símsūk | 閃縮 | 鬼祟 |
| 5 | 11 | sin yātpōu | 跣一鋪 | 坑一回 |
| 2 | 1 | siusiuháu | 笑笑口 | 掛着笑臉 |
| 1 | 1 | sok kēi | 索 K | 吸食氯胺酮 |
| 6 | 24 | soufo | 掃貨 | 大量買入 |
| 7 | 18 | suhkhòhng | 熟行 | 在行 |
| 8 | 14 | sūksā | 縮沙 | 打退堂鼓 |
| 1 | 13 | syunhaih gám lā | 算係噉啦 | 算不錯了 |
| 6 | 15 | syúnsáu | 損手 | 投資的時候損失 |
| 7 | 6 | syūsiht | 輸蝕 | 吃虧；遜色 |
| 7 | 6.1 | syūsihtjoih | 輸蝕在…… | 弊處是…… |
| 9 | 14 | táahm mauhmauh | 淡茂茂 | 淡而無味 |

| 課 | 號 | 羅馬拼音 | 廣東話 | 釋義 |
|---|---|---|---|---|
| 4 | 13 | taai bok la | 太搏嘞 | 太冒險了；太拼命 |
| 10 | 9 | taaijíyé | 太子爺 | 少東 |
| 7 | 15 | táidihngdī sīn | 睇定啲先 | 先看清楚 |
| 1 | 2 | táidou ngáahn dōu dahtmàaih | 睇到眼都突埋 | 叫人咋舌 |
| 1 | 29 | táiyàhn mèihtàuh ngáahnngaahk | 睇人眉頭眼額 | 看人家臉色 |
| 7 | 30 | tātā tìuhtìuh | 他他條條 | 悠悠閒閒 |
| 10 | 18 | tàuhhàhn | 頭痕 | 發愁 |
| 7 | 12 | tìhntáhm | 填氹 | 填窟窿（填數） |
| 2 | 27 | tō sáujái | 拖手仔 | 手拉手 |
| 10 | 8 | tòhjái | 佗仔 | 懷着孩子 |
| 1 | 23 | tùhng kéuih séigwo | 同佢死過 | 跟他拼命 |
| 4 | 8 | tùhngpèih titgwāt | 銅皮鐵骨 | 銅筋鐵骨 |
| 8 | 16 | wah m̀màaih | 話唔埋 | 説不準 |
| 1 | 15 | wahjī kéuih ā | 話之佢吖 | 管他呢 |
| 1 | 16 | wahjī… | 話之…… | 管他…… |
| 4 | 22 | wahsaai | 話晒 | 怎麼説都是 |
| 5 | 16 | wahtàuh síngméih | 話頭醒尾 | 聰明、機靈 |
| 2 | 9 | wùihséui | 回水 | 退錢 |

| 課 | 號 | 羅馬拼音 | 廣東話 | 釋義 |
|---|---|---|---|---|
| 10 | 21 | yàhn pa chēutméng jyū pa fèih | 人怕出名豬怕肥 | 人怕出名豬怕壯 |
| 1 | 26 | yàhngūng ān | 人工氹 | 工資低 |
| 6 | 4 | yahpsíh | 入市 | 買進（股票、房子等） |
| 1 | 7 | yahtngòh yehngòh | 日哦夜哦 | 整天嘮嘮叨叨 |
| 8 | 28 | yātdaamdāam | 一擔擔 | 一路貨色 |
| 10 | 5 | yāt jūk gōu dá yāt syùhn yàhn | 一竹篙打一船人 | 不分青紅皂白牽連無辜 |
| 6 | 20 | yātwohk jūk | 一鑊粥 | 一團糟 |
| 4 | 23 | yātgō | 一哥 | 老大 |
| 9 | 16 | yātjēung péih | 一張被 | 一床被子 |
| 3 | 29 | yātléun jéui | 一輪嘴 | 不停地説了一通 |
| 5 | 21 | yātpūk yātlūk | 一仆一轆 | 連滾帶爬 |
| 6 | 31 | yātsaiyàhn | 一世人 | 一輩子 |
| 10 | 23 | yāttàuh mouhséui | 一頭霧水 | 摸不着頭腦 |
| 8 | 7 | yáu dāk kéuih lā/ yàuh dāk kéuih lā | 由得佢啦 | 由他吧 |
| 6 | 7 | yáuh dāk gáau | 有得搞 | 生意能做得起來，可發展 |
| 6 | 32 | yáuh léuhngdouh sáansáu | 有兩度散手 | 有點本事 |
| 7 | 9 | yáuh máaih chan sáu | 有買趁手 | 要買就快點 |

| 課 | 號 | 羅馬拼音 | 廣東話 | 釋義 |
|---|---|---|---|---|
| 10 | 32 | yáuh mē dūnggwā dauhfuh | 有咩冬瓜豆腐 | 萬一有甚麼事 |
| 10 | 29 | yáuh mē yīyūk | 有咩依郁 | 萬一出甚麼事 |
| 10 | 30 | yáuh yūn mòuhlouhsou | 有冤無路訴 | 有冤無處訴 |
| 4 | 26 | yáuhdī líu dou | 有啲料到 | 有點兒本事 |
| 3 | 21 | yáuhfāan gamseuhnghá | 有返咁上下 | 有一定實力 |
| 9 | 3 | yáuhmòuhyáuhyihk | 有毛有翼 | 翅膀長硬了 |
| 3 | 17 | yihdálúk/yihdáluhk | 二打六 | 不夠格的 |
| 9 | 27 | yihwahwàih | 易話為 | 好商量 |
| 7 | 21 | yīkháh yàhn | 益吓人 | 優待別人 |
| 4 | 12 | yú | 瘀 | 尷尬，丟臉 |
| 6 | 3 | yùhgōng | 魚缸 | 證券行，股市 |
| 9 | 23 | yùhngmātyih | 容乜易 | 很容易；搞不好 |
| 4 | 4 | yūkduhngháh | 郁動吓 | 活動一下 |
| 5 | 9 | yūkháh | 郁吓 | 動不動 |

# 附加詞彙索引

| 課號 | 羅馬拼音 | 廣東話 | 釋義 |
|---|---|---|---|
| 1 | an an geuk | □□腳 | 抖腳 |
| 2 | aúnáaih | 嘔奶 | 吐奶 |
| 9 | baautóuh | 爆肚 | 現編 |
| 1 | bīkmàaih heui | 逼埋去 | 擠過去 |
| 8 | Bīnjihk a, bouh sāngēi diugōu làih maaih jē | 邊值呀，部新機吊高嚟賣啫 | 這台新的機器哪裏值呀，故意提高價格而已吧 |
| 9 | bokjaat | 搏紮 | 爭取升級 |
| 8 | Bouh gēi yauh *jam* jí | 部機又 *jam* 紙 | 這台機器又卡紙了 |
| 8 | Bouh gēi yauh *short* jó | 部機又 *short* 咗 | 這台機器又出問題了 |
| 8 | Bouh lóuhyèhgēi dámjó kéuih lā | 部老爺機揼咗佢啦 | 這麼舊的機器把它扔了吧 |
| 6 | bóusou | 補數 | 補發；補清 |
| 5 | bóuwohk | 補鑊 | 補救 |
| 4 | cháai bōchē | 踩波車 | 踏在球上而摔倒（絆蒜） |
| 9 | cháai jīupèih | 踩蕉皮 | 中計 |

| 課號 | 羅馬拼音 | 廣東話 | 釋義 |
|---|---|---|---|
| 4 | chāaibō | 搓波 | 正式算分前打幾球 |
| 4 | chaapséui | 插水 | 假摔 |
| 9 | chaathàaih | 擦鞋 | 拍馬屁 |
| 6 | chāuséui | 抽水 | 抽取利潤 |
| 2 | chéng pùihyút | 請陪月 | 請月嫂 |
| 6 | chēut gūngsou | 出公數 | 報銷 |
| 3 | chēut māau | 出貓 | 作弊 |
| 5 | chēutlòuh | 出爐 | 出台 |
| 2 | chóhyút | 坐月 | 坐月子 |
| 5 | chòihyèh | 財爺 | 財政司長 |
| 2 | chōusān daaihsai | 粗身大勢 | 形容女人懷孕時的體態 |
| 4 | chyūnjām | 穿針 | 空心球 |
| 1 | daahnhéi | 彈起 | 跳起來 |
| 9 | daahp boktàuh | 搭膊頭 | 請求幫忙，但沒有甚麼酬謝對方 |
| 6 | daahpséui | 疊水 | 很有錢 |
| 6 | daaihbéng | 大餅 | 鋼崩兒 |
| 4 | daaihjām | 大針 | 三不沾 |
| 9 | dahn dūnggū | 燉冬菇 | 降職 |

| 課號 | 羅馬拼音 | 廣東話 | 釋義 |
| --- | --- | --- | --- |
| 1 | dahpgwāt | 揼骨 | 按摩 |
| 7 | dōngtòhng | 當堂 | 當場 |
| 4 | duhksihk | 獨食 | 單帶狂 |
| 9 | dūk buijek | 篤背脊 | 戳脊梁骨 |
| 4 | dūk yùhdáan | 篤魚蛋 | 球的衝力太大，接球接不好手指受傷 |
| 9 | dūnggā m̀dá dá sāigā | 東家唔打打西家 | 不在這裏工作也不打緊，找別的工作不難 |
| 9 | fāancháau | 翻炒 | 用舊的一套 |
| 6 | gāaisou | 街數 | 外賬 |
| 7 | gaan (m̀)jūng | 間（唔）中 | 偶爾 |
| 4 | gāaubō | 交波 | 傳球 |
| 2 | gàauhgāaujyū | 覺覺豬 | 睡覺 |
| 1 | gahtgōu geuk | 趷高腳 | 踮着腳 |
| 1 | gahtháh gahtháh | 趷吓趷吓 | 一拐一拐 |
| 3 | gāigámgeuk | 雞噉腳 | 急着要走 |
| 3 | gāimòuh aaphyut | 雞毛鴨血 | 被害得很慘 |
| 6 | gāmngàuh | 金牛 | 一千塊紙幣 |
| 9 | góngháuchí | 講口齒 | 有信用 |
| 6 | góngsou | 講數 | 談判 |

| 課號 | 羅馬拼音 | 廣東話 | 釋義 |
|---|---|---|---|
| 1 | gyūn gwoheui | 捐過去 | 鑽過去 |
| 6 | hāandākgwo jauh hāan | 慳得過就慳 | 能省就省 |
| 6 | hāangihm | 慳儉 | 節儉、儉省 |
| 6 | hāanhāandéi | 慳慳哋 | 省一點兒 |
| 6 | hāanpéi | 慳皮 | 省錢但弄得質量不好 |
| 9 | háu bātdeui sām | 口不對心 | 口不應心 |
| 9 | háuáá | 口啞啞 | 啞口無言 |
| 9 | háudōdō | 口多多 | 多嘴多舌 |
| 9 | háufāfā | 口花花 | 花言巧語 |
| 9 | háuhàhn | 口痕 | 愛說話 |
| 9 | háuhàhnyáu | 口痕友 | 貧嘴的人 |
| 9 | háuhēnghēng | 口輕輕 | 信口開河、輕諾 |
| 9 | háuhéunghéung | 口響響 | 唱高調 |
| 6 | hauhsou lā | 後數啦 | 以後再付吧 |
| 9 | háujahtjaht | 口窒窒 | 結結巴巴 |
| 9 | háumaakmaak | 口擘擘 | 張口結舌 |
| 9 | háumaht | 口密 | 嘴嚴 |
| 9 | háungaahng sāmyúhn | 口硬心軟 | 刀子嘴，豆腐心 |
| 9 | háuséui dōgwo chàh | 口水多過茶 | 話多 |

| 課號 | 羅馬拼音 | 廣東話 | 釋義 |
|---|---|---|---|
| 2 | háuséuigīn | 口水肩 | 圍嘴 |
| 9 | háuséuilóu | 口水佬 | 光會説不會做的人 |
| 9 | háusō | 口疏 | 嘴快 |
| 9 | háutáahmtáahm | 口淡淡 | 食慾不振 |
| 9 | háutìhm sihtwaaht | 口甜舌滑 | 油嘴滑舌 |
| 2 | hohkhàahng chē | 學行車 | 學步車 |
| 5 | hōi séuihàuh | 開水喉 | 斥資 |
| 7 | hóu lóuhyáuh | 好老友 | 感情很好 |
| 1 | Jākhéi go tàuh | 側起個頭 | 歪着頭 |
| 9 | jākjāk bok | 側側膊 | 推卸責任 |
| 10 | jāp bāaufuhk | 執包袱 | 捲鋪蓋 |
| 10 | jāp jihnāp | 執字粒 | 撿鉛字排版 |
| 10 | jāp sáuméih | 執手尾 | 處理善後工作 |
| 10 | jāp séigāi | 執死雞 | 補射 |
| 10 | jāp séung | 執相 | 用電腦技術把照片弄得好看些 |
| 10 | jāp yàhn háuséuimēi | 執人口水尾 | 拾人牙慧 |
| 10 | jāp yeuhk | 執藥 | 抓藥 |
| 10 | jāp yihtāan | 執二攤 | 別人不要而接了過來 |

| 課號 | 羅馬拼音 | 廣東話 | 釋義 |
|---|---|---|---|
| 10 | jāpdáu gám jāp | 執豆噉執 | 形容很簡單的事情 |
| 10 | jāpdóu bóu | 執倒寶 | 獲得好處 |
| 10 | jāpfāan jeng | 執返正 | 改善一下；穿好一點 |
| 10 | jāpfāan sān chói | 執返身彩 | 算是不幸中之大幸 |
| 10 | jāpfāan tìuh mehng | 執返條命 | 死裏逃生 |
| 10 | jāpjeng làih jouh | 執正嚟做 | 秉公處理 |
| 10 | jāplāp | 執笠 | 倒閉 |
| 10 | jāplauh | 執漏 | 彌補缺陷 |
| 10 | jāpsāang | 執生 | 臨場應變 |
| 10 | jāptàuh jāpméih | 執頭執尾 | 整理零碎的東西 |
| 7 | jāubātsìh | 周不時 | 經常 |
| 9 | jiufai | 照肺 | 大罵一頓 |
| 6 | jouhsou | 做數 | 做賬 |
| 9 | jouhyéh m̀séuhngsām | 做嘢唔上心 | 做事不用心 |
| 1 | kámjó yātbā | 冚咗一巴 | 打了一巴掌 |
| 4 | kàuhjing | 球證 | 裁判 |
| 9 | kīngdihm sou | 傾掂數 | 談好 |
| 1 | kíuhmàaih deui geuk | 繑埋對腳 | 翹着二郎腿 |
| 1 | kíuhmàaih deui sáu | 繑埋對手 | 揣着手 |

| 課號 | 羅馬拼音 | 廣東話 | 釋義 |
|---|---|---|---|
| 3 | laahn fanjyū | 爛瞓豬 | 貪睡的人 |
| 2 | laaihsí laaihniuh | 賴屎賴尿 | 大小便失禁 |
| 4 | láubō | 扭波 | 盤球 |
| 7 | lauhyeh | 漏夜 | 夜半；徹夜 |
| 9 | lé gam he | 咧咁□ | 狼狽 |
| 9 | lèuhngdeih | 量地 | 沒有工作 |
| 3 | léuhngtàuh sèh | 兩頭蛇 | 牆頭草 |
| 1 | līu beihgō | 撩鼻哥 | 摳鼻子 |
| 1 | līu yíhjái | 撩耳仔 | 挖耳朵 |
| 3 | lòhng | 狼 | 兇狠 |
| 7 | lóuhbíu | 老表 | 表親 |
| 7 | lóuhchāu | 老抽 | 精製醬油 |
| 7 | lóuhdihng | 老定 | 鎮定；冷靜 |
| 7 | lóuhfó lengtōng | 老火靚湯 | 長時間熬成的湯 |
| 7 | lóuhfúlá | 老虎乸 | 很兇的太太 |
| 7 | lóuhhòhngjyūn | 老行專 | 某方面的專家 |
| 7 | lóuhjīk | 老積 | 老成 |
| 7 | lóuhkām | 老襟 | 連襟 |
| 7 | lóuhmāau sīusōu | 老貓燒鬚 | 老馬失蹄 |

| 課號 | 羅馬拼音 | 廣東話 | 釋義 |
|---|---|---|---|
| 7 | lóuhmúngdúng | 老懵懂 | 老糊塗 |
| 7 | lóuhnàih | 老泥 | 汗垢 |
| 7 | lóuhpòhjái | 老婆仔 | 對太太的暱稱 |
| 7 | lóuhsāi | 老西 | 戲稱西裝 |
| 7 | lóuhséi | 老死 | 好朋友 |
| 7 | lóuhsiu pìhng'ōn | 老少平安 | 用魚肉、豆腐跟雞蛋做成的菜 |
| 7 | lóuhsyú lāaigwāi | 老鼠拉龜 | 不知從何開始 |
| 7 | lóuhsyújái | 老鼠仔 | 手臂肌肉 |
| 7 | lóuhyáuhgei | 老友記 | 好朋友 |
| 1 | lūk lohkheui | 轆落去 | 滾下去 |
| 9 | maaihháugwāai | 賣口乖 | 説話討人喜歡 |
| 3 | máhjái | 馬仔 | 跟班 |
| 5 | màhnmohng chaapséui | 民望插水 | 民望大大下跌 |
| 2 | mēdáai | 孭帶 | 背帶 |
| 7 | m̀hóu lóuhpéi | 唔好老脾 | 脾氣不好 |
| 9 | mīmī mōmō | 咪咪摩摩 | 磨磨蹭蹭 |
| 1 | mīt kéuih faaimihn | 搣佢塊面 | 掐他的臉 |
| 8 | móuh daaih móuh sai | 冇大冇細 | 沒大沒小 |

| 課號 | 羅馬拼音 | 廣東話 | 釋義 |
|---|---|---|---|
| 8 | móuh daapsaap | 冇搭霎 | 沒責任心、馬虎隨便 |
| 8 | móuh fùh | 冇符 | 沒辦法 |
| 8 | móuh gāgaau | 冇家教 | 沒家庭教育（指小孩沒禮貌） |
| 8 | móuh jáugāi | 冇走雞 | 準沒錯 |
| 8 | móuh lèih jinggīng | 冇釐正經 | 不正經 |
| 8 | móuh lèih sàhnhei | 冇釐神氣 | 沒精打彩 |
| 8 | móuh mín | 冇面 | 丟臉 |
| 8 | móuh ngáahntái | 冇眼睇 | 對情況表示無奈，不想管 |
| 8 | móuhchyūn móuhlaahn | 冇穿冇爛 | 完整無損 |
| 8 | móuhdaahm hóusihk | 冇啖好食 | 沒啥好吃，無利可圖 |
| 8 | móuhhòhng | 冇行 | 沒希望 |
| 8 | móuhyáhn | 冇癮 | 沒意思，沒趣 |
| 8 | móuhyàhn yáuh | 冇人有 | 沒人能及 |
| 8 | móuhyéh | 冇嘢 | 沒事兒，不要緊 |
| 2 | náaihjēun | 奶樽 | 奶瓶 |
| 1 | ngahptáu | 岌頭 | 點頭 |
| 3 | ngàuhjīng | 牛精 | 固執 |
| 1 | ngohkgōutàuh | 愕高頭 | 仰起頭來 |

| 課號 | 羅馬拼音 | 廣東話 | 釋義 |
|---|---|---|---|
| 8 | Nīgo *mon* gaudaaih | 呢個 *mon* 夠大 | 這個屏幕夠大 |
| 1 | nihngjyuntàuh | 擰轉頭 | 回頭一看 |
| 7 | noih m̀jūng | 耐唔中 | 偶爾 |
| 5 | paaitóng | 派糖 | 給甜頭 |
| 5 | paaugwāng | 炮轟 | 猛烈批評 |
| 6 | pokséui | 撲水 | 到處找錢 |
| 7 | sàhnjóu làuhlàuh | 晨早流流 | 一大早 |
| 4 | sahpyihmáh | 十二碼 | 點球 |
| 5 | salām | 耍冧 | 道歉 |
| 5 | san | 呻 | 抱怨；訴苦 |
| 8 | Sāudāk m̀hóu, tēng mchīngchó | 收得唔好，聽唔清楚 | 信號不好，聽不清楚 |
| 9 | sebok | 卸膊 | 推卸責任 |
| 3 | sèh | 蛇 | 偷懶 |
| 7 | sèhngyaht làuhlàuh chèuhng | 成日流流長 | 悠長的一天 |
| 3 | sèhwòhng | 蛇王 | 偷懶的人；躲懶 |
| 1 | Seiwàih tàhng | 四圍騰 | 到處跑 |
| 6 | sēsou | 賒數 | 賒賬 |
| 7 | sìhbātsìh | 時不時 | 經常 |
| 2 | soufūng | 掃風 | 餵完奶後拍打嬰兒背部 |

| 課號 | 羅馬拼音 | 廣東話 | 釋義 |
| --- | --- | --- | --- |
| 9 | suhkháumihn | 熟口面 | 面熟 |
| 1 | sūkmàaih yātbihn | 縮埋一便 | 躲在一旁 |
| 6 | syunsou | 算數 | 算了吧 |
| 4 | taatkīu | 撻 Q | 踢歪了 |
| 7 | tan yātgo láihbaai | '褪' 一個禮拜 | 延遲一個禮拜 |
| 9 | tānpōk | 吞卜 | 偷懶 |
| 4 | tàuhchèuih | 頭槌 | 頭球 |
| 1 | tàuhdāpdāp | 頭耷耷 | 耷拉着頭 |
| 7 | tàuhméih | 頭尾 | 前後 |
| 6 | tìuhsou hóu kāmgai | 條數好襟計 | 這筆賬且算呢 |
| 9 | tok daaihgeuk | 托大腳 | 奉承 |
| 4 | tūng hāangkèuih | 通坑渠 | 穿褙 |
| 2 | wuhnpín | 換片 | 換尿片 |
| 1 | yaang làuhtāi | □樓梯 | 爬樓梯 |
| 6 | yahp kéuihsou | 入佢數 | 算他的 |
| 4 | yahpjēun | 入樽 | 扣籃 |
| 1 | yātbouh dihnnóuh | 一部電腦 | 一台電腦 |
| 1 | yātchāu sósìh | 一抽鎖匙 | 一串鑰匙 |
| 1 | yātdaahm chàh | 一啖茶 | 一口茶 |

| 課號 | 羅馬拼音 | 廣東話 | 釋義 |
|---|---|---|---|
| 1 | yātdāan sānmán | 一單新聞 | 一條新聞 |
| 1 | yātdeui ngáahn | 一對眼 | 一雙眼睛 |
| 1 | yātfaai geng | 一塊鏡 | 一面鏡子 |
| 1 | yātfaai kàuhpáak | 一塊球拍 | 一個球拍 |
| 1 | yātfaai mihn | 一塊面 | 一張臉 |
| 1 | yātga chē | 一架車 | 一輛車 |
| 6 | yātgauh séui | 一嚿水 | 一百塊 |
| 1 | yātjaat fā | 一紮花 | 一束花 |
| 1 | yātjah yàhn | 一揸人 | 一堆 / 群人 |
| 10 | yātjāp mòuh | 一執毛 | 一撮毛 |
| 10 | yātjāp tàuhfaat | 一執頭髮 | 一撮頭髮 |
| 1 | yātjek bīu | 一隻錶 | 一塊手錶 |
| 1 | yātnāp sīngsīng | 一粒星星 | 一顆星星 |
| 1 | yātsō hēungjīu | 一梳香蕉 | 一把香蕉 |
| 1 | yāttìuh tàihmuhk | 一條題目 | 一道題 |
| 1 | yāttìuh tàuhfaat | 一條頭髮 | 一根頭髮 |
| 6 | yātpèihyéh | 一皮嘢 | 一萬塊 |
| 7 | yātsìhsìh/yātsísìh | 一時時 | 每次不一樣 |
| 7 | yāttàuh bun go yuht | 一頭半個月 | 個把月 |

| 課號 | 羅馬拼音 | 廣東話 | 釋義 |
|---|---|---|---|
| 8 | Yātyaht m̀séuhngmóhng jauh lōlōlyūn | 一日唔上網就囉囉攣 | 一天不上網就不舒服 |
| 9 | yáuh yàhn jiujyuh | 有人照住 | 有人罩着 |
| 7 | yehmāangmāang | 夜掹掹 | 形容天已經黑，時間不早 |
| 8 | Yìhgā dī gēi gam fa'hohk gé | 而家啲機咁化學嘅 | 現在的機器真容易壞 |
| 9 | yìhyī ngòhngòh | 依依哦哦 | 嘮嘮叨叨 |
| 8 | Yiu gahmsaht gojai sīn sīkdóugēi | 要撳實個掣先熄到機 | 要按住這個鍵才能關機 |

# 情景說話練習索引

## 介紹

| 初 | 十 | 3 | 介紹自己國家 / 家鄉的旅遊景點、特色食品、氣候以及交通情況等 |

## 詢問

| 級 | 課文 | 題號 | 題目 |
| --- | --- | --- | --- |
| 初 | 一 | 2 | 認識新朋友，向朋友發問 |

## 描述

| 級 | 課文 | 題號 | 題目 |
| --- | --- | --- | --- |
| 初 | 一 | 5 | 談談自己對香港的印象 |
| 初 | 三 | 1 | 分享你到街市的經驗，例如有甚麼東西賣、價格如何 |
| 初 | 三 | 3 | 闡述自己一次上茶樓飲茶的經歷，例如點心的味道、款式、價格等等 |
| 初 | 三 | 4 | 描述飯堂的環境，並說明購買食物的程序以及食物的種類 |
| 中 | 一 | 2 | 介紹租樓事宜 |
| 中 | 三 | 3 | 介紹時裝潮流 |
| 中 | 五 | 1 | 的士乘客尋找失物 |
| 中 | 六 | 1 | 介紹地方傳統文化藝術 |
| 中 | 七 | 2 | 對他人的工作態度作出評價 |

## 說明

| 級 | 課文 | 題號 | 題目 |
| --- | --- | --- | --- |
| 初 | 三 | 5 | 談談自己家鄉的飲食習慣 |

| 初 | 四 | 2 | 介紹朋友到香港一個地方購物／買手信，並向他／她說明那裏有甚麼特色東西出售、乘搭甚麼交通工具前往、要怎樣提防扒手以及議價技巧 |
| 初 | 四 | 3 | 說明自己沒有買禮物的原因及於店內所發生的事 |
| 初 | 六 | 5 | 談談自己在香港生活的經驗 |
| 初 | 八 | 1 | 向醫生講解自己的病徵 |
| 初 | 八 | 2 | 向醫生說明自己的病情、吃過的食物以及於甚麼地方進食 |
| 初 | 八 | 5 | 講解一下診所護士日常的工作 |
| 高 | 二 | 2 | 航空公司安排不同措施以安撫受影響乘客 |

## 留言

| 級 | 課文 | 題號 | 題目 |
| --- | --- | --- | --- |
| 初 | 四 | 1 | 電話留言，說明自己與朋友約會的時間、地點、行程、乘搭的交通工具等等 |

## 提供信息／資訊

| 級 | 課文 | 題號 | 題目 |
| --- | --- | --- | --- |
| 初 | 四 | 5 | 到警局報失 |
| 初 | 十 | 4 | 向家鄉的朋友講解香港人的生活情況 |
| 中 | 二 | 1 | 請教中國菜的做法 |
| 中 | 五 | 5 | 銀行咭咭主向銀行職員尋求幫助 |
| 中 | 六 | 1 | 介紹地方傳統文化藝術 |

| 中 | 六 | 2 | 介紹博物館 |
|---|---|---|---|
| 中 | 六 | 3 | 記者就藝術節的安排訪問有關負責人 |
| 中 | 六 | 5 | 康文署就市民參與文化活動之事徵詢公眾意見 |
| 中 | 八 | 2 | 與朋友商討解決噪音問題 |
| 中 | 九 | 1 | 介紹投資方法 |
| 中 | 十 | 6 | 介紹學校的課外活動 |

## 分析

| 級 | 課文 | 題號 | 題目 |
|---|---|---|---|
| 初 | 五 | 2 | 就 "年青人於空閒時應該多做運動，不應常常去唱卡拉 *OK* 或玩電子遊戲機" 發表意見。 |
| 初 | 五 | 4 | 就 "大學生在讀書之餘，亦應有適當的娛樂" 發表意見。 |
| 初 | 七 | 4 | 分析一家人常常吵架的弊處，並建議一些可令彼此關係更融洽的方法 |
| 初 | 八 | 4 | 現今精神健康有問題的患者日漸增加，試分析市民常要面對甚麼壓力，並提出一些減壓的方法 |
| 初 | 十 | 5 | 分析香港吸引遊客的原因 |
| 高 | 五 | 4 | 分析香港應否舉辦大型運動會 |
| 高 | 八 | 5 | 分析家長該如何對待資優兒童 |
| 高 | 九 | 1 | 分析港人北上工作或創業的利弊 |
| 高 | 九 | 2 | 分析有關 "工作價值觀" 的調查報告 |

## 比較

| 級 | 課文 | 題號 | 題目 |
| --- | --- | --- | --- |
| 初 | 五 | 5 | 比較到沙灘與游泳池游泳的分別 |
| 初 | 六 | 1 | 比較香港與自己家鄉的天氣 |
| 初 | 七 | 2 | 比較內地與香港工作的情形 |
| 中 | 一 | 1 | 買樓和租樓的利弊 |
| 中 | 一 | 6 | 比較香港和內地的貧富懸殊問題 |
| 中 | 七 | 1 | 就讀書及工作的利弊發表看法 |
| 中 | 七 | 7 | 快餐店檢討經營狀況及提出改善建議 |
| 高 | 三 | 2 | 比較香港、內地、台灣、日本以及韓國的電影、電視劇 |
| 高 | 七 | 1 | 比較不同租盤與買盤的利弊 |
| 高 | 七 | 3 | 比較世界上何地的居住環境最吸引 |

## 解釋

| 級 | 課文 | 題號 | 題目 |
| --- | --- | --- | --- |
| 初 | 六 | 2 | 分別談談自己最喜歡與最討厭的季節，並說明原因 |
| 高 | 一 | 1 | 向同事解釋聘請年輕人對公司的好處 |

## 討論

| 級 | 課文 | 題號 | 題目 |
| --- | --- | --- | --- |
| 初 | 六 | 3 | 自己穿衣打扮的心得／看法 |
| 初 | 六 | 4 | 發表對“貪靚”的意見 |

| 初 | 九 | 1 | 打電話跟朋友商討試後的玩樂計劃 |
| 初 | 九 | 3 | 與朋友商量去吃自助餐的事宜 |
| 初 | 十 | 1 | 發表你對賽馬的看法 / 意見 |
| 高 | 三 | 1 | 表達對"小朋友當明星"的看法 |
| 高 | 八 | 2 | 討論外國胎教法的利弊 |

## 陳述

| 級 | 課文 | 題號 | 題目 |
| --- | --- | --- | --- |
| 初 | 七 | 3 | 談談自己與家人的關係以及分享生活中的趣事 |
| 初 | 九 | 4 | 記者訪問你對香港的印象 |
| 中 | 五 | 1 | 的士乘客尋找失物 |
| 中 | 五 | 2 | 在差館報案 |
| 中 | 五 | 3 | 打電話報失信用咭 |
| 高 | 一 | 4 | 年青人分享創業的苦與樂、成功秘訣 |
| 高 | 四 | 4 | 在媒體面前發表自己失意於奧運比賽的感受 |

## 闡釋

| 級 | 課文 | 題號 | 題目 |
| --- | --- | --- | --- |
| 初 | 七 | 5 | 古語有云："家有一老，如有一寶。"試闡釋你對這句話的看法。 |
| 高 | 三 | 3 | 介紹一位歌手或演員並闡釋自己欣賞他 / 她的原因 |
| 高 | 六 | 3 | 談自己將如何運用一百萬 |

## 呼籲

| 級 | 課文 | 題號 | 題目 |
| --- | --- | --- | --- |
| 初 | 八 | 3 | 以醫生的身份呼籲學生注意個人以及公共衛生 |
| 中 | 七 | 5 | 呼籲市民反對清拆舊街 |
| 中 | 八 | 3 | 討論各地水質污染問題并呼籲保護水資源 |
| 中 | 九 | 6 | 呼籲為保良局捐款 |

## 發表見解

| 級 | 課文 | 題號 | 題目 |
| --- | --- | --- | --- |
| 初 | 九 | 2 | 就香港教育制度發表看法 |
| 中 | 五 | 4 | 接受關於香港治安的訪問 |
| 中 | 六 | 4 | 就繪畫藝術發表看法 |
| 中 | 七 | 3 | 就護士的工作發表看法 |
| 中 | 七 | 6 | 就通過遊行示威表達訴求的做法發表意見 |
| 中 | 八 | 1 | 對香港環境衛生發表看法 |
| 中 | 十 | 2 | 就強迫教育的利弊發表看法 |
| 中 | 十 | 3 | 就"填鴨式教學"發表看法 |
| 中 | 十 | 7 | 就理想教育問題發表看法 |
| 高 | 四 | 2 | 表達自己對於當職業運動員的看法 |
| 高 | 五 | 1 | 發表自己對校園驗毒計劃的看法 |
| 高 | 五 | 2 | 就政府如何壓抑樓市炒風發表看法 |

| 高 | 五 | 3 | 就如何於文物保育與經濟發展中取得平衡發表看法 |
| 高 | 十 | 1 | 就"職業無分貴賤"這句話發表見解 |
| 高 | 十 | 2 | 就"為解決某些問題,必要時使用武力也是無可厚非"發表見解 |
| 高 | 十 | 5 | 老師們在討論該如何處理學生的偷竊案 |

## 致歉

| 級 | 課文 | 題號 | 題目 |
| --- | --- | --- | --- |
| 初 | 九 | 5 | 吃自助餐時弄髒了別人的衣服,向別人道歉 |
| 中 | 二 | 3 | 關於酒樓賬單的爭議及爭議的解決 |
| 中 | 二 | 6 | 對食客投訴的回應 |
| 中 | 三 | 2 | 投訴減價商品及對投訴的回應 |
| 高 | 一 | 3 | 學生組織召開記者會闡明立場並向公眾致歉 |

## 辯護

| 級 | 課文 | 題號 | 題目 |
| --- | --- | --- | --- |
| 中 | 二 | 3 | 關於酒樓賬單的爭議及爭議的解決 |
| 中 | 二 | 4 | 關於酒樓食物質量的爭議 |
| 中 | 三 | 2 | 投訴減價商品及對投訴的回應 |
| 高 | 十 | 3 | 為自己的"白色謊言"辯護 |

## 闡述

| 級 | 課文 | 題號 | 題目 |
| --- | --- | --- | --- |
| 中 | 三 | 4 | 關於應否穿着校服的討論 |
| 中 | 八 | 4 | 討論廢物循環再造問題 |
| 中 | 八 | 5 | 就無牌小販存廢問題進行辯論 |
| 中 | 九 | 2 | 討論失業問題及提出應對措施 |
| 中 | 九 | 3 | 就吸毒與戒毒問題進行討論 |
| 中 | 九 | 4 | 辯論“娼妓合法化”問題 |
| 中 | 九 | 5 | 就養老問題進行討論 |
| 中 | 十 | 1 | 討論強迫教育面對的困難 |
| 中 | 十 | 5 | 就母語教學問題進行辯論 |
| 高 | 九 | 3 | 闡述自己對於投身紀律部隊的看法 |
| 高 | 九 | 5 | 談參加實習計劃的好處及你最希望到甚麼地方實習 |

## 投訴

| 級 | 課文 | 題號 | 題目 |
| --- | --- | --- | --- |
| 中 | 一 | 4 | 向裝修公司投訴工程質量 |
| 中 | 二 | 5 | 投訴酒樓食物質量 |
| 中 | 三 | 2 | 投訴減價商品及對投訴的回應 |
| 中 | 四 | 3 | 向警察投訴的士兜路 |
| 高 | 二 | 1 | 向報館投訴語言課程貨不對辦 |

## 建議

| 級 | 課文 | 題號 | 題目 |
|---|---|---|---|
| 中 | 二 | 2 | 關於健康飲食的建議 |
| 中 | 四 | 1 | 介紹旅遊線路 |
| 中 | 六 | 6 | 商議舉辦國際文化活動事宜 |
| 中 | 七 | 7 | 快餐店檢討經營狀況及提出改善建議 |
| 中 | 八 | 2 | 與朋友商討解決噪音問題 |
| 中 | 九 | 2 | 討論失業問題及提出應對措施 |
| 高 | 一 | 2 | 社工向家長提出一些緩和親子衝突的建議 |
| 高 | 二 | 4 | 主持人為家長解答關於教養子女的問題 |
| 高 | 六 | 2 | 分享學生做兼職的苦與樂、求職秘訣 |
| 高 | 七 | 4 | 建議如何解決大學宿位不足的問題 |
| 高 | 七 | 5 | 建議朋友東山再起 |
| 高 | 八 | 4 | 建議朋友該如何向男朋友道出病情 |

## 批評

| 級 | 課文 | 題號 | 題目 |
|---|---|---|---|
| 中 | 二 | 4 | 關於酒樓食物質量的爭議 |
| 中 | 七 | 4 | 電力公司與市民對加電費的爭議 |
| 高 | 三 | 4 | 批評報紙及雜誌喜歡報導藝人私生活的現象 |
| 高 | 四 | 1 | 批評體育新聞漸趨商業化、娛樂化的現象 |

## 推銷

| 級 | 課文 | 題號 | 題目 |
| --- | --- | --- | --- |
| 中 | 一 | 2 | 向顧客介紹租樓事宜 |
| 中 | 一 | 5 | 向顧客介紹家俬和燈飾 |
| 中 | 三 | 1 | 在時裝店買時裝 |
| 高 | 二 | 3 | 模擬一段廣告宣傳片宣傳遊學團 |
| 高 | 四 | 3 | 向家長推銷一個暑期足球訓練班 |
| 高 | 六 | 1 | 向朋友推銷最新的保險計劃 |
| 高 | 八 | 3 | 推銷最新的科技產品 |

## 拒絕

| 級 | 課文 | 題號 | 題目 |
| --- | --- | --- | --- |
| 中 | 四 | 4 | 地鐵職員拒絕乘客的求助 |
| 高 | 六 | 4 | 婉拒朋友借錢的請求 |

## 公開致謝

| 級 | 課文 | 題號 | 題目 |
| --- | --- | --- | --- |
| 中 | 九 | 7 | 向捐贈者公開致謝 |
| 高 | 一 | 5 | 在母校發表得獎感受 |
| 高 | 三 | 5 | 在頒獎典禮上發表得獎感受 |
| 高 | 四 | 5 | 總結同學的活動成果並公開致謝接待機構 |

## 勸説

| 級 | 課文 | 題號 | 題目 |
| --- | --- | --- | --- |
| 中 | 一 | 3 | 和裝修師傅商議裝修事宜 |
| 中 | 四 | 2 | 退機票 |
| 中 | 五 | 1 | 的士乘客尋找失物 |
| 中 | 六 | 7 | 父母子女商議是否報讀音樂專業 |
| 中 | 十 | 4 | 勸説精神受困擾學生 |
| 高 | 七 | 2 | 勸説舊樓居民搬遷並講解補償條例 |
| 高 | 十 | 4 | 朋友在猶豫應否舉報好朋友，給他 / 她一些建議 |

## 會議發言

| 級 | 課文 | 題號 | 題目 |
| --- | --- | --- | --- |
| 高 | 二 | 5 | 談到內地旅遊時應注意的事項 |
| 高 | 九 | 4 | 主持一個關於面試技巧的工作坊 |

## 演講

| 級 | 課文 | 題號 | 題目 |
| --- | --- | --- | --- |
| 高 | 五 | 5 | 向市民説明室內禁煙的措施，並講解少吸煙的好處 |

## 反駁

| 級 | 課文 | 題號 | 題目 |
| --- | --- | --- | --- |
| 高 | 六 | 5 | 反駁廉政公署人員的指控 |

## 介紹（正式場合）

| 中 | 九 | 6 | 呼籲為保良局捐款 |
| 高 | 八 | 1 | 介紹最新醫療抑鬱症的技術 |